大旗出版
BANNER PUBLISHING

大旗出版
BANNER PUBLISHING

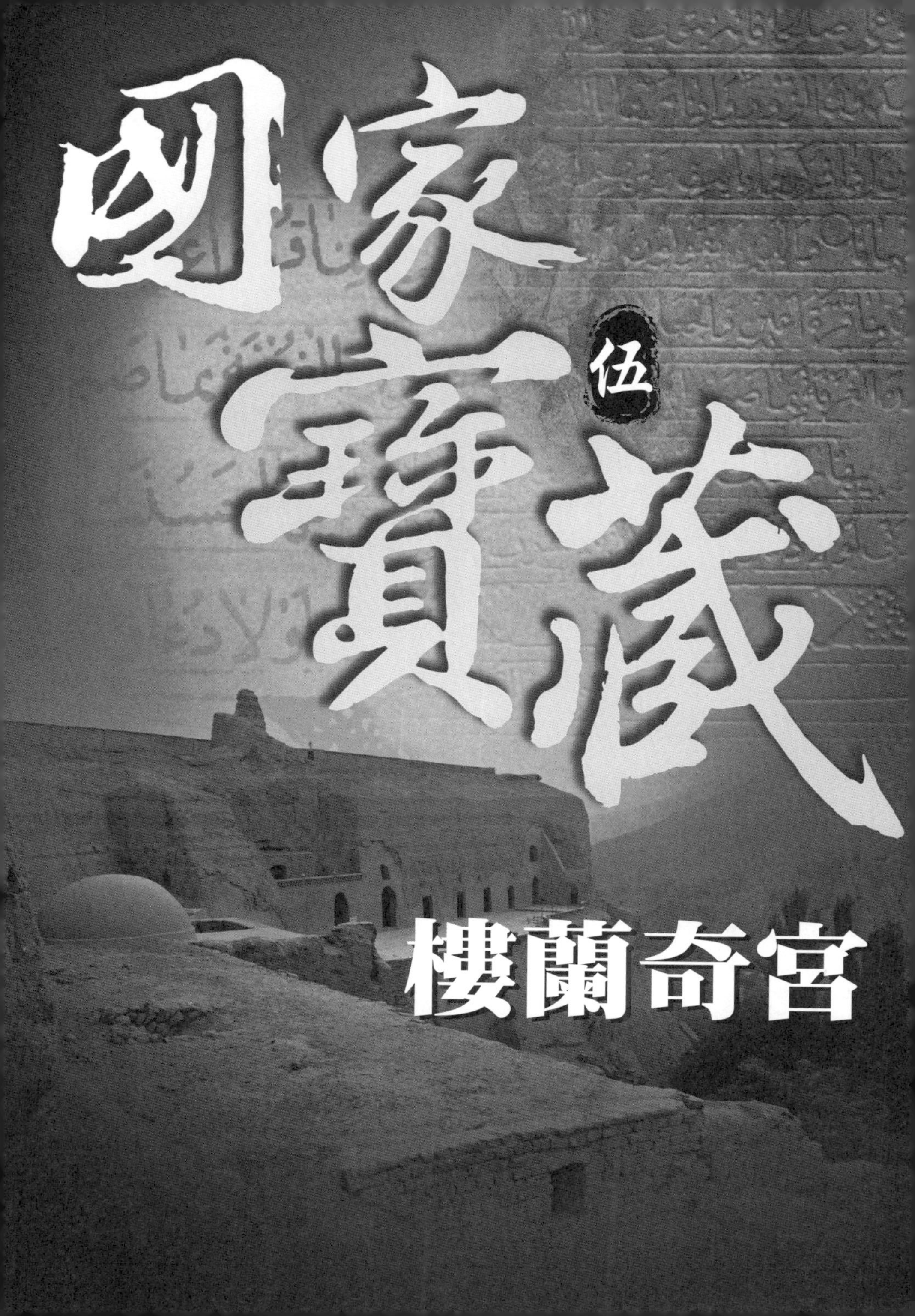
國家寶藏
伍
樓蘭奇宮

國家寶藏 伍

樓蘭奇宮

目錄

目錄

第一章　清代老宅

陝西咸陽，林之揚老宅。

晚上八點多鐘，四個身材魁梧的男人圍坐在老宅大院中間的一張八仙桌旁，邊喝酒邊聊天。現在正是七月末，天氣晴朗而炎熱，四圍昆蟲鳴叫，天上繁星點點，四人都穿著短褲和半袖背心，手拿蒲扇不停地搧風。桌上擺著燒雞、烤鴨、醬肉香腸、冷熱拼盤、啤酒花生，全都是豐盛的下酒菜，青磚地面上放著收音機，正播著京劇。

一個腦袋禿亮的人邊撕吃雞腿，邊嘴裡含糊不清地跟著收音機裡馬連良扮演的諸葛亮哼唱：「我也曾差人去……打聽，打聽得司馬領兵……一來是馬謖無謀少才能……」

唱著唱著，他忽然又說：「哎，我說老吳，轉眼咱們都兩個多月沒回家了，你那如狼似虎的老婆能守得住嗎？別給你戴綠帽子啦！」大伙都哈哈大笑。

那老吳個頭稍矮點，脖子上的斜方肌高高隆起，幾乎將肩膀和脖子連上，他甕聲甕氣地罵：「戴什麼帽子跟你有狗屁關係？我他媽樂意！」一口標準的天津衛口音。

那禿腦袋又說：「要不你就乾脆把你老婆也弄到這得了，你放心，咱哥仨保證不碰她一根指頭，只要你隔幾天讓我偷看她洗回澡就行，咋樣？」

那老吳還沒說話，旁邊一個高挑個說話了：「你還說別人戴綠帽子給老吳，我看就是你王大腦袋存心想來著！是不是你見過吳大嫂？」

王大腦袋笑著說：「兔子不吃窩邊草，這種事俺哪能幹？」

那高挑個閒極無聊，開始沒話找話：「阿迪里，我聽說新疆那邊的西亞國女人特別風騷，是真的嗎？」

那被稱作阿迪里的人黑髮濃密發卷、高鼻深目，顯然是個西亞人，他臉紅了，操著不太純熟的漢語說：「你不要亂說，我們西亞的女人很好的，從來沒有像你說的那樣，跟誰睡覺都成嘛。」他無意中學著高挑個的北京味，逗得三人哈哈大笑。

老吳抓了把花生米扔進嘴裡：「天天守著這個破房子，也他媽夠鬧心的。」

王大腦袋又抓住了他的話柄：「想睡老婆就說想睡老婆，還偏說什麼鬧心！」

老吳嘿嘿一笑：「想老婆那倒也不假，可惜咱們也出不去呀，連到鎮上買東西都只能一個人去、當天回來，還他媽不如監獄呢！」

王大腦袋說：「你就忍了吧，每個月一萬塊錢不是白拿的，我倒希望多待幾個月，到時候回家去還能買個單間兒住住。」

高挑個說：「哎，你們說，陳軍那小子每個月花四萬塊錢僱我們看這老宅子，到底為什麼呢？我看這破宅子拆巴拆巴賣了也不值幾萬塊呀！」

王大腦袋說：「小龍，這你就不懂了，我聽人說這宅子打前清那陣子就有了，長年都沒人住，很有可能經常鬧鬼，估計八成是主人看咱四個身強力壯，陽氣太盛，於是讓咱們鎮鬼來了。」

老吳一縮頭：「你別嚇唬我，我可怕鬼。」王大腦袋罵道：「你們天津人都是膽小鬼，我咋不怕鬼呢？就算有鬼，俺上去一頓暴打也死了。」

這時阿迪里開口說：「王哥你說得不對，鬼已經死了，是不會被你再打死的。」

大伙笑得前仰後合。

那高挑兒「小龍」說：「王哥的話我信，你忘了陳軍是怎麼和咱四個說的？他說這老宅是前清一個大官住的地方，後來被林家買來居住，現在有二百多年歷史了，也算是個文物，所以不許任何人進入老宅之內，如果真有人闖進來，也不能讓他進到後院，說後院有林家祖上祠堂，不能讓外人給破壞了。所以我核計很可能就是後院那裡有鬼，那陳軍是跟咱們打馬虎眼呢！」

小龍這麼一分析，三人都覺得有道理，老吳更害怕了，說：「我說那地方怎麼看上去陰森森的，下回我可不來了。」

王大腦袋說：「哎，那後院裡能有啥樣鬼？不就是兩排廂房和一個後花園嗎？小龍，要不咱倆沒事去瞅瞅？」

小龍說：「別沒事找抽了你！陳軍說除了東、西廂房隨便住之外，別的地方叫咱們少進，說這宅子裡到處都是古董，碰壞了一樣，我們得照價賠償！」

王大腦袋不以為然地說：「那都是陳軍唬三歲小孩的！我還不了解他？給姓林的當狗腿子當順了，連實話都不會說。」

老吳說：「咱們四個拿工資看房子，我看別的事還是少管。」沉默寡言的阿迪里也說：「就是就是，我們不要去管那麼多閒事。」王大腦袋撇了撇嘴，哼了一聲，抄起啤酒瓶仰天喝起酒來。

次日下了一上午的雨，到中午才停，雨過之後，四人都坐在大門口聊天。此時陽光照耀，林間鳥蟲鳴叫，四外散發著泥土的芳香。

小龍說：「這地方除了偏僻點，環境還真不錯，以後退休了，在這養老最合適！」正說著，老吳從前院走來，滿頭大汗：「完了，咱那麵包車可能是讓雨給澆短路了，說什麼也打不著火。」

王大腦袋說：「又壞了？那不是進口車嗎，咋還能讓雨澆短路呢？」老吳恨恨地說：「還不是上星期到鎮裡買米，回來時路滑撞樹把前檔蓋撞壞了，一直也沒修上，剛才就進水了。」

小龍說：「那怎麼辦？下午還得到鎮上買吃的呢！」

老吳說：「公路那邊有個修理店，但得走十幾里路，我們只能一起推著去修了。」王大腦袋罵道：「操他媽的，這叫啥事啊？」

小龍說：「推就推吧，早晚也得修好，乾脆咱們現在就動手。」老吳說：「可陳軍說我們只能有一個人離開這裡到鎮上，怎麼辦？」

王大腦袋一擺手：「你別聽他放屁！車壞了一個人怎麼推？他在林振文那兒吃香的、喝辣的，咱們在這像蹲監獄似的！」

老吳說：「那咱們就一塊走吧！」

小龍說：「不行，得留一個人看家。這樣吧！阿迪里你留下，我們三個去修車。」

王大腦袋不高興了：「憑什麼讓他留下？咱們抓鬮！這樣公平。」小龍向王大腦袋使個眼色，王大腦袋怔了下，連忙說：「那行，就讓阿迪里留下吧！他嘴笨，去了也說不上話。」阿迪里當然樂得留下，他說：「那你們可要快去快回，我一個人很不安全嘛！」

第一章　清代老宅

老吳笑著說：「有什麼不安全的？咱們守一個多月了，連隻兔子都沒進來過，你就老老實實待著吧！」

王大腦袋、老吳和小龍三人將麵包車推出大門，小龍在駕駛室裡把方向，餘下兩人推車順山路而行。

王大腦袋問駕駛室裡的小龍：「喂，你剛才衝我擠眼睛，是啥意思，為啥偏叫那個塔吉克棒子留下？」小龍嘿嘿一笑：「推車是累點，可把車修好後，我們就到鎮上找三個漂亮妞，爽過之後再來個『美女大交換』，那該多好啊，哈哈哈！」

老吳樂壞了：「那敢情好啊，太好了！小龍真有你的！」王大腦袋也心花怒放：「怪不得你偏讓他留下，原來是有這鬼主意，哈哈！」三人邊聊天邊推車而去。

阿迪里見三人走遠，自己來到屋中，打開收音機，邊聽流行歌曲，邊吃瓜子，心裡暗想：他們仨走了倒好，我自己倒清閒了。待了一會兒，覺得索然無味，便在院子裡東瞅瞅、西看看。這老宅子是前清年間蓋的，處處雕梁畫棟，雖然古舊落灰塵，但氣勢還在，院牆上大多繪有孝親圖、百壽圖等浮雕，天井裡還有精美的照壁牆，上面雕有五福捧壽、五子登科。

他轉了幾圈，信步來到後院大門旁。這後院門平時緊關，從牆頭向裡一看，只有兩排廂房，再後面是個花園，遠遠看見雜草叢生，很是荒涼，也不知道多少年沒人修整了，倒也沒出奇的地方。阿迪里走進後院，地上鋪著大塊的青磚，磚上還刻有隱約的精細花紋，似乎在訴說著當年的考究和氣派。兩排廂房東西分布，因為現在整個宅院只有阿迪里自己，他膽子倒大了起來，平時有規矩不讓進，現在他可以隨意闖了。

阿迪里在兩排廂房挨個房間轉了轉，裡面除了八仙桌、椅子和多寶格之外，也沒什麼出奇之處。出來後，他又看見後花園裡的祠堂掩映在雜草之中，於是又向花園走去。

後花園裡的雜草幾乎有半人高，阿迪里撥開草叢來到祠堂前，說是祠堂，其實是一座兩層的小獨樓改建的。阿迪里自言自語道：「這獨樓怎麼偏建在花園裡？真怪！」

他哪裡知道中原漢人的風俗，以前大戶人家千金小姐在未出嫁之前，都得在後花園裡單獨居住，而且多是兩層的小閣樓，所以後世也將姑娘的臥室稱為「閨閣」，後花園是僻靜之所，一般人接觸不到這些大門不出、二門不邁的小姐們，也就少了很多是非。

來到祠堂門前，門上掛著一把舊式銅橫鎖，鎖上落滿灰塵，看樣子像十幾年沒人動過。兩旁的木製窗櫺都蒙著窗紙，而不是玻璃，看來還保留著清式的風格。阿迪里好奇地捅破了窗戶紙向裡張望，裡面光線昏暗，隱約見靠牆擺著個極長的木案，上面滿是高高低低的牌位，牌位前頭還供著蠟燭、糕果。

阿迪里縮頭縮腦看了半天，對中國人這種古怪神祕的祭祀方式開始好奇，他忽然想撬開門進去看個究竟，耳邊卻迴響起陳軍說過的話：

「嚴密看守宅院，閒雜人一律不得入內，除前院大廳和東、西廂房之外，不得進入任何上鎖的房間。」

可強烈的好奇心一旦生成，就再也無法去除，阿迪里心想：現在又沒別人，那三個傢伙肯定是趁機出去嫖了，不到傍晚回不來，現在神不知鬼不覺，我正好進去瞧瞧。

他從腰間掏出一把萬能工具刀，從裡面抽出兩根精鋼片插進銅鎖裡左撥右扭，這銅鎖是民國老式鎖，沒費太大勁就撬開了。推開木格門，從頭頂簌簌直落灰塵，嗆得阿迪里直咳嗽。祠堂裡瀰漫著一股發霉的氣味，寂靜無聲，空氣中飛舞著塵埃，牆上灰網被風吹得微微飄動，阿迪里四處看了看，那一個個牌位似乎就是一個個死人，令阿迪里渾身起雞皮疙瘩。

他看得心裡發毛，轉身就想出去。瞥眼見旁邊有木板樓梯直通樓上，好奇心驅使他抬腳朝樓上走去。

陳舊的木板踩在腳下吱嘎作響，好像踩在遲暮老人的腰上。阿迪里上了樓，見樓上有四個房間，房門都虛掩著，他挨個看了看，其中兩間是臥房，第三間是堆雜物的，最後那間地當中擺著桌案和香爐，好像是專門供神位的。

阿迪里先到臥房轉了轉，沒什麼出奇之處，又來到雜物間，見裡面靠牆堆著幾麻袋舊穀子、幾個粗壯的大木桶，還有木板之類的雜物，阿迪里逐個掀開木桶的蓋子瞧了瞧，都空空如也。他又來到那供神位的屋子裡。

這屋子更簡單，中央有個大銅香爐，後面是個木頭神案，上面供著觀音雕像。阿迪里是塔吉克人，塔吉克大多信仰伊斯蘭教，所以他也不認識這觀音是幹啥的，他看了一會兒覺得沒什麼意思，這屋裡又陰暗發霉，於是轉身準備下樓。

忽然，他發現在香爐前的地板上有幾個奇怪的印記，分別是一對鞋印、兩個圓形印記和一個手掌印，阿迪里以前是塔吉克的退役特種兵，平時又在沙漠上看慣了駱駝和人的足跡，對這種蹤跡非常敏感。他仔細看了看，就明白了這是有人雙膝跪在香爐前、左手拄地留下的印記。

他有點納悶：如果是拜佛的話，應該是雙手拄地，怎麼還有單手扶地的道理？

阿迪里起了疑心，於是彎下腰去模擬單手拄地的動作，思索著那人是在做什麼。

忽然，他覺得這個人應該是在左手扶地，右手去抓搆什麼東西。他也雙膝跪地，低頭去看那香爐座底下。

香爐下面的地板上空無一物，顯然沒什麼可疑東西，阿迪里有些沮喪，剛要起身，忽然看到香爐下方似乎有什麼東西。他跪在地板上，左手扶地，右手去摸，摸到一個長條形的石塊緊貼在香爐底，阿迪里稍微扳了扳，似乎是個活動的機關，順便一扭，耳中好像聽見有個角落傳來一聲輕響，隨即無聲。

阿迪里心中狂跳，暗想：難道是什麼機關暗道被我打開了？他連忙爬起來環顧四周，屋子裡依舊是暗沉沉的，沒什麼變化。他來到兩間臥房查看一番，也沒有可疑之處，最後又到雜物間，更是無甚變化。

他心裡有些沮喪，心有不甘地剛要再去臥房，忽然看到靠牆的那幾個大木桶，走過去一看，心立刻提到了嗓子眼：

其中有個大木桶的桶底不知什麼時候被抽了去，露出一個大洞。

阿迪里把手放在洞口，同時側耳細聽，感覺洞裡空氣流動緩慢，也沒有聲音，看來洞裡並無危險。他走近窗戶朝外看去，前院並無任何動靜，看來那三人短時間內回不來。阿迪里掏出微型手電筒朝桶裡一照，見桶邊有個鐵梯嵌在牆邊，顯然可以順梯下去，他想了想，咬咬牙，雙臂一撐，順著鐵梯爬進木桶裡……

傍晚六點多鐘，天色已開始濛濛黑，老吳、小龍和王大腦袋才開著車進院。三人滿面春風，顯然在鎮上玩得相當愉快，王大腦袋見阿迪里還在廂房裡睡覺，叫道：「起來了！幫著卸車！」

四人從車上卸下幾袋大米，還有罐頭、臘肉、啤酒、白酒和各種袋裝食品，又抬了半隻羊下來。阿迪里邊搬東西邊問：「你們怎麼才回來？很長時間了嘛！」

老吳皮笑肉不笑地說：「在鎮上修了半天車，又買了不少吃的，你小子不是總想吃烤羊肉嗎？特地給你買了半隻羊，新殺的，新鮮著哩！」

阿迪里喜出望外：「太好了！晚上我做烤羊肉給你們吃。調味料買了嗎？」小龍說：「買了，胡椒、孜然、咖哩粉都有！待會兒就看你的手藝了！」阿迪里嘿嘿一笑：「沒問題！」

他不愧是西亞人，沒多久工夫就把幾大塊羊肉烤得酥香四溢、引人口水，王大腦袋饞得差點把舌頭吃下去。烤好之後，又從地窖裡搬來兩箱涼啤酒，四人甩開腮幫子狠狠吃了一頓烤羊肉，直喝得大伙東倒西歪，杯盤狼藉、神智不清。

直到第二天上午，大家才醒過酒來。老吳熬了點大米粥，四人吃過早飯都坐在院子裡閒聊。

阿迪里說：「我們在這裡除了吃飯、睡覺，什麼事情都沒有，真是很沒意思。」

小龍也說：「可不是嗎？這一天除了吃就是睡，跟他媽養豬似的！」

王大腦袋正搖著大腦袋聽京劇：「那有什麼辦法？陳軍也不讓帶妞回來。」阿迪里說：「我有個主意可以解解悶，你們想不想聽嗎？」

第二章　躲貓貓

三人都來了精神，小龍笑著說：「你這個塔吉克棒子平時少言寡語的，今天怎麼居然有主意了？快說說！」阿迪里嘿嘿笑著：「那是我以前在塔吉克軍營裡學來的，玩起來很有意思的。」老吳催促道：「怎麼玩啊？你他媽的就別賣關子了，快說！」

阿迪里見幾人都來了興趣，笑了笑說：「其實也沒什麼特殊的嘛：我們四個抓鬮選出三人，限三分鐘時間在老宅裡藏好，但不准出宅院牆。而那第四個人就去找，二十分鐘之內找到哪個，哪個就輸掉一千塊，如果找不到就輸給對方一千塊，怎麼樣嗎？」

他剛說完，三人都哄笑起來：「你這算什麼好主意，不就是捉迷藏嗎？小孩玩的玩意！」阿迪里說：「捉迷藏是小孩玩的，可我們不同，我們四個都是當過特種兵的，在軍隊裡都受過追蹤和反追蹤訓練，這樣玩起來就更有意思了。」

讓他這麼一說，三個人還真動了心。小龍說：「你還別說，這傢伙的主意倒也不錯，一千塊的賭注也不算小，總勝過在這破地方天天吃飽了睡吧？」老吳也躍躍欲試：「可不是嗎？阿迪里的主意不錯！那咱們現在就開始！」

第二章　躲貓貓

阿迪里卻搖搖頭：「現在是白天沒意思，到了晚上九點鐘以後再開始，那樣更有難度，也更好玩。」王大腦袋拍了他肩膀一下：「你小子別看平時悶聲不響，還真有點餿主意咧！」阿迪里咧嘴笑了。於是四人商量好，晚上就開始玩。

晚上九點鐘，幾人早就摩拳擦掌、按捺不住準備開始。阿迪里用紙團做鬮，小龍說：「我說這宅子裡很多屋子都有鎖，咱們也進不去呀！」老吳白了他一眼：「那種破鎖還能難住咱們？開鎖之後進去，雙手從窗格伸出來再鎖上，至於你能不能發現，那就看能耐了。」

王大腦袋樂了：「太好了，我都等不及了！在部隊那時候天天進行特務訓練，沒想到現在居然用在捉迷藏上，哈哈哈！」老吳又問：「如果有人藏得十分巧妙，二十分鐘後也沒被找到，那怎麼辦？」阿迪里說：「要是那樣的話，那個人就先贏了一千塊，然後讓餘下的三人抓鬮，那個人可以繼續藏著不出來，直到被找到為止。」

說著，阿迪里已經做好了四個鬮，四人開始抓。結果是阿迪里抓人，其他三位藏。最後他找到小龍和王大腦袋兩人，贏了兩千；然後自動認輸，輸給老吳一千。

幾人覺得非常過癮，又繼續抓鬮，這回輪到老吳抓人。他信心滿滿地說：「你們快去藏吧，我肯定能在十分鐘之內把你們都揪出來！」然後關上房門。

三人立即開始行動，小龍神祕地看了王大腦袋和阿迪里一眼，然後迅速向前院跑去，轉瞬就消失在黑暗之中。王大腦袋剛要跑開，阿迪里拉住他說：「我知道一個非常隱蔽的地方，是下午無意中發現的，可能是這老宅主人修的暗道，我倆藏在那裡，保證老吳永遠也找不到！」

王大腦袋欣喜地說：「太好了，那你快帶我去！」兩人向後院跑去。

老吳開始抓人了，他先在前院的樹上發現了小龍，小龍跳下樹來，氣急敗壞地說：「他媽的，要不是月光剛巧照在這，累死你也找不到我！」

老吳嘿嘿笑著說：「你小子就別找藉口了，老老實實在院子裡待著，看我怎麼抓他倆！」

夜已經很深了，宅子內外黑沉沉的，什麼都看不見。他先搜索了左右廂房、東西配屋，前後院翻了個遍，連後花園的閣樓也去看了，什麼都沒找到。時間已經過去十五分鐘，他正在後院焦急的時候，一眼看見有個人影在長草叢中貓腰蹲著，他悄悄掩過去，果然就是阿迪里，老吳一把揪住他的衣領，哈哈大笑：「你小子這種地方也敢藏？太小看我老吳了吧！」

阿迪里垂頭喪氣地來到前院，小龍幸災樂禍：「哎喲，你也落網了？」

又過了五分鐘，老吳仍然沒找到王大腦袋，他大喊道：「王大腦袋，快出來吧，我他媽認輸了！」卻沒人吭聲。阿迪里說：「他肯定是發現了藏身的好地方不想出來，好讓我們下次接著找。按照規則我們三個得繼續抓鬮，他可以不出來，但你已經輸給他一千塊了。」

於是三人繼續抓鬮，是小龍抓人。他狠狠吐了口唾沫：「也該輪到我當一把警察了，你們快去藏吧！」說完，邊看錶邊走進廂房。

阿迪里問老吳：「你去哪裡藏？」老吳說：「這我可不能告訴你，你走你的吧！」阿迪里笑著說：「我知道這老宅裡有個暗道，是我無意中發現的，你敢不敢和我去藏？」

老吳驚道：「是嗎？那你帶我去看看，可別騙我啊！」阿迪里說：「我怎麼能騙你呢？你到了地方就知道了！」兩人迅速向後院跑去。

三分鐘後，小龍開始找人，過了五分鐘仍然一無所獲，他頭上有點冒汗，心想王大腦袋這傢伙藏得安安穩穩，不想出來，再找不到他倆，那可丟大人了。正想著，忽然感覺背後有動靜。

他是從北京軍區退役的偵察兵，眼觀六路，耳聽八方，迅速回頭一看，見有片衣角隱沒在月亮門後，他立刻踮起腳尖移動到門外，又看見半個人影從右廂房溜出，他心裡暗罵：怪不得找不到他們，原來這兩個傢伙並不是固定藏在哪裡，而是暗中盯著我，總在我身後藏著。

他深吸口氣，馬上飛奔過去，果見一個黑影正貓著腰，飛快地往左廂房繞去，他大叫一聲：「他媽的還跑！」用百米速度追過去，那黑影無處逃遁，奔到圍牆邊飛身躍起想跳牆，小龍來到牆下高高躍起，一把抓住這人的腳踝，硬生生把他拽了下來，仔細一看，卻是阿迪里。

小龍站穩身形，哈哈大笑：「你個塔吉克棒子，讓你跟著我屁股轉！」

阿迪里沮喪地說：「為什麼每次都是我輸掉？」小龍拍拍他肩膀：「你小子道行太嫩！先不跟你廢話，我還得抓他們倆呢！」說完又向後院奔去。

一轉眼，十五分鐘過去了，老吳和王大腦袋就似在宅子裡蒸發了一樣，根本找不到。小龍掐著時間，見二十分鐘已過，他無奈大喊道：「你們兩個兔崽子快出來吧，我他媽認輸了！」

半天無人應聲。小龍罵道：「老吳這丫挺的，難道和王大腦袋藏一塊了？照這麼下去，我他媽的還不得輸到天亮啊？」阿迪里也說：「他們可能是找到了什麼暗道之類的地方，所以你才找不到。」

小龍連忙問：「暗道？這宅子裡還有暗道，我怎麼不知道？」阿迪里說：「當然有了，我們都知道這宅子裡有個暗道，難道他們沒告訴你？」

小龍恨得牙根發癢：「這兩個王八蛋，怪不得怎麼也找不到，原來是有這麼檔子事！你也忒不地道，怎麼也不和我說？」阿迪里不好意思地笑笑：「他倆不讓我說，說是有機會捉弄捉弄你！」小龍氣得直跳：「好小子，你們設好了口袋讓我鑽，騙我錢是不是？我他媽的跟你沒完！」

阿迪里連忙說：「別生氣，我現在就帶你去那暗道，你對他們倆說吧！」小龍直瞪眼：「還不快去？」阿迪里帶著小龍來到後院閣樓處，閣樓大門的鎖已經被撬開，兩人推開虛掩的門上樓。

黑沉沉的閣樓裡只有木板的吱吱響聲，顯得很是刺耳。小龍打著手電筒，說：「這二樓我都來過好幾遍了，也他媽的沒有啊？」阿迪里嘿嘿笑著：「馬上你就知道了！」

他先來到觀音像前面的香爐底下，跪在地上摸到機關扳開，小龍說：「這香爐下面還有機關？」阿迪里不語，又帶他來到雜物間。指著中間的木桶說：「你朝裡頭看看？」

小龍用手電筒一照，果然這木桶底下露出了個大洞。他驚奇地說：「太他媽的絕了！這底下是什麼？有什麼金銀財寶沒有？」

阿迪里說：「這桶下面有個長長的鐵梯，一直通到閣樓地面下頭，裡面倒是有幾尊金佛像，只是太大了，拿不出來。他倆現在都在底下聊天呢，我們去看看吧！」說完他手撐桶邊，縱身跳入桶裡。

小龍大叫：「喂，你他媽的等我一會兒！」把手電筒咬在嘴裡縱身進桶。

桶底下是個和木桶同樣粗的洞，僅僅能容納一個身位下去，幾乎連轉身的空間都沒有，看來當初修建這暗道的目的，就是為了單人在緊急時刻藏身。小龍順著鐵梯爬了十幾米，感覺空氣越來越涼，他朝下大喊：「我說，什麼時候他媽的到底啊？」

聽見底下隱隱有人回答：「快到底了，我都看見你的腳了！」小龍手腳並用，加快速度，鼻中先嗅到有股血腥味，忽然右腳掌踩到了實地，可上身還在圓洞裡，他說：「奶奶的，可算到底了，我說這裡面怎麼有股怪味？」

話音未落，小龍就覺腦後颯然有聲，他受過專業訓練，下意識立刻向右躲閃，可忘了他的上半身還在圓洞中根本沒法躲，只覺後背一陣冰涼，顯然已被尖刀刺中。他大叫一聲，右腿向後猛踢，可根本使不上半分力，原來這一刀剛好刺在他脊柱正中，神經受損，下半身已經癱瘓。

小龍從鐵梯上癱倒掉下，阿迪里站在他身邊，冷冷地看著小龍在地上扭了幾扭，然後不動了。他蹲下來，將手中的特種刀在小龍衣服上擦淨血跡後插回腿間，走到屋角的一個保險櫃旁，拉開櫃門取出一個方形紅木盒子，單手抱著，順鐵梯爬回地面。

此時已經是半夜十二點多，阿迪里把紅木盒放在廂房裡，出大門來到老宅外面。月亮照射在公路上一片慘白，他見路旁有個乞丐正蜷縮在小樹林裡，頭靠著大樹睡得正香，阿迪里看看四周寂靜無人，慢慢走到那乞丐身旁，抽出特種刀……

第二章　躲貓貓

一周之後……

老宅門前站了十多名保衛，宅院裡也都佈滿了人，整個宅院戒備森嚴，如臨大敵。林教授和林振文此刻正在前院東廂房中焦急地來回踱步。林教授一臉憤怒急躁的神情，不停大聲咒罵：「真是屋漏偏逢連夜雨——怕什麼來什麼！究竟是哪個王八蛋這麼陰魂不散地盯著我林之揚？一定要給我查出來！」

林振文咬著牙，沉著臉不說話。這時，他的得力心腹陳軍從外面走進來，還沒等林振文張嘴，林之揚已經搶著問：「怎麼回事？查清楚了嗎？」

陳軍說：「暗道裡的保險櫃敞著門，裡面是空的，還有四具被燒成焦炭的屍體，已經看不出體貌特徵了，應該就是老吳他們四人。暗室裡除了黑灰沒發現其他線索，從現場初步判斷，應該是那四個人無意中發現了暗道的機關，然後夥同外人潛進暗室，結果外人黑吃黑把四人殺掉，最後又潑汽油放了把火，盜走保險櫃裡的東西。」

林振文大叫：「這怎麼可能？那機關幾乎天衣無縫，那四個傢伙怎麼會發現？」

林之揚強壓怒火問陳軍：「那四具屍體你仔細看過了沒有？肯定是他們四個混蛋？」

陳軍說：「屍體已經燒得比正常人縮短了一半，別說身分，連男女都分不出來了，但四具屍體的手臂上都戴著特製軍用手錶，這一點倒是跟老吳四人相同。」林振文一拍桌子：「這四個死有餘辜的傢伙！再沒別的線索了嗎？」

陳軍點點頭：「暗室裡的每個角落都查了好幾遍，沒有任何線索。」林振文說：「他們四個平時都和什麼人來往密切？快去查查，一定要查個水落石出！」陳軍面露惱色：「這四人都是從軍隊裡退役的特種兵，當初是我從幾百份名單中選出來的，這四個傢伙基本上都是父母雙亡，生活圈子也比較單調，尤其是老吳和阿迪里，就是兩個光棍漢，而且性格孤僻，朋友也不多，平時也不太引人注意，也不容易走漏風聲，很適合做守衛老宅的工作。可我卻沒想到他們居然能找到暗道機關，偷走保險櫃的東西，這樣一來，找線索反而難了……」

林之揚哼了聲：「優點變了缺點，好事成了壞事。不管怎麼說，你也要想辦法找線索，我這些年為了這東西付出多少心血？越是有人和我作對，我就越要找回它！」

陳軍連忙答應：「教授放心，我一定盡全力打探消息，保證找回東西！」

第二章　躲貓貓

半月之後……

林振文正在咸陽城堡外的私人機場和一個搞房地產的鄰居打高爾夫，忽然見陳軍驅車馳來，下車快步走到他面前，低聲說：「老闆，有線索了！」

林振文臉上一動，笑著對那房地產商說：「真不好意思，我家裡出了些事要去處理，先讓于冰陪你打一會兒球，怎麼樣，王老闆？」那王老闆早就對于冰垂涎三尺，連忙高興地說：「好啊好啊，那你先去忙吧！」

陳軍和林振文開車回到城堡裡，進了書房關上門，林振文迫不及待地問：「什麼線索？」

陳軍說：「我提取了那四具屍體上的一些肌肉組織，然後挨個去和他們親屬、父母或子女的ＤＮＡ進行基因比對，王大腦袋有兒子，小龍有父親，老吳一時找不到什麼血緣親戚，那西亞人阿迪里在新疆喀什有個親叔叔，最後化驗的基因結果是：王大腦袋和小龍的基因都和他們的直系親屬基本相同，可又發現另兩具屍體居然都和阿迪里叔叔的基因大相逕庭！」

林振文剛喝了口咖啡，聽了這話連忙問：「這是什麼意思，說明什麼？」陳軍說：「老吳沒有親屬，找不到可以進行比較的ＤＮＡ，可是阿迪里叔叔的基因卻和另兩具屍體都不同，這說明了，這兩具屍體中並沒有阿迪里！」

林振文站了起來：「難道那四具屍體裡沒有阿迪里？這傢伙逃走了，死的另有其人？」陳軍點點頭：「很有可能。」林振文說：「可是老吳沒有親戚，也不能排除老吳還活著的可能性啊！」

陳軍說：「老吳嘴裡有顆金牙，而有具屍體的嘴裡也鑲有金牙，從這點特徵來看，老吳應該還是死了，只有那個塔吉克人阿迪里還活著。」

林振文眼睛放光：「照你調查的結果，是阿迪里引來了外鬼偷東西，得手之後又殺掉他們，自己跑了？」陳軍說：「恐怕沒那麼複雜。」林振文奇道：「什麼意思？」

陳軍說：「按我的猜想，很可能是阿迪里無意中發現了暗道機關，然後把其他三人引到暗道裡殺死，又找了個替罪羊拋進暗道放火燒掉，造成四個人都被燒死的假象，而他自己金蟬脫殼，帶著東西一逃了之。」

「這個該死的塔吉克人！」林振文破口大罵，他在書房裡來回急速地走，陳軍又說：「這個阿迪里性格比較孤僻、心思很深，他是內鬼也不意外。」

林振文哼了聲：「只要有線索，就不怕他逃到外星球去！你下一步打算怎麼辦？」陳軍說：「我會全力調查關於阿迪里的一切情報和他的去向，保證把這傢伙揪出來！」林振文說：「速度一定要快！這傢伙很有可能拿著東西去聯繫買家，要是讓他脫手那就不好辦了！」陳軍說：「我會盡快找到他的！」

第三章　阿迪里

六天之後，新疆維吾爾自治區喀什市。

正值八月中旬，喀什位於亞洲最大沙漠——塔克拉瑪干大沙漠——西緣，靠近吉爾吉斯國境，號稱中國西部火爐，自然是熱得烤人。

這天正是喀什市的「巴扎天」，大多數新疆城市在每個禮拜都有一個「巴扎天」，巴扎在維吾爾語裡有「集市」之意，顧名思義，巴扎天就是這個禮拜的集市日，這一天是相當地熱鬧，說是過節也不過分。但是新疆每個城市的巴扎天並不都是同一天，比如：庫車是禮拜一、和田（舊稱和闐）是禮拜三，而喀什則是禮拜日。伊斯蘭教中禮拜日是向真主阿拉祈禱的日子，在這一天裡人們不用工作、學習，可能單休日就是從那流傳下來的。

下午兩點鐘，喀什市以西疏附縣的縣城裡，通鎮整條街都是市集，牽著駱駝的商人大多穿著長袍、黑布蒙臉，在集市裡來回穿梭，兜售著放在駱駝背上的布匹、香料或短刀。集市裡很多地攤的攤主身邊都擺著錄音機，邊播著維吾爾族歌曲，邊大聲招徠顧客，歌曲聲和喧鬧的人聲交織在一起，熱鬧非常。放眼望去，遠處山巒起伏，一

第三章　阿迪里

望無際的都是戈壁和沙漠，不時有幾隻羚羊在戈壁灘上跑過。

在一個烤羊肉串的攤子前圍著不少吃客，烤肉的攤主是個地道的維吾爾族人，臉上留著維吾爾族人特有的八字鬍子，戴著花紋角帽，滿是污漬的身上散發出一股油膩味。他邊烤串邊用維吾爾語拉著長聲：「依依依！……霍西卡瓦甫！堆西卡瓦甫！」（吃烤羊肉串，香噴噴的烤羊肉串！）手裡的羊肉在炭火爐中上下翻飛，他熟練地來回撒著鹽、孜然和胡椒粉，羊肉隨著騰起的青煙發出響聲，散發出獨特誘人的香味。

一個留著短髮的漢族男人心不在焉地走過來，攤主連忙大聲叫道：「哎！阿達西，尼曼葉依斯孜？霍西卡瓦甫？圖努爾卡瓦甫？」（哎，朋友，吃點什麼？吃烤羊肉串嗎？還是饢烤肉？）

那短髮男人搖搖頭，用手指了指嘴，意思很明顯：我聽不懂你的話。這攤主立刻反應過來對方是應是外地來的漢族人，因為在新疆當地居住的漢族人不會維吾爾語的簡直少之又少。攤主改用半生不熟的漢語說道：「吃羊肉串嗎？香香的羊肉串，要不要嚐一下子？」說完就遞過兩支肉串。

短髮男人左右瞧了瞧，掏錢買了十支肉串，漫不經心地大口吃著。這人身材不算太壯，上穿一件短背心，右臂上刺著兩把交叉的彎刀，雙刀一紅一青，很是惹眼。集市裡人群擠來擠去，不時有牽駱駝的商人經過。

一隻背馱波斯毛毯的大駱駝慢慢走來，牽駱駝的是個消瘦的維吾爾族人，這人頭戴披布圓圈，用青布罩臉，身穿黑色長袍。經過短髮男人身邊時，不經意看了他一眼，忽然看到他臂上的雙刀刺青，這維吾爾族人眉毛一動，隨即摘下面罩，用漢語大聲呼喊起來：「萬能的真主賜福，讓我們都能用上這漂亮的地毯！」

新疆的漢人很多，所以維吾爾族人用漢語做生意也不奇怪，但這人喊得特別，短髮男人也不由得回過頭看，只見那維吾爾族人揮舞著一張毛毯大聲說道：「世界上最好的毛毯，比古董還珍貴的好東西，快來買吧！」

短髮男人邊吃肉串邊笑，暗想：這傢伙還真能忽悠，什麼破毛毯能比古董還值錢？忽然，他猛地發現那維吾爾族人脖子上竟然也紋著雙刀圖案，再看他的臉，那維吾爾族人似笑非笑地看著短髮男人，表情非常詭異。短髮男人左右看了看，對這維吾爾族人說：「這毛毯多少錢一張？」

維吾爾族人笑著對他說：「你要買毛毯嗎？這毛毯很貴的，就怕你買不起的！」短髮男人撇了撇嘴：「再貴也得有個價錢吧？」維吾爾族人說：「五百塊錢一張！」短髮男人還沒說話，旁邊已經好幾個人搭言：「什麼毛毯賣得這麼貴，難道是用金子織成的嗎？」維吾爾族人哈哈一笑：「這是正宗的波斯毛毯，是主使者賜給我們的！」

第三章　阿迪里

這短髮男人轉了轉眼珠，說：「行，既然是主使者賜給的，那我就先買一百張！」旁邊人都哄笑起來，都以為他在說笑話。那維吾爾族人卻鄭重地點了點頭：「好的好的，可我今天只帶了二十張，你跟著我回家去拿吧！」短髮男人點點頭，維吾爾族人把面罩戴在臉上，短髮男人跟著他牽著駱駝穿過人群離開集市，向山坳北面走去。

集市的喧鬧聲越來越遠，路也越走越僻靜。那維吾爾族人見左右無人，便問：「你真的要買毛毯嗎？」

短髮男人撇了撇嘴，說：「我吃飽了沒事幹，買一百張毛毯蓋房子？」

維吾爾族人停下腳步：「那你是什麼意思，難道是在騙我？」

短髮男人哈哈一笑，有意無意的用左手摸著自己右臂的紋身：「是一位好朋友介紹我來的。」維吾爾族人緊追不捨：「是什麼樣的好朋友？」

短髮男人看著他說：「北山羊。」

維吾爾族人大驚，又摘下面罩問：「真的是北山羊派你來的？那你是……」短髮男人嘿嘿一笑：「我是河狸。」維吾爾族人臉上露出微笑：「太好了，我叫庫爾班，本以為在巴扎裡很難找人，卻沒想到一下子就碰到你了，呵呵呵！」

河狸說：「阿迪里在哪？我什麼時候能見到他。」庫爾班說：「不要著急嘛，我的朋友。你馬上就能見到他！」河狸滿意地點點頭，兩人繼續趕路。

路上都是紅色的硬土，毒辣的太陽曬得河狸滿頭是汗，而那庫爾班穿著厚厚的長袍，頭上還戴著頭巾，卻沒見他怎麼出汗，看來是久居新疆，已經適應這裡乾燥酷熱的氣候。

兩人往北足足走了一個半小時，前面出現一座偏僻小鎮，兩人走了進來，這鎮子非常安靜，只偶爾看到幾個村民走過，到處都是典型的伊斯蘭圓頂風格建築，庫爾班似乎對這裡很熟，牽著駱駝在鎮裡左穿右穿，最後來到一座大樓面前。這座樓外面用淺黃和綠色雕著精細的花紋，高大的圓拱門裡面是細長走廊，走廊裡還套著小門，周圍非常安靜，只有隻很肥的波斯貓懶懶睡在窗台上，靜靜的陽光透過雕花欄杆，照在走廊裡的黑白格地磚上。

庫爾班把駱駝拴在窗柱上面，向河狸打了個手勢，兩人走進樓裡。外面本來十分酷熱，這樓裡卻似乎有天然空調，非常涼爽。上到二樓後，順著長長的雕花走廊進一個門洞，裡面光線較暗，有個人影背對著門坐在地毯上，手裡似乎捧著一把熱瓦甫琴，旁邊還放著酒壺和瓜果。

庫爾班對那人說：「阿薩拉姆依利庫姆，阿迪里。」（尊敬的阿迪里你好。）那人把熱瓦甫琴放下，也不回頭，說道：「依薩拉姆。」（你也好。）庫爾班轉身出去了。河狸左右看看，屋裡並沒有別人，於是用漢語問道：「你是阿迪里嗎？」那人慢慢轉過身，點點頭用生硬的漢語說：「我就是阿迪里。你是誰？」河狸說：「我是河狸，北山羊讓我來找你辦那件事。」阿迪里說：「是嗎？那就先請坐下，先吃塊哈密瓜嘛！」河狸走了半天的路，早就渴得嗓子冒煙，他也不客氣，接過哈密瓜三口兩口吃進肚。

阿迪里哈哈大笑，又遞給他一盤葡萄，河狸仍然吃得精光。阿迪里說：「你是哪裡人？看來對西亞的氣候還很不習慣嘛！」河狸擦了擦汗，說：「我是雲南人，我們那裡四季如春，可不像你這破地方，好像下火似的。」

阿迪里頗有些不高興：「西亞可是好地方，不像你說的什麼破地方。」河狸不耐煩地說：「行行，好地方好地方。談正事吧！北山羊說他那邊的事情已經安排好了，讓我來找你談談價錢。」阿迪里問：「北山羊現在在哪裡？」

河狸說：「有人在阿勒泰挖到一批阿斯馬里普獨目人的金雕像，要賣給他，所以他可能要到阿勒泰去一趟，先打發我來看看東西，如果行的話，他辦完事隨後就到。」阿迪里又問：「我十天前就給他打了電話，他說兩天後派你來找我，怎麼今天才到喀什？」河狸現出一臉無奈：「別提了！最近我被人盯得特別緊，在阿克蘇躲了兩天才把他們甩掉。」

聽了河狸的話，阿迪里點點頭，拿起熱瓦甫琴隨意撥拉幾下：「昨天下午我給你打電話，你說正在阿圖什躲避仇家，沒出什麼大麻煩吧？」河狸稍一遲疑，隨即說道：「哦，沒事了，不過還真挺險的，差點就栽在他們手裡。」

阿迪里隨口問：「是什麼樣的仇家？」河狸拿起兩個核桃，敲碎了邊剝皮邊說：「哦，那夥人其實是衝著你來的，無非是因為你手裡的東西，不過你放心，想抓住我沒那麼容易，我這『河狸』的外號可不是白給的，哈哈哈！」

阿迪里臉上露出一絲難以察覺的神色，他笑了笑：「那就好，我就怕你把我給出賣了！」河狸說：「不會，我們還得做生意呢！」阿迪里站起來，一指對面走廊盡頭的房門：「我們到那個房間去談，那裡很安全。」

河狸坐在離門近的地方，於是他站起來先走出門，阿迪里捧著熱瓦甫琴跟在他身後。河狸邊走邊說：「你怎麼還抱著這破琴？」阿迪里說：「這是我家祖傳的寶貝，當然不能丟下！」河狸嘿嘿一笑：「比你得到的寶貝還值錢嗎？」

阿迪里沒回答。這時兩人已經走到走廊拐角處，這裡有一個窄小的門洞，成年人只能彎腰而過，河狸低頭貓腰鑽門洞時說：「你這房子怎麼修的，不是給貓鑽的吧？」

話音剛落，阿迪里閃電般從熱瓦甫琴中抽出一把尖刺，猛然刺向河狸後心。河狸

第三章　阿迪里

聽見身後有動靜，暗叫不好，下意識想向右躲，可他忘了是在低矮的門洞中，身子一歪，尖刺深深扎進左肋。

河狸大叫一聲，左掌向後猛斬阿迪里脖子，同時右腿反勾踢飛他手裡的熱瓦甫琴，順勢鑽進屋裡。阿迪里手提尖刺在後緊追不捨。河狸見屋裡另有一扇門，他連忙搶步進門，隨手緊緊關上鎖住門閂。阿迪里抬腳猛踹，河狸死死用肩膀頂住門，鮮血從左肋傷口中不斷湧出，顯然阿迪里手中那根尖刺開有放血槽，令傷口呈三角形，別說自己止血，就是外科大夫來了也很難在短時間縫合好。

門外的阿迪里後退幾步，低喝一聲，助跑猛衝上前。

河狸咬牙忍痛掏出手機，用顫抖的手撥通號碼：「我暴露了，快來救我！」他剛說完，就聽「喀啦」一聲大響，整個身體就像被大鐵錘擊中，連人帶門都飛出去，手機也在地板上滑出老遠。

阿迪里踢開門之後，立即挺尖刺低身向河狸扎去，河狸用盡全身力氣就地一滾躲開攻擊，隨手抓過身邊的椅子掄去。阿迪里用胳膊擋開，看著河狸捂著傷口靠在牆角，他也不再追趕，而是堵在門口嘿嘿陰笑：「五分鐘以後，你體內的血就會流走一半，那時候不用我動手，你自己就死掉了。」

河狸大口喘著氣，鮮血順著地板流到了阿迪里腳下。阿迪里笑著用腳尖蘸血在地上畫著圈，似乎很是悠閒。河狸彎下腰，有些體力不支，忽然他猛抖右手，一道寒光飛出，阿迪里靈活地側向躲開，一柄短刀「奪」的一聲釘在門框上。

阿迪里哈哈大笑，指著河狸說：「我早就防備了這手，你還有什麼厲害招數快使出來吧，真主詛咒的東西！」河狸直瞪著他說：「你為什麼要向我下毒手，難道就不怕北山羊要你的命？」

阿迪里哼了聲：「你根本就不是河狸！」

河狸一驚，說：「你放屁！我不是河狸難道你是？你個王八蛋！」阿迪里慢慢道：「昨天下午我根本沒給你打過電話，我聽人說河狸昨天晚上在甘肅失了蹤，正在想他是不是出了什麼麻煩，所以就用話套你一下。你是昨天晚上抓到河狸的，還以為我下午真給他打過電話，於是就順口答應，這麼簡單的方法就騙過了你，看來你們漢人也夠笨的。」

假河狸聽完他的話後悔極了，他支起身體喘著粗氣：「你這個塔吉克棒子，老子居然栽在你手裡！」阿迪里最恨別人叫他「塔坦克棒子」，他目露凶光，猛衝上來挺刺就扎，假河狸連忙抬右腿去踢他手腕，這個假河狸也有一身功夫，只可惜此時身受重傷，這一腳也是力道虛浮，根本沒用。阿迪里右掌用力朝他右腿迎面骨上一拍，同時尖刺前送，噗地捅進假河狸的左胸。

這一刺正好扎中心臟，假河狸身體開始痙攣，心包裡的血順著肺葉迅速倒灌進嘴裡，噴湧而出，他靠在牆上艱難地吐了幾口氣，再也吸不回空氣，慢慢癱倒。

阿迪里撿起假河狸拋掉的手機，看了看上面的號碼，臉上肌肉抽搐，朝假河狸的屍體狠狠踢上一腳，低罵：「阿那斯黑！」（你這個混蛋！）

烏魯木齊市區的一家旅館裡，一個矮個男人正焦急地撥打手機，同時在屋裡來回轉圈。打了十幾遍之後，終於打通了：「陳哥，你在哪啊？手機怎麼也打不通！」

電話那頭傳來低沉平穩的聲音：「我在地下停車場。什麼事？是有消息了嗎？」

「陳哥，出大事了！剛才老七給我打電話，他就說了句『我暴露了，快來救我』，再就沒動靜了，我怕暴露也沒敢回電話，陳哥，會不會出什麼事？」

「他媽的，怎麼可能會暴露？事情安排得這麼周密！」

矮個焦急地說：「我也納悶啊！陳哥，現在該怎麼辦？」

「你馬上離開烏魯木齊，先回蘭州避避風頭，那個塔吉克棒子很可能會找到你，你自己小心點，這段時間不要給我打電話，等我聯繫你！」

電話掛斷了。矮個氣得把手機狠狠摔在床上，罵道：「該死的塔吉克棒子！」

西安文昌門外，陽光麗都大劇院。

這是西安最高檔的娛樂場所，總有國家文化部門的領導來視察，此外還經常負責接待國外政府官員和各界名人，因此在西安市的地位可想而知，不是有頭有臉的人一般沒什麼機會來這裡享受。

晚上八點鐘，大劇院整個建築都亮著金色的燈光，似乎全是用金磚砌成。門口停著幾十輛豪華轎車，七、八名保安穿梭內外，不時衝著掛在耳邊的對講麥克風互相通話。

一輛黑色美洲豹轎車從文昌門急駛而來，停在大劇院門口，從車上跳下一人。保安見了這人，忙不迭地迎過來，這人看都沒看，車門也不關，逕直快步走進大劇院。保安鑽進車裡緩緩把車開到車位上停好，拔下鑰匙，用遙控器鎖好車門，小心翼翼地把鑰匙塞在內懷裡，然後在車前站得板直。

這人進了劇院大廳，裡面富麗堂皇，燈光耀眼，他大踏步走上寬大、鋪著紅地毯的弧形樓梯，一直來到二樓的VIP貴賓廳。這裡是客人休息的地方，共有十二間VIP廳，平時只供領導和國外貴賓休息用，這人來到第五間標有「海棠」字樣的貴賓廳門外，敲門進去。

第四章　策劃行動

房間裡佈置得好像總統套房，寬大客廳裡擺著精緻的桌椅，林振文正與一名美貌女人坐在椅子上悠閒地喝咖啡。

林振文見這人進來，將杯子放下，笑道：「陳軍，什麼事這麼急？你平時可不這樣。」

陳軍神色焦急：「老闆，我給你打電話總是打不通。」

林振文漫不經心地問：「怎麼了？」

陳軍說：「喀什那邊好像出事了！」

林振文直起腰來：「什麼，到底怎麼回事？」陳軍說：「我們抓到河狸後，讓老七頂替河狸去和阿迪里接頭，可今天下午我接到線報，老七似乎暴露了，之後就再也聯繫不上他，很可能有了什麼不測。」

聽了陳軍的話後，林振文砰的一拳砸在桌上，激得咖啡勺從杯子裡蹦出來，他大罵道：「這個混蛋阿迪里，簡直欺人太甚！我非把他挖出來，再親自踩死不可！」那美貌女人連忙勸他：「振文，別生這麼大氣，小心傷肝。」林振文憤怒地說：「我能不生氣嗎？老頭子天天催我這事，好不容易有了頭緒，現在又出岔子，他媽的！」

美貌女人開口了：「陳軍，還有別的線索嗎？或者再找找其他的機會打進去。」

陳軍面有難色：「夫人，這個阿迪里當初是塔吉克政府軍特種部隊的特種兵，受過專業訓練，在偵察和反偵察方面都有著很豐富的經驗，極難對付。當初我們抓住河狸也是很偶然的機會，現在老七出了事，阿迪里肯定會更加警覺，然後隱藏得更深，再想接近他身邊恐怕很難。」

美貌女人哦了聲，又問：「那就沒辦法了嗎？」

陳軍說：「從內部打入不太可能了，看來只能多派人手去喀什抓他，我已經打聽到他有個老窩在喀什，為了等待和北山羊接頭，一時間不會離開喀什。」林振文斬釘截鐵：「就這麼定了！我這就告訴老頭子，讓他物色人選，去喀什把這個混蛋揪出來！」

十天後，西新莊林之揚別墅。

林氏父子正坐在祕密書房裡的辦公桌前，盯著電腦螢幕。林之揚每敲擊一下鍵盤，螢幕上就切換出一張人物照片。林之揚左手端著茶杯，畫面上每出現一張照片，

第四章　策劃行動

他就加以解說：「這個人你認識，郎世鵬，有四分之一的伊朗血統，西安大學歷史系教授兼地理學者，學識很豐富，對心理學也有相當的研究，後來因為參與盜挖四川三星堆漢墓被解除公職。」

林振文忙問：「這個郎世鵬不是您的朋友嗎？你們經常一起收購文物的那個郎叔？」

林之揚點點頭：「沒錯，想當年我們同在西安大學當教授，我在考古系，他在歷史系，跟我很有些交情。後來他被開除，自己經營一家文物交易公司，我們也經常有生意往來，對於這個人我還是比較信任的，同時他也是這次行動的主要負責人之一。」

「哦，是這樣，只要靠得住就行。」林振文道。

林之揚繼續說：「這人叫王植，在美國任教十幾年，是個生物學專家，對珠寶玉石鑑定也頗有造詣，回國後投靠了一名專搞地下文物生意的老闆，兩年前那老闆被捕入獄，他也就成了沒娘的孩子；這個光頭名叫羅斯•高，美國人，他祖母是中國廣東人，所以他也有中國血統，據說他天生記憶力驚人，數學知識一點就會，三十天就能熟練掌握一門外語，不但精通英、中、法、德等語言，還會日、韓、西班牙、阿拉伯等二、三十種外語。」

聽到這裡，林振文不禁問：「三十天就會一國語言？照這個速度，那他豈不是最少可以掌握上百種了？」林之揚笑著喝了口茶：「這人雖然腦子靈光，可他很喜歡賭錢和泡妞，大多數時間都花在這兩件事上了。」林振文說：「哦，那還可以理解。」

林之揚接著又說：「我聽說這人有次賭輸了沒錢給，對方開玩笑說：如果他能在兩個月之內學會阿爾巴尼亞、孟加拉和希伯來三門外語，這賭帳就免了。這三種語言都是極難學的外語，可結果這傢伙居然真在六十天內掌握了這三門語言，真可謂記憶力超群！」

林振文張大了嘴：「這傢伙也太厲害了！有機會我可要見見。」

林之揚接著敲了下鍵盤，指著螢幕說：「這兩個人是職業盜墓者，親兄弟倆，真實姓名不太清楚，行裡人都稱他們做大江、大海，意思是他們什麼風浪都經過，什麼大場面都見過，閱歷豐富的意思。」

林振文撇了撇嘴：「誰知道有沒有真本事，胡吹大氣的人我見得多了！」

林之揚說：「山姆介紹的人應該不會錯，那個大鬍子老外能力絕不能小窺。他媽的，要不是十幾年前被他抓住了把柄，我也就不用跟在他屁股後頭轉了！」林振文說：「也不能這麼想，如果不是您和山姆合作這麼多年，也攢不下這麼大的家產不是？」

第四章　策劃行動

林之揚點點頭：「這就叫有失必有得，只是不知道會不會有那麼一天，我們最終還是吃虧在他身上。」林振文不以為然：「父親，您就別多想了，現在中國搞文物的又不止我們一家。對了，找兩個盜墓的有什麼用，這次去新疆又不是盜墓？」

林之揚說：「這次去雖然不是盜墓，但之後我們開掘茂陵時必然要用到精通盜墓的人，他們雖沒受過考古的正規訓練，但這些人豐富的經驗可以彌補一切，讓這兄弟倆跟著隊伍去新疆，順便還可以考驗一下他們的人品如何。」

林振文說：「原來如此，您想的還真周全。接著給我介紹其他人吧！」

林之揚喝口茶，右手食指敲了下鍵盤，說：「這個胖中年人名叫宋越，著名考古學家，他和我國著名考古博士夏鼐一樣，都畢業於英國倫敦大學考古學院，另外對古建築和天文學也有點研究。八十年代那陣子，國家考古隊凡是在挖掘著名大墓時，都要請他在現場把關。這人不擅社交，說話也直，好得罪人，後來他得罪了文物局領導，受人暗中排擠，他一氣之下辭了職，近幾年賦閒在家，也沒什麼收入，似乎過得很清苦。」

林振文邊點頭，邊喝咖啡，忽然他說：「咦，這三個當兵的是誰？」

林之揚說：「這三人都是身懷絕技的職業軍人，也是真正的精英中的精英，比你給我找的那四個傢伙強多了！」林振文委屈地說：「我也不知道那個塔吉克棒子會偷走地圖啊！」

林之揚白了他一眼，繼續說：「左邊這個高個子名叫史林，河南新鄉人，三十四歲，他沒爹沒媽，小時候被父母遺棄在少林寺門口，後來就在寺裡做俗家弟子，二十歲離開河南嵩山，到南方城市當過幾年城市特警，後來又到電影公司裡做專職武師，最後給上海的一位房地產巨富當私人保鏢，後來那位巨富因大案落網，他也就無處投奔了。此人在練武圈中很有名氣，據說他修練過少林內功『易筋經』，渾身銅頭鐵骨，能單掌開碑碎石，很是厲害；中間這個矮小子叫提拉潘，泰國人，精通泰拳和槍械知識，畢業於德國斯圖加特軍事學院，後來曾在德國邊防第九大隊服過役，也是這支世界老牌特種部隊裡，僅有的亞洲人，因為收黑錢而被開除，後來他無事可幹，就在金三角一帶給毒販頭子當保鏢；右面這個長相陰沉的傢伙是法國人，名叫林奇・法瑞爾，前期在法國黑豹突擊隊，後來又去了英國皇家特別空勤團任職。退役後沒什麼正經職業，在各個國家當職業殺手。」

聽了這三個人的背景，林振文來了興趣：「老爹，那些個什麼『德國邊防第九大隊』、『黑豹突擊隊』和『英國皇家特別空勤團』似乎都是世界各國的特種部隊吧？」

林之揚點頭：「沒錯，而且都是頂尖的特種部隊，德國邊防第九大隊是世界上第

第四章　策劃行動

一支特種部隊，黑豹突擊隊是英國軍方的祕密武器，都是精英中的精英。」

林振文說：「聽您的介紹，這三個傢伙都是身懷絕技的特殊人才了？就是不知道人品如何。」

「這三位論作戰水平是沒得說，不過人品怎麼樣就不太清楚了，當然，像這些認錢不認人的傢伙，我也沒指望他們有多高覺悟，只要你付得起錢，讓他們殺美國總統都幹。」林之揚邊喝茶邊說。

林振文哈哈一笑：「現在有了郎世鵬、王植、宋越和羅斯・高四個學者，再加上大江、大海兄弟倆和三個當兵的，總共九個人去新疆，人手夠用嗎？」林之揚說：「我也想多些人去，可是人多了太顯眼，也容易走漏風聲，我考慮再三，還是只選了他們九人，再加上天津的姜虎，一共十個專業人士，應該夠用了。」

「還有別人嗎？」林振文問。

林之揚站起身，在書房裡走了一圈，說：「當然有，還有最重要的兩個人選。」

「最重要的兩個人？是誰？」林振文急切地問。

林之揚說：「一個是領隊，俗話說：蛇無頭不行，我當然不能讓這十個人自己去新疆，那樣會亂成一鍋粥，需要有個統領者來帶隊才行，振文，你說誰最合適？」

林振文撓撓腦袋，嘿嘿笑著：「這個……我不知道，父親，您還是直說了吧！」

林之揚沒有直接回答，卻先講起新疆來：「在新疆一帶散布著很多漢、唐時期中亞各古國的陵墓，隨著樓蘭小河墓葬群被發現，大批的中外探險者和盜墓人都爭先恐後地進入沙漠中去尋寶，掀起了一股強烈的探險熱潮。那裡的墓葬多得令人吃驚，用常去新疆盜墓的人話說，新疆的古墓比北京的地攤還多，你到羅布泊附近，隨便用鐵掀一挖就能挖出文物來。這話當然有些誇大，但也證明了新疆這塊地方確實是個墓葬高度集中的特殊區域。而現在國家對於新疆大批文物的流失管理，也有些顧此失彼，盜墓者多如牛毛，管也管不過來。現今很多新疆文物在國際上都非常搶手。」

這番話聽得林振文連連點頭，他說：「父親，您說的這些我也有所了解，可您還是沒說讓誰當這個領隊啊？」

林之揚轉了一圈，背著手在辦公桌對面站定，和林振文面對面：「我決定讓杳麗做領隊。」

林振文手裡的咖啡杯差點掉地上，他還以為自己聽錯了：「什麼？杳……杳麗？我老婆？」

林之揚微笑著點了點頭：「沒錯，就是你的老婆杳麗。」林振文連連擺手：「不行不行，她怎麼能做領隊？這絕對不可能！」林之揚說：「怎麼不可能？如果她不去，那就只能你去。」

林振文大驚：「我……我去？爸爸，我可不能去啊，我能幹什麼？」林之揚撇了撇嘴：「就知道你不想去，當然，我也捨不得讓你去，畢竟這不是去玩。你聽我跟你講。」

他重新回到林振文身邊坐下，喝了口茶說：「振文，此次新疆之行雖然是無奈之舉，但也有好處，山姆給我們找了九個各行業的精英，這些人都身懷絕技，可我們畢竟對他們不了解，這些人雖然都有專業知識，可我們還不知道他們的價值到底有多大，這次去新疆追回地圖，也可以檢驗一下他們的能力。而此去喀什要橫穿大半個新疆，還要經過有死亡之海之稱的塔克拉瑪干大沙漠，那裡的環境絕非江南可比，大部分都是人跡罕至的無人區，氣候和地理條件也相當艱苦，不是什麼人都能適應的。但俗話說：蛇無頭不行，讓那些人自己去新疆沙漠尋找阿迪里，我還真有些不大放心得下，必須得由我們的人帶隊，於是我最先想到了你。」

林振文聽了後，嚇得連連擺手：「不不不，父親您可千萬別開玩笑，我怎麼能帶隊呢？」林之揚哼了聲：「瞧你那副沒出息的模樣！我就知道你肯定是一萬個不想去，當然我知道這趟新疆之行並不是去旅遊觀光，也許會遇到很多凶險和困難，但沒有首領是不行的，於是我又想到了另一個人選。」

林振文說：「就是我……我老婆？」

林之揚微笑著點點頭：「沒錯，就是你妻子杏麗。她精明強悍，能力不讓鬚眉，在你的林氏集團做了十年總經理，領導經驗也很豐富。而且她出身世家，在法國留過學，素質很高，當初我也是衝著這點，才同意你娶她，另外還有最重要的一點：她不姓林。」

林振文奇道：「她當然不姓林了，您的意思是……」

林之揚站起來，說：「此去新疆如果還算順利，那就一切如願；但話又說回來，一旦真出了什麼事，她再重要也不過是個外姓人，我總不能讓自己的兒子先去冒這個險吧？但在外人之中她還是最可靠的人。怎麼，你捨不得你這個美貌的老婆嗎？」

林振文面有難色：「這個……杏麗和我結婚十年，還真有點……有點捨不得讓她去。」林之揚收起笑容：「首先你要明白一點，這次新疆之行是必須要去的，如果你捨不得她，那就只有你去，自己選擇吧！」

一句話把林振文的退路堵死了，他自然不願意自己去冒那個險，大老遠跑到新疆沙漠去喝風。還在猶豫時，林之揚站起來，嘆了口氣，拍拍林振文肩膀，說：「振文，當初你和杏麗是怎麼結婚的，我想你不會忘了吧？」

林振文神情尷尬：「父親，您……您是指……」

林之揚喝了口茶，慢慢地說：「十年前你苦苦追求杏麗，可是她根本就不喜歡你。後來杏麗的父親在期貨市場虧了血本，如果不是我那時候出錢替他平倉救市，恐怕她父親早就跳黃浦江了，之後你就和她結了婚。到現在十年過去了，你們也沒能生出個一男半女來，雖然你沒告訴我原因，但我早已經猜出來了。」

聽了林之揚這番話，林振文表情極其複雜，欲言又止。

林之揚說：「杏麗雖然和你結了婚，但無非因為你救了她的父親、她的家庭，她等於在向林家報恩，或者說得再難聽點：她把自己賣給林家了。可她不願意為你生兒育女，並不是像你說的工作忙之類的托詞，肯定跟她以前那個戀人有關，我記得在跟你結婚之前，她差點跟那個戀人跳湖自殺。也許她覺得當初自己沒能力選擇自己的丈夫，所以就決定永遠不生孩子，用來向現實表示一點點的示威。我說得沒錯吧？」

林振文臉上陰晴不定，沒有作聲。

第五章 杏麗

見林振文這副模樣，林之揚等於從他臉上得到了肯定答案，他又說：「林氏集團自從交給你後發展很快，可除了你的努力之外，杏麗也有很大功勞，很多公司的重大事務她都處理得很好，尤其，三年前那椿香港拍賣會文物失竊案，她可謂功不可沒，而且她平時辦事能力也無可挑剔，集團內外無人不服。可你們之間的感情怎麼樣？」

林振文低頭喝著咖啡，並不回答。

林之揚說：「你不說我也知道，她其實並不愛你，只是已經選擇了和你結婚，就必須要盡做妻子的責任。杏麗雖然留過洋，受過西方教育，但她的骨子裡還是個東方女人，也許這就是老輩人所說的從一而終吧！」

林振文臉上開始有些嗔色：「什麼從一而終？她從來就沒停止過想那個男人！如果不是十年前我想辦法把那個傢伙調到福建去，難保她不會背叛我。」

林之揚嘆了口氣：「這也是沒有辦法的事。正說明杏麗是個有情有義的女人，既然你看上了她、想盡辦法得到她，也沒什麼可說的，她心裡想著戀人，也是在情理之中。」

第五章　杏麗

林振文說：「父親，您為什麼提這件事？」林之揚說：「你說為什麼？難道我們林家的產業就沒有人繼承了嗎？你哥哥定居美國不回來，你又沒有兒子，我總不能把偌大個家業交給小培吧？誰知道她會不會變成第二個芭莉斯・希爾頓！」

林振文吞吞吐吐地說：「您的意思是……讓我和杏麗生個兒子？」林之揚有些生氣：「你腦子裡是不是進了糞湯，怎麼還不明白我的意思？」林振文不敢再說話，只能看著老爹的臉色。

林之揚復又坐下：「這次新疆之行，路上很可能有凶險，那個阿迪里現在正積極與北山羊勾結，雖然山姆幫我們找了九個專業人才，但阿迪里身邊很可能有大批的文物走私份子撐腰，新疆又地勢複雜、環境險惡，我也沒有十足的把握能找到阿迪里，即使真抓到了他，地圖是否在他手裡都不好說。如果讓你帶隊，路上難保不遇到什麼意外，我當然不會讓自己的兒子去冒這個險。」

林振文嘿嘿笑：「去年小培偷偷跟著田尋跑到南海，把您急得都吃不下飯了。」林之揚哼了聲：「這丫頭太不聽話，我對她沒有半點辦法。」

林振文說：「不過小培自打從南海回來似乎變了些，不像以前那麼任性了，有時候居然還關心起人來，知道逢年過節的時候，給我打電話問好，很令我意外。」林之揚笑了：「這就叫因禍得福吧！這丫頭跟著田尋吃了不少苦頭、受了不少磨難，對她來說是好事。」

他喝了口茶，說：「我的意思是，如果讓杏麗帶隊，即使按最壞的打算，她在路上真出了什麼意外，大不了你再找個妻子，你今年都四十歲了，再不要孩子，恐怕我就抱不上孫子了，唉！」他靠在沙發上，神情頗為落寞。

這下林振文才算明白了父親的意思，讓杏麗去領這個苦差事，如果沒出事就萬事大吉，即使出了事，自己可再討個老婆。他心中暗想：老頭子還真夠狠心的，杏麗怎麼說也是他十年的兒媳婦、自己的妻子，居然讓她去當炮灰。

林之揚說：「怎麼，你還是不同意？」林振文哭喪著臉：「父親，杏麗這十年雖然不給我生孩子，可她對我還是很好的，我有點……有點捨不得……」

看著兒子的眼睛，林之揚一字一頓地說：「那我先告訴你，這次新疆之行必須要有領隊，如果不是她，那就是你，你自己選擇吧！」林振文站起身：「父親，我真是弄不明白，我們林家這麼大的家業，有必要非盯著那茂陵不放嗎？依我看，您還是算了吧！」

林之揚臉上立刻罩上一層嚴霜：「我都和你說過多少遍了！我一生都在研究文物和考古，中國三大陵墓是所有考古學者畢生都想看到的，那秦陵和乾陵國家不准開掘，現在我們有了機會能打開茂陵，難道不是天意嗎？別說冒這點小風險，就算傾盡我們林家所有的家資，我也要親眼看到漢武帝的棺材！」

林振文平生最怕的就是自己的老爸，他幾次欲言又止，最後「砰」的一聲狠狠把拳頭砸在桌上。

看著兒子的窘境，林之揚慢慢來到他身邊，輕輕拍了拍他的肩膀說：「振文哪，老爹快七十歲的人了，我這一生為了讓家裡過得好些，可以說費盡了心思，你媽死得早，我拉拔你們三個也是操碎了心，才讓你哥哥和你有機會出國留學，讓你掌管這麼大的公司，讓小培過上公主般的生活，難道現在我這點希望你也不能理解嗎？」

林振文聽了這話抬起頭，見父親正用殷切的眼睛看著他，雙鬢已然斑白，額頭也爬上很多皺紋，他的心軟了，心想：妻子畢竟不是自家同姓人，為了圓老爹這個夢想，也只能把她拋出去了。

他慢慢點了點頭，說：「那……那就按您的意思辦吧，明天我去和杏麗說。」

林之揚臉上露出會心的笑容：「這就對了嘛！振文，只要他們能追回地圖，我就先開始著手將我們四人的加拿大綠卡辦下來，然後成功打開茂陵，再透過山姆運出去，到了那時候，我們就可以隨心所欲地過生活了！你不是喜歡海島生活嗎？我會在太平洋上給你買一個小島，讓你建造屬於自己的獨立王國！」

林振文雙眼放光：「真的？那可太棒了！父親，我會全力支持您的！」

父子倆終於達成了共識，又都回到桌前坐下。林之揚關掉電腦，說：「我具體的設想是避開我們林氏集團的名義，讓郎世鵬出面成立一個非官方的文物考察隊，然後再由杏麗和郎世鵬擔任負責人，帶著山姆幫忙找的那批人，讓他們去新疆喀什尋找那個阿迪里。」

林振文不解地說：「老爸，其實去新疆也不是天大的難事，只需要幾個有野外生存能力的特種兵就夠了，還要那麼多專家去嗎？」林之揚搖頭說：「絕對不行！你是不了解茂陵，中國三大陵墓之一可不是鬧著玩的，這茂陵修建了五十多年，地下脈絡肯定是錯綜複雜、機關重重，沒有經驗極其豐富的人來操作，別說進墓裡，可能連墓門都找不到，所以讓那四個專家也去新疆走一趟還是很有必要的，如果他們都是紙上談兵，一路上發揮不了多少用處，那就可以證明：他們不是進茂陵的料。」

林振文點點頭，又問道：「那您說用我公司的名義投資？我那可是文化集團，主要進行中西文化的交流，投資搞這個新疆考古團，這合適嗎？」

林之揚把眼一瞪：「有什麼不合適的？現在中國民間考古隊那麼多，其中又良莠不齊，很多考古隊都是打著考古的名義暗中進行盜墓活動。別的不說，就說尤全財的那個金春集團吧！雖然只是個拍賣公司，其實他這個公司也暗地裡資助很多盜墓團伙，每次開拍賣會他都會說那些藏品是某某民間收藏家的珍寶，哪來那麼多民間收藏

第五章　杏麗

家？無非是隨便找個人當幌子罷了，其實都是盜來的。我們也一樣，考古隊只是個幌子，有了這個公開的身分，行起事來就會方便得多。」

林振文點點頭，說：「那個山姆怎麼這樣熱心，幫我們找了那麼多專家？」

林之揚端起茶杯喝了口茶，說：「他聽說我要去新疆顯得比我還激動，他以為我又是去新疆盜墓，因為現在國際文物市場上中國新疆的古國文物十分搶手，一具樓蘭時期的普通木乃伊都能賣到十幾萬美金的高價，我順竿爬答應會把我找到的新疆文物都賣給他。於是他就四處聯絡，幫我找了那九個人。」

林振文給父親的茶杯裡續上茶水，說：「明天我就去找杏麗，讓他們十一個人選時間去新疆。」

林之揚說：「不是十一人，是十二人。」

林振文不解：「十二個人？哦，對了，剛才您說還有最重要的兩個人選，除了杏麗，那另一個人是誰？」

林之揚說：「那個人就是田尋。」

「什麼？又是田尋？」林振文大吃一驚。

林之揚看了看他：「這有什麼可奇怪的？說實話，田尋這小子開始我十分討厭，又窮又倔，根本不可能做小培的男朋友。可是經過了湖州毗山和南海鬼島這兩件事之後，我就發現了他是個極其難得的可用之才。」

聽了父親的話，林振文神情有些不屑：「爸爸，這小子有您說的那麼厲害嗎？他雖然從湖州和南海平安回來，那也不過是運氣好而已，他既不是學者，也非盜墓高人，更沒有高超的身手，所以我看他也沒什麼出奇的。」

「沒什麼出奇？」林之揚抬高聲音說：

「你知道嗎？這世界上共分四種人，第一，經常受人矚目、文武全才的明星式人物，這種人在什麼時候都出風頭，儘管有時並非自願；第二，平時不顯山不露水，卻暗地裡保存實力，在關鍵時刻就會一飛沖天，萬人矚目，有時哪怕是在做壞事；第三種，渾渾噩噩、胸無大志地白吃飽，無論什麼環境下也不會顯露出半點能力，世界上大多數人都屬於這類；再有就是第四種：這種人平時按部就班地生活，就是有出風頭的機會也不願意上前，只願一輩子平平淡淡，可一旦被環境所逼，就會爆發出平時所積累的能量，達到常人難及的高度，田尋就是這第四種人。」

林振文有點不能理解他的話：「爹，您的話太深奧了，那小子有這麼厲害嗎？」

林之揚站起來，在屋裡邊走邊道：「這小子就好比是一塊接受能力極強的海綿，平時是乾巴巴的，但遇到水分就會立刻吸收，他現在雖然只是一個雜誌社的編輯，再普通不過的一個年輕人，但他可以把接觸到的新知識，以最快的速度武裝到自己身上，這樣的人才是很可怕的，從外表你看不出他有什麼能量，但在關鍵時刻他就會發揮出難以想像的作用！」

林振文知道父親一向看人極準，不由得也認真起來：「照您這麼說，田尋這小子還真是個人才？」林之揚說：「不但是人才，而且還是個很難得的人才！」林振文說：「那田尋同意加入了嗎？」

林之揚搖搖頭：「我還沒有通知他。他和小培從南海回來之後，我給了他二十萬塊錢作為酬勞，第一次的湖州之行，他沒有收我的錢，這讓我心裡很是沒底，說不定這小子哪天心血來潮，就去公安局把我給告了，可他並沒有這麼做。」

林振文說：「可他不是在雜誌上連載了一篇叫什麼《天國寶藏》的小說嗎？寫的就是湖州盜洪秀全墓的事，還驚動了湖州警方，要不是我找了西安市公安局和文物局的人出面調停，說不定早就鬧開了。」

林之揚恨恨地說：「是的，這小子不老老實實地做他的編輯，非要寫什麼小說，氣死我了！」林振文笑著說：「後來有人通知我說，他因為這篇文章還被領導開除，真是自作自受！」

林之揚喝了口茶：「抓捕丘立三那次行動我之所以讓這小子參加，也是想拉他下水，我還暗中授意姜虎，找個機會讓那小子死在珠海，不但讓小培死了心，還免了日後有麻煩。可沒想到小培也偷偷跟著去，而且那小子在南海鬼島上居然能夠毫髮無傷、全身而回，就更證明了他有過人之處，能身處危機中而不亂陣腳，經過了這件事，我還真有些開始欣賞他了。」

「那他和小培的關係……」林振文提道。

「我看小培是真心喜歡他了，這讓我很為難。難道我的女兒真要嫁給這個窮小子？」

林振文笑著說：「那有什麼的？我說過了，沒有錢我們可以幫些，田尋既然是個人才，那就不應該考慮那些門戶之見，當初我和杏麗不也是這樣嗎？」

林之揚嘆了口氣，說：「所以，我準備再讓他跟著去新疆一次，如果他還能出色地完成任務，活著回來，那就是天意了。我準備讓他也參與開掘茂陵的行動，成功之後，帶他一起去國外，跟小培結婚。」

「什麼？也帶田尋出國？」林振文感到十分意外。

「是的。」林之揚肯定地回答道：「像他這樣的人才，小培嫁給他也不算委屈，而且如果開掘茂陵成功，我們必須帶他走，否則就等於留下了一個最有力的證人，雖然我們在國外已經很安全了，但要是有人指證我們盜挖茂陵，畢竟心中不安。」

林振文嘿嘿笑著說：「父親您多慮了，加拿大和中國沒有引渡條約，別說田尋指證我們，就是美國總統也沒權力抓我們回國。」

林之揚哈哈大笑：「你說得沒錯，但多帶一個人也不是什麼難事。」林振文又問：「讓田尋參與開掘茂陵，這樣做合適嗎？畢竟這可是件大事！」

林之揚閉上眼睛：「必須讓他參加，我相信在巨大財富的誘惑之下，沒有人能夠拒絕，更何況還有小培，一個男人能達到的最高人生境界，無非也就是財富和美女這兩樣了，他雖然是個人才，但也是人身肉長成，我有信心讓他全心為我們服務。」

「可如果他出了意外，回不來怎麼辦？」林振文問。

「這也是我的目的，就像當初讓他去珠海執行任務一樣，斷了後患是最好的，畢竟他是個知情者。要是那樣的話，就只能說他沒有那大富大貴的命，我也就無能為力了。」

林振文問道：「這回他若死在新疆，我們回來後怎麼交代？」林之揚說：「那也沒什麼，他跟著一個新疆考察隊去探險，出了意外，死於不法份子之手，這種事情又不是沒發生過，和我們有什麼相干？你不是讓陳軍仔細調查過他的家庭嗎？就是一個普通的工人家庭，沒什麼有權有勢的親戚，所以，我們最多也就是賠給他家屬幾十萬塊錢，這還能算什麼事？」

「嘿嘿，父親，您可真有一套，什麼事情都在你的預料之中，看來我還得向您學習呢！」

林之揚笑了：「你沒見我的頭髮都白了？為了這個家，我真是付出太多了。」

林振文真誠地說：「父親，等我們成功到了加拿大，您就什麼也別操心了，我們會每天過著神仙般的日子！」林之揚笑著點了點頭。

忽然，林振文又問道：「所以，如果田尋在新疆出了事、丟了性命……」

林之揚說：「那正好除去了一個心腹大患！生死有命、富貴在天，我們也只能聽從上天的安排。對了，那個趙依凡是什麼來路，你查清楚了嗎？」

林振文連忙說：「哦，調查清楚了。這個趙依凡出生在湖州，母親早亡，在她兩歲的時候又被父親遺棄。她在孤兒院一直念到高中，十六歲時就走上社會，後來到西安勤工儉學念大學，畢業時成績優秀，被西安市教育局保送到日本築波大學，然後在日本工作三年，前年回到西安，在西安市新聞單位當記者，已有半年的時間了。」

「你查得還挺詳細。資料可靠嗎？」

林振文攤開手：「這是陳軍親自派人調查的，應該沒有問題，父親，怎麼您在懷疑她？」

「我只是隱約覺得那個女孩不同尋常，有些心裡沒底……」林之揚靠在沙發椅上，若有所思地看著天花板。

「父親，您太多慮了，這個女孩很優秀，無論長相、身材、素質都是上乘，連我也覺得她太完美了，不知道她和田尋是什麼關係，陳軍說她曾經到瀋陽去給田尋做專訪，可剛到瀋陽田尋就被開除了，哈哈，真是無巧不成書。」

林之揚說：「田尋要是真和她有關係就好了，那樣我就可以放心，小培也就不用嫁給他。你告訴陳軍，無論什麼時候都要繼續派人盯著那女孩，小心點總沒錯。」

林振文答應下來，又問：「父親，您怎麼讓田尋加入這次新疆之行？」

林之揚靠近林振文，說：「我已經想好了辦法，你這樣辦……」

田尋和嚴小波坐在星巴克咖啡廳的高腳椅上，嚴小波喝著咖啡，田尋面前則擺著一杯果汁。現在正是八月中，差不多是北方一年當中最熱的時候，嚴小波是一身精神的耐吉運動衫和運動短褲，而田尋卻穿著半袖的正裝白襯衫、褲線筆直的西裝長褲，不但穿著皮鞋，椅背上還搭著一件西裝上衣。

嚴小波取笑道：「老田，你是剛從南極回來沒倒過來時差，還是得了瘧疾正打擺子呢？這麼熱的天你居然穿西裝？」

田尋無精打采：「別提了，我過會兒要到一家公司面試，那家公司臭規矩很多，規定必須穿西裝打領帶，我那領帶還在西裝口袋裡呢，都熱死我了！」

嚴小波哈哈大笑，又問：「老田，幾個月不見，你變黑、變瘦了，但好像精神頭卻更足，咋回事，這些日子都去哪玩了？」田尋喝了口果汁，慢悠悠地說：「我哪有那個閒情逸致，對了，你最近怎麼樣？」嚴小波立刻沒了精神頭：「別提了，自從你離開雜誌社之後，主編找了個槍手續寫你的文章，結果讀者很不買帳，銷量直線下滑。緊接著社裡又著了大火，幾乎所有的檔案和電腦都燒沒了，一時半會又找不到合適的辦公樓，於是我們就都放假了，放假期間只給一半的薪水，唉！」

聽了嚴小波的話，田尋輕輕點頭，似若有所思。嚴小波又說：「那時候大家都在瞎猜測，很多人說是你為了報復主編放的火。」

田尋嘿嘿一笑：「你覺得可能嗎？」嚴小波搖搖頭：「我不相信是你幹的，你沒必要為了這點事就放火。」田尋說：「你還算了解我。」

嚴小波神色有些轉陰，對田尋說：「老田，當初主編找到槍手開除你的時候，我本應該站在你這邊的，可迫於壓力我沒有支持你，我心裡一直都覺得有愧，希望你能原諒……」

田尋一擺手，喝了口果汁：「過去的事情就不用提了，我理解你那時的處境，和其他人比起來，你並沒說我什麼，這我就已經感謝你了。現在我過得比以前更好，可能還得歸功於主編吧，哈哈哈！」嚴小波也尷尬地賠著笑。他又道：「你這些日子究竟在忙什麼？有什麼好事也想著我點啊！」

田尋笑笑：「我這些日子可忙死了，說是出生入死也差不多，不過也挺刺激的。」

嚴小波一臉壞笑：「是嗎，那到底是什麼事？難道你替別人販毒、倒賣軍火？」田尋罵道：「去你奶奶的！小聲點，別讓人以為我是壞蛋再報警抓我！」嚴小波嘿嘿笑道：「那你快告訴我。」

田尋說：「其實也沒什麼，幫一個朋友找回他丟的東西而已，有時間我可以細細給你講，但今天不行，下午兩點鐘我要到一家公司去面試。」

嚴小波說：「對了，你要去哪家公司面試？」田尋說：「是一家專門從事文物古玩相關的文化公司，總部設在西安，可以說是西安數一數二的大集團了。」嚴小波忙問：「什麼名字？」

田尋說：「林氏集團瀋陽分公司。」

「什麼？林氏集團？那不是西安最大的文化集團嗎？老闆是西安著名文物教授林之揚的二兒子林振文。」嚴小波顯得很驚訝。

田尋有點意外：「怎麼你也知道？沒錯，就是這家公司。」嚴小波有點羨慕地說：「行啊，老田，那可是家大公司，那林之揚也是個大人物，中國著名的五大文物學者之一，在西安那是相當地有地位。哎，對了，我還聽說他有個年輕漂亮的女兒，只可惜沒見過，你要是有機會可一定得見見！」

田尋心中暗笑，抬手看了看錶說：「一點十分了，我得走了，面試晚了可不好。」嚴小波看著田尋腕上戴的錶，驚呼：「老田，你這歐米茄〇〇七海馬錶是真貨嗎？」田尋說：「廢話！我什麼時候打腫臉充過胖子？這可是正宗貨！」

嚴小波抓過田尋胳膊，貪婪地邊看邊問：「多少錢買的？」

田尋說：「托朋友從日本帶回來的，是大陸標價的六折，三萬六千多人民幣，這只錶我喜歡很久了，一直想買來著。」

嚴小波看了看他，眼睛瞪得老大：「哥們，你是真去販毒，還是搶了銀行？怎麼發財了！」田尋一把抽回胳膊，從兜裡掏出五十塊錢放在桌上，拿起西裝上衣說：「我這是純粹正當的勞動所得，你別給我亂扣帽子了。不行我得走了，以後有時間再給你講！」兩人走出咖啡廳分頭離開。

田尋坐出租車來到瀋陽北站CBD商業區，這個商業區是瀋陽近期發展戰略中的重點開發地區，附近都是高檔的商用寫字樓，田尋找到了這座名叫「財富大廈」的豪華寫字樓，大廈足有五十多層，一看就是高檔辦公樓。他擦了擦滿頭的汗水，抬頭看看這大樓，暗想：能在這大樓裡辦公的公司，肯定都有些實力，至少比我以前那個《古國志》雜誌社強得多。

進了旋轉大門來到中央大廳，田尋頓時覺得空氣轉涼，看來這大廈的中央空調開得很足，先在服務台處登記，前台小姐面無表情，冷若冰霜地盤問田尋、逐項登記，好像很怕有恐怖份子混進；田尋耐著性子填完表格，乘電梯朝十八層升上去。

這大廈內部的空調溫度太低，田尋居然都感到有些冷，渾身的汗早就退了，他連忙穿上西裝，這時他才理解到為什麼對方非讓自己穿西裝來面試，可能是怕穿少了會著涼，到時候說出去可沒人信，八月份感冒，非被人笑掉大牙不可。

轉眼到了十八樓，剛出電梯就看見寬敞的大廳牆上「林氏集團」四個巨大金字赫然在目，走廊入口兩邊各有服務前台，兩名漂亮的小姐端坐裡面，正對著電腦打字，電梯口處還有兩名保衛人員手持對講機來回巡視，牆四角微型攝像頭左右搖動，氣派中又略顯森嚴。

田尋朝服務台走去，心想大公司就是不一樣，僅是個瀋陽分公司就這麼大派頭，那西安林氏集團總部還不知什麼樣呢！

前台小姐見有人來，微笑問：「先生下午好，請問有什麼需要我幫忙的嗎？」田尋沒想到這前台小姐這麼客氣，有點受寵若驚，連忙答道：「你好，我叫田尋，我是來面試的，貴公司的人力資源部鄭經理讓我下午一點半來面試。」

前台小姐看了看他，拿起電話的聽筒，按了兩下按鍵，說：「有位叫田尋的先生來面試，好，知道了。」隨後她又點了點頭，放下電話對一名保衛人員說：「請帶田先生到人力資源部。」

那保衛身體高大，漫不經心地上下打量了田尋一番，說：「田先生請跟我來。」說完就徑直朝走廊走去。田尋知道這保衛有點沒瞧得起他，俗話說：丞相的家丁四品官，這大集團的保衛人員也覺得自己高人一等，所以對田尋這種其貌不揚的人也沒太放在眼裡。田尋心裡有氣，卻也不敢說什麼，連忙跟在那保衛屁股後頭。

寬大的走廊全鋪著漂亮的黑白相間的方形大理石，給人感覺不像公司，倒有點歐洲城堡的樣子；兩旁有十幾扇對開的紅木雕花大門，門楣上分別用雕金牌寫著「事業部」、「貸款部」、「財務部」和「人力資源部」等等，每扇門兩旁都擺著具有濃厚歐洲中世紀風格的人物銅雕，每尊人物的造型都不盡相同，古樸典雅。

那保衛來到寫有「人力資源部」的門前，打開門將田尋領進房間，這是一間寬敞的辦公室，被隔斷成一個個單獨的辦公區域，十幾名身穿潔白襯衫、考究西褲的白領男女職員正在緊張忙碌地辦公。保衛將田尋帶到靠裡的一扇門處說：「那裡就是面試處，你先到門前報到去吧！」還沒等田尋道謝，保衛已然自顧走了。

田尋心想：這保衛人員的態度比經理還牛，看來這公司不太好混。但人已經來了，只得硬著頭皮上。只見那扇門旁的走廊外，有十幾個人靠牆坐成一排，旁邊放著張桌子，桌前有名工作人員正在統計表格，桌子上擺著個字架，上寫「面試登記處」幾個字。來到桌前，那工作人員抬頭問：「是來面試的嗎？請先登記排號，再把你的簡歷給我。」田尋遞上簡歷後填了表，那工作人員走進屋裡關上門，田尋就在那十幾個人的最末位坐下等著。

左右看了看，這十幾個等待面試的人中有男有女，年紀大都在三十歲上下，有的在看報紙，有的在打手機聊天，有的可能已經等了很久，不停地抬腕看錶，表情頗不耐煩。田尋身邊是個年近四十的男人，穿一身廉價西裝，腿上放著公文包，雖然辦公室裡空調開得很足，但他卻不停地用手絹擦額頭。他見田尋剛來，側頭悄悄問他：「老弟，現在幾點了？我怕手錶不準，想對對時間。」

田尋抬腕看了看，說：「一點四十五分。」

那人看著田尋手腕上戴的漂亮手錶讚嘆地說：「哥們，你這錶很貴吧？」田尋笑了笑：「不貴，幾萬塊。你來多久了？」那人瞪大眼睛十分羨慕，隨後又嘆了口氣：「快兩個小時了，不知道還得等多久。」

田尋忙問：「你幹啥來那麼早？」那人說：「不是我來得早，人家通知我十二點準時來面試，我就一直在這等著。」田尋哦了聲，心想可能是面試的人太多，所以就分批通知，於是問道：「看來人還不少呢！不過我看前面還剩十多個人，估計再有半個小時就到我們了。」

那人苦笑道：「半個小時？我來的時候差不多就是這十幾個人，他們和我一樣，也都等了快兩個小時了！」

田尋驚呼：「什麼，都等了快兩個小時？」那人連忙示意他悄聲，左右看了看，壓低聲音道：「不知道這公司的人在搞什麼鬼，我是第四個到這兒的，坐了一個小時，陸續又進來好幾個人，可我前面那三位連屁股都沒動窩；又等了半個多小時，卻只見有人來，不見有人被召進去面試，你說怪不怪？」

田尋撓撓頭皮說：「可能是準備人到齊了之後，一塊兒開個面試會吧？」那人打個哈欠：「不知道，反正有好幾位等不及，已經拍屁股走了。這大公司就是不一樣，擺譜也擺得太過分，我再等二十分鐘，要是還沒動靜，我也準備撤退了。」

聽了這人的話，田尋長嘆口氣：「沒辦法，誰叫現在是僧多粥少呢！聽說很多公司面試時，就喜歡故意刁難應聘者，看哪個最能忍，最後就要哪個。」那人哼了聲：「要不是我五年前機關精簡被迫下崗，現在至少也是副處級了，還用得著來這種私企受氣？」田尋笑了：「好漢不提當年勇，既然下崗了，還是多考慮考慮眼前的處境吧！」那人撇撇嘴，點了點頭，靠在椅背上開始閉目養神。

其他等待面試的人開始互相聊天，有個女孩說：「我們到底要等到什麼時候啊？我都坐了快一個小時了！」和她同來的另一個女孩也說：「就是啊，真是煩死人了！」其他人聽了，也都跟著隨聲附和，七嘴八舌地紛紛埋怨。

田尋聽了他們的談話很有同感，剛想說什麼，抬頭時卻看見對面牆上掛著一幅畫，畫著一名全身鎧甲的武士正持矛和一隻長毛巨獅對峙，那巨獅雙目炯炯，神態威嚴，顯然是西方傳說中獅王之類的神獸。這幅畫畫得精美無比、栩栩如生，尤其是那對獅眼，竟然有規律地閃著暗暗的紅光，好像活了一樣。

這幅畫雖然畫得很好，但顯然內容不是很吸引人，來面試的這些人幾乎沒人去看，而田尋則很喜歡欣賞書畫作品，他饒有興趣地欣賞起那對閃紅光的獅眼來，邊看邊暗想：現在的高科技真厲害，居然把獅眼弄成紅燈。看著看著，忽然發現獅眼裡的紅燈像探測器一樣還在左右移動，而且走廊裡哪邊有人說話，紅燈就會朝向哪邊，田尋心裡一驚：難道是暗裝的攝像頭？

為了驗證自己的懷疑，他故意站起來，假裝活動一下身體。果然，獅眼內的兩個紅燈立刻同時轉向自己這邊，田尋慢慢坐下，這時右邊有個女孩開口說話，那紅燈又轉向右面。

這下田尋有些明白了，這公司用暗裝的攝像頭監視著來面試的人們，看他們在長時間等待中會有何種反應跟表現，用以判斷這個人的性格是否沉穩、成熟。這種事以前只在新聞中聽說國外有些公司這麼幹過，現在倒是終於親眼見識到了。

他正在暗自慶幸，旁邊那位眼鏡大哥又跟他閒聊：「這公司的人是不是都得了失

第六章　林氏分公司

憶症，把我們這些面試的人都忘了吧？」田尋低頭擺弄手機，假裝沒聽見，那人又說了一句，田尋用手指悄悄在下面擺了擺，示意他盡量少說話，那人若有所悟，扭過頭去，不再說什麼。

正在這時，旁邊那扇門終於打開來了，工作人員對等待面試的人說：「來面試的各位請進。」大家早就等得不耐煩，連忙紛紛起身魚貫進入。

屋裡很寬敞，地當中擺著長圓形的紅木會議桌，中央放著鮮花，前面擺有一部三十幾吋的液晶電視。二十幾名面試者分別坐下，田尋的座位仍然和那位眼鏡大哥挨著。工作人員給每人發了張空白簡歷，然後又說：「大家好，我叫王超群，是本次的面試官。本公司的規章制度很嚴格，簡歷文字的顏色必須一致，所以現在請大家將自帶的筆交到我這裡，我會給大家每人一支公司專用筆。」

第七章　奇怪的面試

大家聽了後心裡都在想：這公司也太正規了，連寫字的顏色都要完全一致。於是眾人紛紛將自己帶來的筆交到王超群手中，王超群則在每人桌前擺了一支黑色簽字筆，大家開始填寫簡歷。

沒想到麻煩來了：配發的這種簽字筆非常不結實，稍一用力筆桿就會折斷，屋子裡折斷筆桿的聲音此起彼伏，有的人馬上舉手說：「我的筆桿斷了，能再換支筆嗎？」

王超群靠在窗前，面無表情地說：「對不起，筆每人只有一支，沒有多餘的。」

其他人見換筆無門，只好抽出筆桿裡的筆芯湊合著寫。可這筆芯又細又軟，握起來很不舒服，寫出的字自然也是歪歪扭扭，還不如幼兒園小朋友寫的好看，大家心裡暗暗叫苦。有個女孩摘下綁頭髮的鬆緊帶，將筆芯和筆桿纏在一起勉強用，有的女孩則憋得臉通紅，差點掉眼淚，有個人氣急敗壞地把筆芯摔在桌上，乾脆不寫了。

田尋見旁邊的眼鏡大哥邊搖頭邊嘆氣，忽然他靈機一動，掏出隨身攜帶的瑞士軍刀，在刀身上抽出附帶的多用圓珠筆，把筆芯替換成公司的筆芯，這下就順手多了，

第七章　奇怪的面試

田尋頭一個寫完簡歷交給王超群，他接過簡歷後，臉上閃過一絲難以察覺的笑容。

十幾分鐘後，其他人也都勉強填完簡歷，陸續上交。

王超群收齊簡歷，清清嗓子說：「歡迎各位來到林氏集團瀋陽分公司，本公司是一家大型跨國文化集團，總部設在西安市，主營各類收藏品的拍賣，如：各國古代書畫、近現代書畫、古董珍玩、現當代藝術和慈善拍賣等；另外，本公司也兼文化出版物的出版、房地產投資和酒店業務，到去年年底截止，本集團資產總額已達二十六億人民幣，是陝西省第三大民營集團。」

聽了工作人員的介紹大家都暗自讚嘆。

王超群又說：「此次本公司招聘的職位有拍賣部副經理、市場部經理、財務主管、出版部責任編輯和平面設計總監等，從簡歷得知在座的每一位都是有良好教育背景、豐富工作經驗的優秀人才，當然本公司的薪酬福利、工作環境和發展空間也會讓各位滿意。好了，現在我們開始進行面試測驗。」

說完，從文件櫃內拿出一堆巴掌大的小木盒，每個人面前擺一個，然後他拉嚴窗簾，打開嵌在牆上的液晶電視，對大家說：「剛才我給每位發的是一副由七塊多邊形木板組成的拼板玩具，俗稱『七巧板』，現在電視螢幕上將會出現一幅圖案，就是由這副七巧板組成的，圖案將會持續十秒鐘，然後請大家打開木盒，用裡面的七巧板將螢幕上的圖案按照原樣拼出來，拼圖必須在木盒中完成，以免其他人偷看，作弊者不算成績，先完成者請立即扣上木盒並告訴我，限時兩分鐘。好了，現在開始計時！」

還沒等大伙回過神來，液晶電視螢幕上已經出現了畫面，果然是一幅由七巧板拼成的小房子形狀，有的人左顧右盼，十分意外：怎麼這面試還得拼七巧板，當我們是幼兒園小孩嗎？有的人邊看邊竊笑，根本沒往心裡去，而有的人卻迅速集中精力去背誦圖案。

十秒鐘很快過去，螢幕一片漆黑。王超群拉開窗簾說：「現在請大家立刻拼圖，先完成者請馬上舉手！」眾人連忙打開木盒，稀里嘩啦地開始拼。說來也怪，這幼兒園小孩玩的東西還真有點難度，剛才明明覺得很簡單的一幅圖案，輪到自己動手時，卻比登天還難，七塊木板的位置一眨眼工夫全忘了，大家手忙腳亂，拼得滿頭大汗。

田尋邊拼邊在心裡暗笑：真叫個無巧不成書，幾年前就有人教過我拼七巧板的訣竅，那就是只需記住圖案中央相鄰四塊的形狀，剩下的三塊就容易得多了。憑著不錯的記憶力，田尋很快就擺好了四塊，正當他在安排最後三塊的位置時，聽得對面「啪」的聲響，有人說道：「我擺好了！」

眾人皆驚，只見那人已經關上木盒，臉上露出勝利者的微笑。王超群走過來將木盒取走，其他人我看看你、你看看我，又都低頭幹活。這時田尋也順利拼好了圖案，扣上木盒交給王超群。

兩分鐘到了，又有八人上交了木盒，剩下十人還在苦心竭智地拼，看來再給十分鐘也夠嗆能完成了。王超群說：「餘下的人不用拼了。」他將交上的木盒一一打開，把其中拼錯的幾副挑了出來。隨後說：「共有十人拼完了圖案，其中有六副拼錯，餘下正確的四人按先後順序分別是：陳一飛、田尋、王若琳、苑良。」

田尋對面那人顯然就是陳一飛，他面帶得意神色，輕蔑地左右看著。王超群又說：「陳一飛在看圖的時候，用了手機拍照，拼圖時按照手機圖像完成，屬於作弊，所以不算成績。」大家嘩然，那陳一飛馬上垂下了頭，顯得很沮喪。

這時有個女孩大聲說：「這不公平！」

王超群不動聲色：「為什麼不公平？」大家都看著那女孩。女孩說：「這七巧板這麼難，一般人根本不可能在十秒鐘內記住七塊拼板的位置，不能光憑記憶力就判斷一個人的能力吧？」

女孩的抗議立即得到了大多數人的附和。王超群微微一笑，拿起兩塊拼板說：「你說得很對，據科學研究：能在十秒鐘內記住四巧板圖形的人只有十分之一，更別說七巧板了！」

話一出口，大家又都愣住了：這麼說，能在十秒鐘內拼出七巧板的人，豈不是比恐龍還稀有了？王超群看出了大家的疑惑，隨即解釋道：「光靠死記七巧板是很難的，但有個訣竅可以大大增加七巧板的完成性，那就是先記住七巧板圖案中央四塊板的形狀，剩下的三塊就容易得多了，你們如果不信，可以回去試試。」

屋裡立刻響起了七嘴八舌的議論聲，更多的還是後悔：早知道有這個訣竅，自己可能也早就拼出來了。

王超群收起木盒，伸手示意大家安靜；他又說：「剛才大家拼圖費了不少腦筋，現在大家輕鬆一下，我給大家講個我朋友的故事吧！我有個朋友姓李，他是開私人偵探社的，遠近聞名。今天一大清早五點鐘，就有人敲他家房門，正巧那時我朋友內急上衛生間，他心想：這個時候會是誰敲門？比送牛奶的還早半個多小時。」

眾人聽他真的在講故事，心情都放鬆了不少，有個急性子甚至插嘴說：「可能是公安局的吧？」大家哄堂大笑。

王超群說：「你別說，我這位朋友很有名氣，有時公安局破案還真找過他，但這次不是。那時我這位朋友正在衛生間洗手，是他妻子開的門，只聽見那人說：『李先生在家嗎？我找他有點事情！』」

「我那位朋友剛洗完手出來，還沒看到那人的長相就開口說：『不用問，肯定是找我辦案的市民，你一夜沒睡，大清早就來了，事情肯定很棘手吧？』後來經仔細詢問才知道，來人真是個普通市民，昨天夜裡他家發生了內盜案，他怕丟醜，沒馬上報案，反覆考慮了一宿，最後決定找私人偵探幫忙。」

聽了王超群的講述，又有人說：「你那位朋友又不是神仙，他怎麼知道來的人一夜沒睡？是瞎猜的嗎？」其他人聽了也都紛紛發問。

王超群微笑道：「你很聰明，這正是我要問的問題，為什麼我朋友在還沒有看到來人長相的情況下，就能斷定這人一夜沒睡？」

這時大家才知道，原來王超群並不是在真跟他們講故事，這又是一個智力測驗。一個女孩說：「肯定是那人說話的聲音很疲憊，從聲音聽出他很累，所以推知他一夜沒睡。」

王超群說：「可如果來的人說話聲音很洪亮，中氣十足，那又該怎麼解釋呢？」女孩被問住了，另一個人發言說：「可能來的人太早了，普通人不會起這麼早的。」王超群又搖頭：「這種說法也站不住腳。雖然那人敲門的時候早了點，可也不能完全證明就是一夜沒睡，因為有些人有晨練的習慣，他們經常在五點鐘左右就起床出去跑步。」

眾人大眼瞪小眼了一會兒，再沒人作聲。王超群說：「我給你們提個醒，從來人說的話中找答案。」

大家疑惑萬分，來的人只說過兩句話呀：李先生在家嗎？我找他有點事情！難道這兩句話中還有什麼玄機不成？

正在大家絞盡腦汁時，田尋說：「我知道為什麼。」

大家嘩然，都用不相信的眼神看著他。王超群說：「你知道，說來聽聽？」

田尋不緊不慢地說：「按常理，我們在早起之後去找人，頭一句話大多數都會這麼問：李先生起床了嗎？我找他有點事情。尤其是在五點鐘這麼早的時間更要這麼問了，因為大多數的人在五點鐘時，還都是睡在床上的，並不是人人都喜歡出去晨練。」

王超群饒有興趣地問：「繼續說下去？」

田尋接著說：「而來的這個人一宿沒合眼，換句話說，他從前一天白天到晚上都沒上床睡覺，到了第二天大清早，就去敲人家的門，在這種情況下，這個人頭腦裡暫時沒有了『睡覺』這個概念，並且在潛意識中先入為主地認為別人也沒睡覺，所以他才會問主人『在不在家』，而不是『起沒起床』，這也是李先生判斷他一夜沒睡的根據。」

他的話剛出口，屋裡就吵開了鍋，有人直接質問：「你這種解釋說得通嗎？」

田尋道：「當然說得通。在一九一二年有位英國人類學家曾進行過一項實驗：他

第七章　奇怪的面試

讓一個高度近視的人摘掉眼鏡，然後讓另外十個視力正常的人輪流控制處於三米開外的、寫有文字的看板給他辨認，從三米處開始拉近距離，最後只有將看板移動到離他非常近的距離時，這個人才能夠看清看板上的字，一連十次都是如此；然後把眼鏡還給這個近視者，再讓他控制看板給那十個視力正常的人辨認，結果這個近視者下意識地把看板一開始就移到對方的鼻子底下，原來他經過十次超近距離的辨認之後，已經在潛意識中認為其他人也都是近視眼，所以才會有這種行為出現。這種行為在心理學上被稱作『自身代替現象』或『意識複製現象』，並不是憑空想出來的。」

聽了田尋的話，大家有些接受了，可還有些人不太服氣，有個人說：「那也不對，假如來訪的那個人平時說話就是這種習慣，他就喜歡說『某某先生在家嗎？』，這種可能性也不是沒有啊！」

還沒等王超群開口，田尋笑著說：「這只不過是個推理題而已，王先生出題的目的僅僅是為了檢驗一下我們的推理能力，不要太計較。」

這人不說話了。王超群拍拍手說：「田尋先生說得很對，這只是個簡單的測試題，請大家不要放在心上。」田尋又說：「其實這個題也不算是我答的，因為我早就知道答案了。」

大家又皆嘩然。這下輪到王超群吃驚了：「你早就知道答案了？為什麼？」

田尋說：「我相信這個題目並不是由王先生你構思出來的，也不是貴公司任何一個人編出來的，它在七十年前就有了。三十年代中期，中國著名偵探小說家程小青在他的代表作霍桑探案《青春之火》中，就有過類似的描寫，所以我猜，這個測試題也應該是貴公司從小說中得到的。」

此言一出，屋裡的面試者又亂開了，大家七嘴八舌地抱怨，有個女孩尖聲說道：「怪不得你答得這麼仔細，原來你早就看過呀！這不算，你這是占了便宜了，不能算數！」大家也都跟著起哄。

田尋笑而不語，只看著王超群的臉。王超群當然明白田尋的意思，他伸出雙手示意大家安靜，隨後說道：「雖然這個答案並不是田先生當場猜出來的，沒看過《霍桑探案》的人要能答出這題也有相當大的難度，但這也表現了田先生廣泛的閱讀水平，畢竟中國人了解福爾摩斯比霍桑要多得多，只有博覽群書才能夠獲得更多的知識，也許一本你當時認為毫無用處的書，說不定在後來的什麼時候就派上了用場。」

大家都沒動靜了，剛才那女孩撇了撇嘴，不再說話了。王超群笑笑，讓大家坐好，繼續下面的面試。他又變戲法似地從文件櫃裡拿出兩個白色塑料桶，一桶身上標有「可裝五百克」字樣，另一桶則標著「可裝三百克」，他說：「現在我手裡有兩個塑料桶，一個能裝五百克的水，而另一個能裝三百克。可現在我需要四百克的水，請

第七章　奇怪的面試

問：怎麼利用這兩個桶，在最短的時間內量出四百克水來？而且重量要精確，請各位舉手回答。」

正在大家面面相覷時，有人舉手了，大夥一看，正是剛才用手機作弊拼七巧板的那位仁兄。王超群問：「請說說你的方法吧！」

這人說：「這個題最簡單不過了：先把大桶和小桶都裝滿水，再把大桶裡的水往小桶裡倒，直到兩桶的水線相同，這樣兩個塑料桶就都是四百克了嗎？」

大家聽了都連連點頭，這人臉上表情更得意了。王超群說：「你這是估計的重量，而我要很精確的，你能保證很精確嗎？」這人說：「用眼睛仔細看不就行了？」王超群問：「其他人還有不同的方法嗎？」

田尋說：「先將大桶灌滿水，然後用大桶把小桶灌滿，這樣小桶就有了三百克，而大桶剩下兩百克。再把小桶倒光，將大桶剩下的兩百克都倒進小桶，這樣小桶裡就有了兩百克，而大桶空了，最後再把大桶裝滿水，然後用大桶將小桶裡空餘的那一百克空間補滿，這樣大桶就剛好剩下了四百克水。」

王超群滿意地點點頭，又問道：「有一堆垃圾，規定要由甲、乙、丙三人平均清理完。甲因外出沒能參加，於是留下九塊錢做代勞費。乙先做了五小時，接著丙又做了四小時剛好做完。請問乙和丙應該怎麼分配這九塊錢？」

大家都笑了，那位眼鏡大哥也說：「這題也太簡單了點，乙拿五塊，丙拿四塊，小兒科嘛！」眾人一片哄笑。王超群點點頭，說：「這道題出的是簡單了點，不過，還有不同的意見嗎？」說完，他用期待的目光看著田尋。

當初田尋在《古國志》雜誌社任文字編輯時，坐在他對面的魏姐就特別喜歡給同屋的人出這類智力測試題，所以他深知解智力題的方法不外乎什麼排除法、遞推法、假設法、計算法等等，現在這道題自然也難不倒他。他略經計算之後說：「乙應該得六塊，丙得三塊。」

大家又都笑開了，那眼鏡兄拍拍田尋肩膀笑著說：「小兄弟，你是不是高興得昏了頭？連小學算數題也不會算了？」

第八章　出風頭

田尋笑笑，說：「我可沒昏頭。首先，乙和丙共做了九個小時將垃圾清理完，那就是這堆垃圾如果由單人來做的話需要九小時，換句話說：三人應該每人出工三小時。而甲拿出的這九塊錢就是頂三小時的報酬，也就是每小時三元。而乙做了五個小時，也就是多做了兩小時，那麼他應該拿二乘三等於六元；丙做了四個小時，多做了一小時，該拿一乘三等於三元。這道題的難點在於乙和丙自己本身也是有工作量的，應該先去除他們自己的工作量，然後再計算多餘的報酬。」

聽了田尋仔細的解釋，眾人都信服了，王超群也忍不住連連點頭。他又從文件櫃裡拿出一幅大型的油畫，雙手捧起放在桌上說：「請大家湊過來看，我的下一個問題就在這幅畫裡。」

眾人已經開始適應這種智力測驗式的面試，連忙都圍攏過來仔細看他手中這幅油畫。只見畫布是橢圓形的，上面畫著一個裸體的美麗女人，斜倚在鋪著寶藍色天鵝絨的雕花床中，右手舉著箭壺，左手則持著一支金箭，腳下有兩隻白鴿互相嬉戲。在她懷裡有個胖胖的小男孩正在向她撒嬌，這小男孩滿頭金髮，後背還長著兩隻小翅膀。

畫面用寶藍色、金黃色和玫瑰色調組成，相互輝映，鮮明而華美，是典型的洛可可風格。

王超群說：「大家可能對歐洲的油畫不太了解，我先給大家介紹一下：這幅畫是我個人的收藏，叫《拿起丘比特之箭的維納斯》，是法王路易十五時期著名的宮廷畫家布歇的名作，作於一七六二年，至今已有兩百四十多年的歷史。」

一個女孩忍不住問道：「這畫是真品嗎？」王超群看了看她，說：「它只是複製品。要是真品，我就不用在這做你們的面試官，早去瑞士定居了。」大家都笑了。

王超群又說：「現在我給大家兩分鐘時間，請仔細看畫中維納斯的臉，然後我要出一道題。」

眾人連忙開始仔細地觀察維納斯的臉，這張臉畫得很逼真，但也實在沒什麼出奇之處，不過大家還是從眉毛到鼻子，由眼睛至嘴巴，連頭髮上的髮捲和珍珠髮夾也不放過，生怕漏掉什麼重要東西。

時候到了，王超群把油畫翻過來，收進文件櫃，然後他說道：「大家都看好了吧？現在我的問題是：維納斯……右手持的箭壺中共裝了多少支箭？」

開什麼玩笑？不是讓人觀察維納斯的臉嗎？怎麼問箭壺中有幾支箭？眾人都感到被耍了，嘟囔之聲四起。

第八章　出風頭

王超群笑著說：「大家應該感覺到了，本公司的面試和大家以往經歷的面試有很大不同，我們林氏集團向來不僅以學歷和經驗至上，還看重人的綜合素質，而且今天的面試題並不是固定分數，請大家不用太在意，努力答好每一道題就是了。」

話雖這麼說，可大家還是連連嘆氣。這時，田尋和另一個女孩同時舉手說：「我知道。」

大家都對田尋怒目相向，心想你怎麼什麼題都會，也太能出風頭了吧？王超群說：「好，請你們兩位同時說出數量，一、二、開始！」

田尋和那女孩異口同聲：「十支！」

王超群點點頭：「沒錯，是十支箭。我很想知道，你們倆為什麼會去觀察那只箭壺而不是維納斯的臉呢？」眾人也都看著他倆，更急切地想知道答案，難道這兩人有特異功能，知道王超群心裡想什麼？

那女孩默不作聲，只看著田尋，田尋從她的眼神裡看出她似乎有顧慮，於是開口說道：「維納斯頭上有兩個珍珠髮夾，分別有十一顆珍珠，這用不了十幾秒時間，她是單眼皮、彎鼻梁，這兩點也用不了幾秒鐘。除此之外，她臉上的五官和頭髮並沒什麼奇異之處，因此我相信考題應該是『醉翁之意不在酒』，所以我才又觀察了很多其他部分，其中就包括箭壺。被我猜中只是運氣好而已。」

有人不服氣地說：「怎麼你的運氣總是這麼好，什麼題都能讓你猜中？不是搞什麼鬼了吧？」

田尋冷笑一聲，回敬道：「人不能光憑運氣，有時運氣是要靠實力爭取的！」那人臉上有些掛不住，剛要出言譏諷，王超群趕忙打圓場：「好了，別爭了，我們現在進行下一項測試。」

話剛說完，忽聽外面響起警鈴聲，緊接著一陣騷亂，還有人大喊：「著火了，大家快來救火呀！」

大家聽了都大吃一驚，王超群連忙開門去查看，可擰了半天居然沒能打開，他焦急地說：「門從外面被鎖死了，怎麼搞的？」用盡全力去拉也沒拉開。有兩人上前幫他共同用力拽門，門卻像焊死了似地絲毫不動。外面叫聲越來越亂，夾著雜亂的腳步聲，而且門縫裡也開始滲進縷縷青煙。王超群連忙掏出手機打電話：「喂，怎麼著火了？快把面試部的門打開，我們被反鎖在屋裡了，快！」

屋裡的女孩們都嚇得夠嗆，一個個全亂了方寸，都擠在門口亂喊亂叫：「快開門呀，我要出去！」王超群滿頭是汗地說：「門打不開，我也想出去啊，大家別擠，鎮靜，鎮靜！」

屋裡的人都亂了套，男的都圍在門前，輪番用力踢門，女孩則邊尖叫著、邊手足無措地躲在屋角，煙越來越濃，幾乎看不清對面人影，大家都嗆得連連咳嗽。有個女孩伸手去開窗戶，可窗戶卻鎖得死死的，根本打不開。那女孩氣得直叫：「怎麼搞的？為什麼窗戶都打不開？」

王超群滿頭是汗，大聲道：「這是高層辦公樓，都有中央空調，為了防止出事，所以窗戶都是鎖死的！」立刻有人大罵起來：「什麼破辦公樓？這不是要把人活活給嗆死嗎？」

田尋也感到有些窒息，他見長條辦公桌上鋪著紅桌布，於是叫道：「大家把桌布撕開，浸濕茶水後堵住嘴，趴在桌子底下別動！」大家聽了連忙都跑去撕桌布，然後從屋角的飲水機裡把水桶搬下來，將布條浸水。這桌布又厚又韌，男人勉強能撕開，可女孩們力氣小撕不下來，都急得直跺腳，紛紛懇求男士幫忙，幾個力氣大的男人多撕了幾塊桌布分給女孩們。

這些女孩們哪經歷過這情況，一個個都嚇得手忙腳亂，好似沒頭蒼蠅。有個女孩慌亂中弄翻了水桶，裡面的礦泉水轉眼間就咕嘟咕嘟流光了一大半，旁邊有人氣得直罵：「妳幹什麼呢？怎麼這麼笨？」那女孩連連叫屈：「人家不是故意的！」

這女孩身材極好，頭上戴著一個很別緻的銀色髮夾，上穿很薄的黑色緊身T恤，充分顯露出豐滿玲瓏的曲線。此時她看著對面一個男人正往布條上淋水，她可憐巴巴地說：「給我也撕一塊吧！」

沒想到那男人把嘴一撇：「沒時間顧妳！妳身上不也穿著衣服呢嗎，撕自己的衣服不就行了？」那女孩氣得漲紅了臉，如果不是有求於他，早就罵他流氓了，可此刻只能忍著。她含著淚揭起T恤，想從下擺部位撕下一小塊來，但還怕別人看到自己身上的肌膚；可她的T恤又短又緊，偏巧今天還穿了條緊身的低腰牛仔七分褲，這一掀衣服立刻露出雪白細嫩的腰身，好像在脫衣服一樣，女孩羞得差點哭出聲來，田尋馬上將自己手裡的布條遞給她才算解了圍，這女孩就是先前和田尋同時猜出名畫箭數的那位，她接過布條，感激地對田尋笑了笑。

田尋朝她點點頭，轉頭又對王超群說：「快打電話讓人把門打開啊！」

王超群惶急地說：「可能外面的人都忙著救火，沒人管我們了！」那個拼圖用手機作弊的人對王超群大聲說：「我可不想死在這，你快想辦法啊！」王超群委屈地說：「我再打電話試試！」

田尋見大家亂成一團，又看著不斷有煙滲入的房門，說：「大家快把桌布撕成布條塞住門縫，然後往門上潑水，快！」眾人立刻動手去撕桌布，原先坐在田尋身邊的那位眼鏡大哥躺在地上，呼吸急促，好像情況不太好，田尋連忙過去問：「你怎麼了？」

眼鏡大哥艱難地說：「我……我有哮喘病，受不了煙……」說完還連連咳嗽，田尋立刻把襯衫撕下一條，浸濕水捂在他口鼻上。

屋裡的煙越來越濃，室內一片咳嗽聲，有的人眼淚橫流，幾個女孩甚至開始覺得有窒息感，男人們也都大腦忙亂，一時間居然想不出什麼好主意來。田尋生性頭腦冷靜，越是緊急時刻卻越沉穩。他透過煙霧，看到窗外射進的陽光，忽然心念一動，抄起椅子來到窗戶邊猛砸去。

只聽嘩啦一聲巨響，雙層玻璃被砸裂，椅腿也因為用力過猛而折斷。大家恍然大悟，「我怎麼沒想到？砸壞玻璃，空氣不就流通了嗎？」立刻又有一個留著長頭髮、頗有藝術家氣質的男人舉起椅子砸玻璃，砰砰幾下後雙層玻璃破了個大洞，這是高層樓房，強勁的空氣將煙霧急速地往外抽，此時清新空氣湧進來，大家都精神一振，覺得好多了，鼻子上也不用捂著濕布。

那王超群剛要開口誇獎田尋，沒想到那長髮男人猛地搶過剩下的大半塊桌布，雙手各拎一角就要往窗台上爬，眾人大驚，王超群連忙阻止他：「你瘋了？你要幹什麼？」

那人白了他一眼，撇撇嘴說：「幹什麼？我要用這個降落傘從樓上空降下去！」

大家連忙七嘴八舌地勸說：

「不行，這麼高太危險了！」

「你有病吧，這桌布哪是降落傘啊？」

「這可是十八樓啊，還不把你給摔死了？」

可這位是王八吃秤砣——鐵了心，非跳不可，王超群怕鬧出人命來，連忙跑過去死死拽住他：「快給我回來，你這不是空降，是自殺！」

這人反手一把揪住王超群的衣領，瞪著眼說：「全都是你給害的，今天老子跟你沒完！」這人身材高大，體格魁梧，王超群嚇得拚命掙扎，連連解釋：「這事跟我沒關係，你快放開我！」這人雙手一捏他脖子：「跟你沒關係，那你還攔我幹什麼？我這叫做創意懂嗎？你們這些人的頭腦閉塞，懂得什麼叫創意嗎？」

說完他還要去跳，田尋連忙死死拽著他胳膊，旁邊的人也都過去拉他。可這人很有力氣，誰也拉不開。正在鬧得不可開交時，房門忽然被人打開，同時警鈴也停止了，大家一看門開了，連忙都爭先恐後地蜂擁而出，等湧到走廊才發現：公司並不是想像中那麼亂成一團，也沒見什麼地方失火，屋門附近放著一個粗大的煙霧筒，還在冒著裊裊的青煙，很多人笑嘻嘻地圍在旁邊，似乎在欣賞什麼表演。

大家被鬧愣了，正疑惑時，那王超群回頭賠笑向大家說：「請各位不要驚慌，失火是假的！」

第八章　出風頭

眾人一聽，都覺得丈二金剛摸不著頭腦，這時又走來一位身穿職業裙裝、戴金絲邊眼鏡的女性，只聽她微笑著道：「讓大家受驚了，公司並沒有失火，這只是公司對大家的一道面試題。」

這可把大家氣壞了，紛紛叫嚷起來。這個說：「沒失火說失火，這不是忽悠人嗎？」那個叫道：「哪有這麼面試的？是吃飽了撐的，還是把我們當猴耍？」

那職業女性也不生氣，她不慌不忙地說：「請大家安靜，今天的面試到此結束，本公司會在三天之內通知各位面試結果，謝謝大家。」說完自顧走開了，又細又高的高跟鞋敲擊在地面上，發出悅耳的咔咔聲，大家都像木雕似地目送著她離去，一頭霧水。

公司其他人也都像沒事人似的，都笑著散去做自己的工作了，居然沒一個人搭理這些面試者。面試的眾人氣不打一處來，可又沒辦法，但也覺得很新鮮，畢竟還是頭一次遇到這樣古怪的面試。大家互相議論著，整理著衣服，紛紛乘電梯下樓離開公司。

下到一樓大廳往外走，田尋右手拎著西裝上衣，左手不停地擦著濕透的襯衫，正巧那戴銀髮夾的女孩走在身邊，田尋見她也正用手絹擦著身上的水跡，笑著說：「還好現在是夏天，用不了多久就會乾。」女孩對田尋報以一笑：「是呀，看你身上都濕透了，給，擦擦吧！」說完把手絹遞給田尋。

田尋謝著接過，用手絹邊擦襯衫上的濕跡邊問：「我叫田尋，妳叫什麼名字？」女孩說：「我叫唐曉靜，我知道你的名字，今天的面試你很出風頭哦！」田尋苦笑著：「妳是在罵我吧？」

唐曉靜笑了：「沒有啊，是你太敏感了。我是說真的，你很厲害。」田尋也笑了：「妳也一樣，那個猜名畫的題只有我們倆能答出來，不是嗎？」唐曉靜淡淡地說：「那只是運氣好而已，別人都說我的思維是跳躍性的，和正常人不一樣。」

田尋嘿嘿笑著：「妳可真逗。對了，妳應聘哪個職位？」唐曉靜說：「財務部經理助理。你呢？」田尋說：「出版部編輯，這是我老本行，別的我也不會。」唐曉靜哦了聲：「怪不得你這麼有文才，原來是搞文學的。」

田尋說：「打住吧，我就是一個小編輯，說難聽點就是個書獃子。」逗得唐曉靜咯咯嬌笑：「看你把自己說的，有這麼差嗎？」田尋剛要回答，卻聽身後有人笑著說：「這天氣還真熱啊！」

兩人回頭一看，原來卻是假失火時不願幫唐曉靜撕桌布，卻讓她撕自己衣服的那位。唐曉靜見是他，臉立刻陰沉了下來，轉過頭去不再說話。那人快步走過來，嘻笑著對唐曉靜說：「美女家在什麼地方？順路一起走吧！」

第八章　出風頭

唐曉靜板著臉：「你怎麼就知道我們跟你順路？」她特意加重語氣在「我們」二字上。果然，這人臉上頗是不悅，他看了看田尋，說：「哥們，你跟她認識啊？」

聽他的語氣，好像他和唐曉靜是老相識似的。唐曉靜氣得剛要解釋，田尋卻說：「我認不認識和你有什麼相干？你不也一樣嗎？」那人把白眼珠一翻：「你怎麼知道我不認識她？」

田尋冷笑一聲：「你要是真和她相識，在屋裡失火時恐怕說不出那種話來吧？」這人被田尋搶白一頓，頓時語塞，悻悻地走了。

看著他的背影，唐曉靜輕輕呸了下，小聲說：「不要臉的男人，臭男人！」田尋笑著把手絹遞還她：「看妳說的，別一桿子打死整船人啊！」

卻不想唐曉靜一雙漂亮的眼睛瞪了瞪他，也不接手絹，扭頭自顧走了。

這下把田尋曬在當地，還沒回過神來，心說我怎麼了？也犯不著跟我生氣啊！他左右看看，自覺沒趣，一走出大廳，頓時熱浪就兜頭撲來。

第九章　老威

他抬手看看錶：三點十分，原來已經在大廈裡待了一個多小時，那大廈裡中央空調開得很足，還不覺得怎麼熱，可一出大廈馬上感到頭腦發暈，連呼吸都發悶。此時正值八月，又是下午，街上行人大多身著涼鞋、短褲，尤其年輕女孩們更是穿得青春性感，而田尋卻是西褲、襯衫加皮鞋，右手還托著西裝上衣，不少人經過他身邊都側目注視，似乎覺得他是外星人。

田尋連忙乘出租車回家，司機可能正閒得難受，有一搭無一搭地和田尋聊天：「兄弟，你是時裝模特兒，還是拍電影？今天可是三十一度啊，你咋還穿了套西裝？」邊說邊將空調開到最大。田尋扯開脖子上的領帶說：「公司面試，非要男的都穿西裝不可，我也沒辦法。」司機笑著說：「現在這用人單位就是牛氣，也沒招，誰叫咱中國啥都缺，就是不缺大活人呢？看人家美國多好，才三億來人，那勞動力才叫值錢呢，你僱人換個輪胎，好傢伙，工錢比輪胎都貴！」

一番話把田尋逗樂了：「可不是嗎？以後有條件肯定移民到美國，日本也行，人力在中國不吃香啊！」司機叼起根煙，又說：「中國人在外國也不吃香，你要是沒什麼手藝，只能幹些洗碗、刷盤子、背死人的活，那電影明星陳沖不也在美國洗過碗嗎？要真有條件，還是在中國活著舒服，你說是不是大兄弟？」

田尋連連點頭：「你說得太對了，看來咱們還是努力多賺錢吧！」司機說：「可不是嗎？唉！親愛的，你慢慢飛，小心前面帶刺的玫瑰……」司機唱上了流行歌曲，看來心情不錯。

田尋一進家門，趕忙脫下西裝、皮鞋和襯衫，先洗了個澡，再換上一身李寧牌的半袖衫、短褲，躺在床上喝著冰可樂，隨手拿過新買的多普達P4550智能手機，調出裡面存儲的《馬堅譯本可蘭經》電子書看起來。因為工作需要，這幾年他一直在研究新疆一帶的中、西亞古國，不可避免地要接觸到伊斯蘭教，因此沒事看看《可蘭經》也是他這幾年養成的習慣。

自從收了林之揚二十萬塊錢後，田尋手頭的確闊綽了不少，他先拿出五萬給父親看病外帶家用，又花三萬多買了個歐米茄手錶，剩下十幾萬存進銀行。藉著老爸生病需要護理的機會，他也在家閒了一個多月，整天除了看書、寫字，就是逛古玩市場。早上睡到自然醒，晚上後半夜才睡，日子倒也過得清閒滋潤。人就是這樣，一旦環境寬鬆，就會放鬆自己，懶惰起來。

而半個月前忽然接到林振文的電話，說他在瀋陽的分公司正在向社會招聘人手，田尋是林小培的好朋友，自然希望他能去分公司工作，並且說已經安排好職位，他只需哪月哪日幾點去面試，走個形式即可，話裡話外言語十分親近，似乎已經當自己是他妹夫。

田尋知道林振文在西安開了個赫赫有名的林氏文化集團，可不知道他在瀋陽還有分公司，心裡當然很高興，於是也沒多想就答應了。面試之行結束後，他暗想：這大公司就是不一樣，連面試的內容都是千奇百怪，還頭一次聽說面試時用假裝失火來考驗人的；不過這可能就是所說的什麼「公司文化」吧！

這時候媽媽進來了，端來一盤冰西瓜，對田尋說：「面試結果咋樣？」田尋說：「還可以吧，只剩下等消息了。」田尋媽邊幫他整理電腦、書桌邊說：「又喝這可樂，你就是不聽話，這東西像中藥湯似的，有什麼好喝的？裡面都是色素、糖精，喝多了容易得糖尿病……」

她瞥見田尋放在桌上的手錶，拿起來說：「這孩子，買個手錶花了三萬多塊，這錶是金子做的嗎，值這麼多錢？也太浪費了吧？我們又不是什麼富戶大款，唉……」說完，把錶小心翼翼地放進筆記本電腦旁的抽屜裡。

田尋不耐煩地說：「媽，自打我買了錶，妳都嘟囔了不下一百回了。這錶雖然貴點，可它是正宗的瑞士錶，結實啊！我戴幾十年再給我兒子戴，我兒子用夠了，還能傳給我孫子，戴個百八十年都不壞，妳說值不值這個價？」

田尋媽一撇嘴：「你就這糊弄我能耐，沒聽說一個手錶還能戴百八十年的。對了，你打算什麼時候找對象結婚？還兒子、孫子，現在你連你媳婦姓啥還都不知道呢！」田尋翻了個身：「不著急。像我這麼懶散的人，長得既不高、也不帥，連個本科學歷都沒有，老爹也不是什麼大幹部、大老闆，現在的女孩都現實極了，要求很高，我看啊，我這輩子就自己一個人得了！」

田尋媽聽這話，頓時火了：「說的這叫什麼屁話，你想當一輩子和尚啊？你看你的同學和鄰居，跟你年紀差不多的都結婚了，對面樓你那個姓周的同學，不是明年孩子就要上學前班了嗎？你還不抓緊，不知道的，還以為你有啥毛病，才找不到媳婦呢！」

田尋翻過身，神色頗為不快：「這能怪我嗎？每次妳安排我去相親，人家不是說我個矮，就是嫌長得不行，或者說我不在機關企事業單位工作，沒有鐵飯碗。我有什麼辦法？」

田尋媽嘆了口氣：「唉，都怪你爹媽沒能耐，沒能幫你找個好工作呀！」

田尋不以為然：「媽，妳別這麼說，雖然我沒有鐵飯碗，可我憑自己的學問和能力賺錢，收入也不見得就比他們低多少，那些自以為是的女孩就知道鐵飯碗好，機關就不裁人了？到時候照樣被炒魷魚。所以我看我比他們強得多。」田尋媽說：「可現在的女孩都看重這些啊！你總不能一輩子不結婚吧？」

田尋在床上伸個懶腰：「那就什麼時候找到不看重這些的，什麼時候再結婚，嘿嘿嘿！」

這句話讓田尋媽感到很沮喪，她又問：「那你有比較談得來的女孩沒有？」田尋心中一動，他立刻想到了林小培和依凡，可又都覺得她們兩個都不太可能，於是搖了搖頭。田尋媽生氣地把抹布一摔：「那你自己打光棍吧，我也不管你了！」自顧去廚房洗菜去了。田尋心裡也有點堵得慌，順手從床頭摸過一支飛鏢，用力朝對面牆上的鏢靶擲去，正中圓心。

拿過手機，進入短訊箱，裡面存著近三、五天收到的訊息，調出其中一條，螢幕上顯示著：

「大笨蛋最近好嗎？我想你了，什麼時候來西安看我？——小培。」

再看下一條：

第九章　老威

「前幾天那個阿虎又和人打架，被人打瞎了一隻眼睛，哈哈，真有意思，這傢伙以前欺負過你，現在他變成了獨眼龍，真解氣！——小培。」

又看一條：

「今天好沒意思，我又喝醉了，爸爸和二哥又把我罵了一頓，我才不理他們呢……我想媽媽了。——小培。」

這幾條短訊田尋不知道看了多少遍，每次都會心情複雜。自打南海之行回來後，林小培幾乎每隔幾天就要打個電話，短訊則是天天都有，有時也沒什麼重要事，無非是向田尋報告她又搞了什麼鬼、捅了什麼婁子，田尋偶爾回短訊勸她幾句，更多的時候，她像是在自言自語，也不用田尋回覆，只是單純地跟他傾訴心裡的不愉快。

田尋扔下手機，閉目躺在枕頭上，心想：小培是真喜歡我嗎？我今年三十歲有了，從來沒有一個女孩真心對我好，難道第一個喜歡我的女孩居然是個億萬富翁的女兒？這種情況似乎只應該出現在電影和小說裡，沒想到還真輪到自己頭上了。

正想到這裡，手機響了，看號碼卻是趙依凡。自從西安一別，兩個人也很久沒聯繫了，有時給她打手機卻無人接聽，只有發短訊她才回話，也是冷一句、熱一句，讓田尋心中空落落的。

他連忙接通電話，從聽筒那端傳來依凡熟悉的、甜美悅耳的聲音：「大編輯、大才子，最近還好嗎？」

這句話說得田尋心頭一熱，他連忙說：「是我親愛的依凡嗎？」電話那邊傳來銀鈴般的笑：「還在占我的便宜！是不是那天做錯事我沒打你，你有點得意忘形了？」田尋馬上想起他和依凡初相識時，在如家酒店中自己躲在衣櫃裡偷看依凡換衣服那旖旎的情景，不由得心裡暖乎乎的。依凡又問：「傻了，怎麼不說話呢？」田尋輕聲說：「依凡，我想妳了。」

依凡笑了，溫柔地說：「真的嗎？」田尋有點生氣：「當然是真的了，我給妳打過很多次電話，可妳都不接聽，為什麼？」依凡輕嘆說：「一言難盡，有時候不方便接電話，有時我又很忙，你肯定生我的氣了吧？」

田尋的氣立刻都拋到九霄雲外了，他連忙說：「才沒有，我哪能這麼小心眼？依凡，是不是妳有男朋友了，如果是這樣，那我就再也不給妳打電話了。」言語中既委屈，又滿含醋意。依凡說：「真的？你捨得永遠離開我嗎？」

她這麼一問，倒把田尋給問住了，他想了半天，吞吞吐吐地說：「捨不得。」逗得依凡咯咯嬌笑，她說：「大傻瓜，我沒有男朋友，如果有的話怎能不告訴你呢？好了，你最近在忙什麼？」田尋說一直閒在家裡照顧爸爸，又打聽依凡的近況，依凡說還是忙著幫報社做專訪，天南地北地跑，忙得像隻沒頭蒼蠅。

田尋問：「依凡，什麼時候還來瀋陽？」依凡說：「恐怕最近都沒什麼機會了，除非你來西安看我。」田尋笑了：「那我還求之不得呢！只是妳要給我安排住處。」依凡說：「旅館到處都是，還用我為你安排？」田尋開始壞笑：「我還是住在妳家裡吧，這樣不但能省錢，還能吃到妳親手做的菜，一舉兩得，怎麼樣親愛的？」

依凡立刻板起聲音：「我可沒工夫和你瞎扯，我掛電話了！」田尋連忙說：「哎哎別呀，我和妳開玩笑呢！真不經逗！」依凡說：「你總這麼沒正經的，哪個女孩敢要你啊？」田尋說：「那我就當和尚了，妳看怎麼樣？」

依凡又笑了：「你這麼風流，就是當和尚也是個花和尚。好了，說正事吧，我們去南海幫林之揚教授找回盜寶賊的事，你有和誰說過嗎？」

「沒有，我答應了林教授要嚴守祕密的，怎麼能亂說呢！怎麼了？」

「也沒什麼，我只是覺得這件事有點不太正常似的，你沒感覺到嗎？」依凡說。

「這個……為什麼這麼講？」

依凡說：「首先說，丟了東西自然得先報警，越貴重的東西就越應該這樣，可林教授沒有，而是花費大量人力、物力自己去找，這是疑點一；再有，他丟的東西又不是偷的搶的，文物這東西又向來不問出處，那他為什麼在尋盜寶賊的過程中一再強調不能走漏風聲，很怕別人知道呢？」

田尋樂了：「妳太多疑了，人家林教授不是說了嗎？怕那個盜寶賊知道有人追捕他，會狗急跳牆，急於把文物出手，那樣就很難追回了。」

依凡說：「我不這麼想，這裡面肯定有什麼祕密，但我又猜不出怎麼回事，哎，對了，你最近在忙什麼，有和林教授他們聯繫嗎？」

田尋想都沒想就回答：「當然有了，林小培經常給我打電話、發短訊，而且前些天林振文還介紹我去他林氏集團在瀋陽的分公司應聘，我這不剛回來嗎？」

「哦？真的啊，結果怎麼樣？」依凡似乎來了興趣。田尋笑了：「我的依凡啊，我剛面試回來，有結果也得過幾天的。」

依凡說：「沒想到林家的公司都開到瀋陽了，厲害呀！」田尋說：「不但西安和瀋陽，聽說還北京、上海、深圳、南京和香港都有呢！」依凡讚嘆道：「這個林振文真不簡單。」

轉話又說：「林小培對你還沒有死心啊？你小子走桃花運了！」田尋苦笑著搖搖頭：「妳就別挖苦我了，她和我是不同世界的人，最多也就是朋友，我可沒那個攀高枝的命。」依凡揶揄道：「那也不一定，你努努力，也許就成了林家的上門女婿呢！嘻嘻嘻！」

田尋連忙表示忠心，依凡又和他聊了一會兒，最後說：「以後你和林家有什麼事情，最好給我發個短訊告知一聲，現在報社的新聞很不好找，我只有寄希望於朋友們了。」田尋說：「沒問題，以後我天天給妳打電話。」

兩人又調笑了一陣，依凡和他道了別。放下電話，田尋心裡既激動、又甜蜜，總覺得現在的自己就是世界上最幸福的人。他閉上眼睛，腦海中不斷浮現出那時兩人每天出去約會、逛街、吃飯的情景，歷歷在目，彷彿昨天。

可又一想，趙依凡年輕漂亮、健美性感，自己條件非常一般，能配得上她嗎？他想起有一次他和依凡吃西餐，依凡穿了件黑色緊身的長袖T恤，下穿金色緊身褲、高跟皮鞋，她身材極好，尤其是臀部和大腿那完美的曲線顯露無遺，增一分嫌肥、減一分嫌瘦，幾乎就是雕刻家筆下的美神。

在那西餐廳裡有很多老外和有錢的年輕人，差不多所有的男人，包括吧台的服務生都對依凡投以火辣辣的眼神，同時也有很多人衝著田尋指指點點、低聲議論。意思很明顯：這小子其貌不揚，看上去也不是什麼有錢人，怎麼能泡上這麼漂亮的妞？真是太奇怪了！

田尋不由得生出一種強烈的自卑感，頓時又洩氣了。

迷迷糊糊睡了一會兒，忽然被電話吵醒，卻是懷遠門古玩市場的老威，這傢伙語氣中透著沮喪味，好像出什麼事了，讓田尋馬上過去一趟。田尋看看錶，離晚飯時間還有兩個小時，反正閒著也是閒著，於是下樓騎上電動機車直奔故宮方向。

從大北門向南到故宮，右拐到太清宮，再折向南來到懷遠門，今天是週一，正所謂「禮拜一，買賣稀」，古玩市場附近人影稀少，和週末那繁華熱鬧的景象簡直有天壤之別；田尋鎖好車，逕直上了二樓，來到老威開的那間「集威閣」。

說老實話，田尋頂討厭「集威閣」這名字，一般古玩店都要起個文雅、有內涵的店鋪名，像西安王全喜那個「盛芸齋」就起得不錯，還有什麼「博古堂」、「沁芳齋」、「二閒堂」之類的，聽上去也有品味，可看了集威閣的名字，田尋不知怎麼地總能聯想起「殺威棒」這個詞，改也改不掉，他總在想，就衝這個名字，如果老威不是他朋友的話，他就是逛爛了市場也不會進這家店。

進了集威閣，就看見老威坐在他的「鎮閣之寶」，一張紅木大桌前，腦袋耷拉在胸前只顧抽煙，好像三月裡被霜打的茄子，紅木桌上擺著半瓶老龍口白酒，旁邊還有半碟油炸花生米，一看就是典型的借酒澆愁。

第十章　新公司

田尋拉一把椅子過來坐在老威對面，抓了幾粒花生米扔嘴裡，邊嚼邊說：「老威，你咋蔫了吧唧的，怎麼，有親戚死了啊？」

老威已經喝得半醉，臉色發紅，慢慢抬起頭，狠狠捶了一下桌面：「他媽的，就算親戚死了，我也不會這麼難受啊！」田尋見勢不妙，連忙問：「到底怎麼回事？」

老威用那佈著血絲的眼睛看著田尋，帶著哭腔說：「我……我賠了！」

這話嚇了田尋一跳，因為老威以前倒騰古玩經常打眼，但那都是幾百、幾千元的損失，頂多也就是罵罵娘、拍拍桌子而已，而這次從老威的情形來看，很可能被騙得極慘，於是趕緊問事情的原委。

老威可憐巴巴地開了口：「前幾天我去河北滄州出兩件東西，都賣了好價錢，因為那買主家在郊區，也沒銀行存錢，於是我就把十萬塊錢現金放皮兜子裡了。回來時坐長途汽車路過一個小鎮，車上的人就議論，說那鎮子過去住過前清一個戶部的尚書，另外還出過幾個京官，有很多老宅子和祠堂，我一聽就動心了，犯了老毛病，於是就中途下車，在那鎮子裡頭挨家打聽誰家有古董。」

田尋說：「這是好習慣啊，怎麼說是毛病呢？」

老威含著淚說：「倒霉就倒霉在這個好習慣上了！這小鎮果有很多連進的老宅，地面都是青條石的，很多家門口還有古舊的石獅把門。我心裡興奮，正和幾個村民圍堆聊天、向他們傳授古玩常識的時候，有個長相憨厚的中年村民湊上來問我什麼樣的東西算是古董，我就說無非是紅木傢俱、瓷瓶帽筒、玉珮陶壺、金銀首飾什麼的。我問他：『你家有什麼？』他支支吾吾地說沒什麼，就縮頭縮腦地走了。我見這老農可疑，就問身邊的村民他是誰，村民說那人叫老那，滿族人，家裡以前是大財主，還有一所老式的大宅院，『文革』後被抄了家，現在就是一普通農民。我一聽就來精神了，知道他家肯定有東西，於是我就在後頭跟著他。」

「這村民老那發現了我，問我幹什麼，我撒謊說想喝口水，他才讓我進屋。結果在他取水的工夫，我剛坐下，就發現他家大木箱上擺著座掐絲琺琅的德國自鳴鐘。我拿起來左看右看，底款寫著『大清乾隆年製』的印款，可把我嚇壞了：這不是乾隆年間那些外國傳教士在內務府做的西洋八寶玩意嗎？我看了半天，怎麼看那外殼都是真的，我就問他賣不賣，他死活不幹，說那是他老爺留給他的，我死磨硬泡了兩個多鐘頭，老那終於答應四萬塊成交，我說想拆開鐘殼子看看裡頭，老那死活不同意，說我愛要不要，我一咬牙，掏出四萬塊現金買下來了。」

聽到這裡，田尋點點頭，卻又隱隱覺得故事並沒到此為止。

果然，老威喝了口酒，接著講：「我又看見他家大衣櫃上塞著一只落滿了灰的皮箱，把皮箱拿下來擦了擦灰，仔細找皮箱正面右下角，果然找到一行燙金小字：豫恆泰皮貨行。這豫恆泰我可知道呀，那是老瀋陽有名的皮貨行啊，在咸豐年間就有了。」

「我指著皮箱說這座鐘太沉，我又有些別的東西不好帶，想讓他們把這口破皮箱送給我裝東西，我本以為那老農肯定會說那箱子是姥姥年兒的東西，要賣我多少多少錢之類的，可出乎意料，他老婆很爽快地就說：『一個破皮箱子有啥的，送給你吧！』這把我給樂的，差點想衝上去親她幾口。」

說完，老威又仰頭喝了口酒。田尋見他已經醉了，連忙搶下酒瓶扔在一邊：「既然是白送的還怕啥？」

老威又說：「我也是這麼想的，心裡頭高興啊，就又左右尋摸了一會兒，最後就看見了自己屁股底下坐的紅木椅子了。這椅子是靠背嵌圓石的文椅，典型的江南樣式，嵌著大理圓石，上面還刻有四句詩，下面三層腳踏板，我特意看了每個接頭和榫槽，都是正宗的清中期蘇州手藝。當時我就傻了，我想這麼個老農家怎麼有江南的紅木傢俱？於是我就問他。這老那說他家祖上也是個幹大買賣的財主，到他爺爺那輩就開始敗落，家裡值錢的東西基本全敗光了，但至少還有所老宅子住著。可到了破四舊那年，他家的老宅被人檢舉說是封建地主的老窩，硬是給他媽的充了公，結果到了他這輩，就只剩下那座德國自鳴鐘和兩把椅子了。另一把沒地方放，存在房後的倉房裡了。我一聽，這話和村民說的完全能對上茬啊！錯不了！錯不了！連忙去倉房看那把，除了詩句之外都一模一樣，我激動壞了，兩把椅子放一起問他賣多少錢，他說這對椅子是家裡僅有的老物件了，有人說能值好幾萬塊呢，說啥也不賣。我當然不能放過這機會，當天下午就跟他卯上了。」

聽著聽著，田尋暗想：難道這個「老那」有什麼貓膩不成？

聽老威又繼續說道：「當天下午我就賴在他家不走了，直到他老婆打牌回來，被我磨得生了氣，才讓他男人賣給我，我當即點出五萬五千塊錢現金又買下了這對文椅。他們倆口子出去幫我僱了長途貨車，我喜孜孜地用皮箱裝著座鐘，再將兩把椅子裝上貨車後廂固定好，一路開回瀋陽。到了瀋陽，我馬上去李教授家，讓他給掌眼，李教授你也知道，那眼力絕對錯不了，他先拿起那德國自鳴鐘看了看，說這外殼肯定是真的，於是操傢伙拆開，用放大鏡一看，馬上就告訴我：鐘是假的。我還有點不信，他把鐘轉了個九十度讓我看，我用放大鏡一瞅，裡面主齒輪上清清楚楚印著『上海座鐘一廠』六個小字，當時我就蒙了，回想起那個老那死活不讓我拆開看裡頭，心裡真個後悔呀！」

田尋也跟著心裡一翻個，忙問：「那對紅木文椅呢？」

老威悲傷地說：「別提了！他媽的，李教授看那椅子，說是紅木的沒錯，但根本就不是清中期的東西，最早也就是六十年代的仿品，很多花紋都是用砂輪磨出來的，能值五千就不錯了，我居然花了五萬五啊！」

田尋吃了一驚，說：「李教授沒看錯吧？」老威說：「我倒是希望他看錯，可後來我又問了好些高手，都說是五、六十年代的仿製品，唉！」田尋也跟著痛心，近十萬元就這麼打水漂了。忽然他又想起那只老皮箱，如果真是豫恆泰老號的手製，也能值個一、兩萬塊，還沒等他張嘴問，老威自己說了：

「最後我想起那只豫恆泰的皮箱了，我想這東西總不能看錯吧？如果是假的，那個老那肯定會想盡辦法賣給我，哪怕只賣一百塊錢，但人家是白送的，所以我就想先用熱水擦乾淨點，再找李教授看看。結果你猜怎麼著？」

田尋急問：「怎麼了？」

老威的表情比死了爹還難看：「讓我給……給擦沒了！」

田尋以為聽錯了話：「什麼？擦沒了？」

老威恨恨地說：「什麼他媽的皮箱子？是用黑皮漿混上膠水，在牛皮紙板上刷出來的皮！我這用熱水一擦一泡，那箱子漸漸就只剩個細鐵棍框了！」說完，他趴在桌上猛捶桌面，大哭大叫，顯得十分難過。

田尋靠在牆上，心情不比老威輕鬆多少，顯然老威是遇到了極厲害的「冒兒爺」騙子，十萬塊錢就這麼飛了，連個影都沒看著。老威邊哭邊說：「我全部家當也就這十幾萬塊，現在可好，全他媽歲進去了，我還活個什麼勁啊，都讓人用唾沫星子給淹死了！」

田尋唉了一聲，問他道：「那你今後收東西怎麼辦？」老威說：「還收什麼呀，哪還有本錢了！」田尋默不作聲。

過了一會兒，他拿出錢包，從裡面翻出一張銀行卡扔給老威：「這卡裡有三萬塊活期，密碼是五八七五九三，你先用著，以後緩過陽來再還我。」

老威止住哭聲，看了看卡，又看看田尋，說：「老田，你……你不是涮哥們呢吧？」田尋笑了：「你都這個身價了，我還有那閒心涮你？」老威感激地又掉淚了，他緊緊抓住田尋的手：「老田……這……我不知道說什麼好了……」

田尋一擺手：「那就啥也別說，你老威和我認識也有六、七年了，你的人品我也了解，你家我也認識，所以我才敢借錢給你，換了別人我可沒那好心，不過我還是希望你今後眼睛能再亮點，遇事多幾個心眼，要是把我那三萬塊再歲裡頭，你可別怪我不客氣，我得去你家朝你爹媽要帳。」

老威含淚連連點頭，感激得說不出話來，說什麼也要請田尋吃飯，田尋推辭掉，又安慰了他幾句，看天也不早了，告別老威下樓驅車回了家。

回到家一看，剛好老爹從醫院做檢查回來，他父親自從五月份犯了高血脂的病後，一直在家休養，兩個多月過去了，基本上好得差不多了。高血脂這種病被老百姓叫做「富貴病」，這有兩層意思：一是指得這種病的大多是有錢人，生活安逸，平時大魚大肉的，不免血液中脂肪過高；二是得了這病就得靠錢養，打點滴、吃藥、CT核磁共振……樣樣都得錢，而且還沒法工作，只能在家躺著養大爺，因此而得名。

田尋的家庭就是個最普通的中低等收入家庭，但田尋把林之揚給的錢交了五萬，正好給父親看病使用。兩個月過去了，父親的病大致恢復了，現在每天服用些降血脂的西藥、吃點大蒜油丸什麼的，每隔半個月去醫院做個檢查，問題倒也不大。

田尋一看老爹氣色不錯，而且桌上又堆了不少好吃的東西，他笑著說：「今天晚上吃什麼好東西？」父親笑著說：「我買了排骨和酸菜，今晚做個酸菜燉排骨，怎麼樣，合胃口不？」田尋高興地說：「太合胃口了，哈哈哈，我這就去弄蒜醬！」說完就去廚房剝蒜。

晚上吃飯的時候，媽媽說：「你給我的那五萬塊錢，除了給你爸看病和買藥，現在還剩下兩萬左右，你爸的病也基本好了，準備下個月就繼續上班，明年他就退休有醫療保險，看病也用不了多少錢了，那兩萬塊錢明天我還給你，你自己存著吧，以後派個用場啥的。」

田尋抓著一塊肥排骨蘸了蒜醬剛要咬，聽這話連忙放下，連連擺手：「不要不要！我手裡還有錢花，那錢還是你們留著吧，爸的病雖然好了，但一年四季不能離了吃補藥，那錢就給他買藥吧。」

父親聞言，慢慢放下筷子，說：「小子，你也老大不小，找對象、結婚都得用錢，我看還是讓你媽把錢給你吧！」田尋搖了搖頭：「爸，我都說了我手裡有存款，這事你們就不用操心了，錢我肯定不要，就這麼定了，咱們快啃排骨吧！」說完甩開腮幫子，大口開始啃排骨。

父母二人對視一眼，輕輕嘆口氣，也都不再說什麼。

第二天什麼事也沒有，到了第三天早晨，接到林氏集團瀋陽分公司的電話，通知

第十章　新公司

他上午十點去公司複試。田尋又開始犯愁了，因為又要大熱天的穿西裝。

上午九點，田尋準時來到位於十八樓的林氏集團。在前台做了登記，接待小姐打過電話後，讓那個牛氣哄哄的保衛人員帶到了人事部，人事部房門旁邊擺著張辦公桌，人事部經理祕書正在辦公，保衛人員和祕書打過招呼，讓田尋敲門進去。

進去一看，有個三十幾歲的女性坐在寬大的辦公桌後，這女人一身深咖啡色套裙職業裝，戴著銀絲邊眼鏡，冷若冰霜，面無表情，一看就是那種標準的職場女經理。田尋暗暗叫苦，他最害怕的就是面對這種職業女性。

這女人優雅地一抬手，淡淡說道：「是田尋先生嗎？請坐，我是林氏集團瀋陽分公司人力資源部經理鄭楚楚。」這女人的話語不帶任何感情，好像從機器人肚子裡傳出來似的。田尋連忙坐在桌前說：「鄭經理您好，我是田尋，這是我的個人簡歷。」

鄭經理單手接過他遞上的簡歷，打開來先看了一遍，邊看邊問：「田先生是什麼屬相？」

田尋說：「我是七七年出生，屬蛇的。」

鄭經理停了下，又問：「什麼血型？」

田尋心想怎麼還問這個？回答道：「ＡＢ型。」

鄭經理再問：「什麼星座？」田尋猶豫了下：「天蠍座。」

鄭經理點點頭，把簡歷放在桌上：「屬蛇的人大多頭腦冷靜，能在緊急時刻有條理地處理事情，很多事情憑直覺就能做好，但有時缺乏激情和韌性。」

田尋尷尬地笑了笑，鄭經理又說：「所以希望你在工作中能加強這方面的素養。」田尋連連答應。

鄭經理又抬頭看了看田尋，放下簡歷說：「田尋先生以前在《古國志》雜誌社任職，後來是因為什麼原因離職？」

田尋咳嗽了聲說：「是這樣，《古國志》這家雜誌社規模比較小，而且有些規章制度也不太合理，對我來說也沒什麼太大的發展前景，所以我想換一家更有發展的公司，也讓自己能有更大的發揮。」鄭經理嘴角閃過一絲不易察覺的神色，說：「沒有別的原因嗎？」

田尋搖搖頭：「沒有，僅此而已。」

鄭經理說：「據我所知，田先生在《古國志》連載過一部叫《天國寶藏》的小說，很受歡迎，而且帶動了雜誌極大的銷量，後來因為你不願意繼續連載，而被社長開除，是這樣的嗎？」

田尋心裡一驚，這鄭經理的消息還很靈通啊，轉念一想，這也不奇怪，被開除的事雜誌社上上下下幾乎都知道，沒有不透風的牆，傳到她耳朵裡也不稀奇。於是他直接說：「鄭經理說得沒錯，我是被社長開除掉的，但原因並不是我不願意連載小說這麼簡單，我田尋也不是那種以事要挾的人。」

「哦？」鄭經理推了推精巧的銀絲邊眼鏡：「有什麼原因，方便講一下嗎？」

田尋心想：當然不能什麼都說。於是他道：「跟您說實話吧，我那篇《天國寶藏》寫的是浙江湖州毗山慈雲寺的事情，內容當然是虛構的了，但卻總有一些人拿著棒槌就當針，藉此開始攻擊毗山慈雲寺，說那裡有寶，甚至是個黑寺等等，我迫於社會壓力，不得不停止連載，那社長卻以為我想提高獎金，以此來要挾他，當場承諾給我巨額獎金，但我沒有答應，最後就被除名了。據說社長找了個代寫文章的槍手繼續寫那部《天國寶藏》，但那已經和我沒有半點關係了。」

鄭經理聽完田尋的講述，又問：「我還聽說幾天之後，《古國志》雜誌社被人在夜間縱火，幾乎燒掉了所有的電腦和資料，雜誌社報了警，並懷疑這事和你有關，你也被當地派出所傳訊，有這件事嗎？」

第十一章　西斯拍賣行

田尋心說這幫人簡直就是他媽的ＫＧＢ特務，但他臉上還得裝笑容：「事情是有，但不是我放的火，我還不致於笨到剛被開除，轉眼就去前單位放火吧？」鄭經理說：「我當然也不相信，看田先生性格沉穩，就算心裡想放火，怎麼也得幾個月之後吧？」田尋嘿嘿笑了。

鄭經理拿過一張表格：「前天本公司的面試想必給田先生留下了很深的印象？這也是本公司的特色之一，面試內容是為了全面檢測應聘者的綜合素質，如：過人的記憶力、有條理的邏輯能力、有突破性的思考能力、沉穩並幽默的性格、細膩的觀察力、良好的生活習慣、中性的社交能力、對突發事件的處理能力、良好的語言能力、廣博的知識以及正直的為人，共有十一個方面，田先生在這次面試中表現很好，幾乎在所有的測試中都有優秀表現，因此經本公司決定，正式聘用田尋先生任林氏集團瀋陽分公司出版部編輯一職。」

聽了她的話，田尋非常高興：「謝謝鄭經理，也謝謝貴公司給我這個機會，我一定努力工作。」

鄭經理又說：「不過，本公司聘用田先生還有一個重要的原因。因為田先生是林董事長親自打電話點名必須要用的人，所以您的表現就算再差，我們也要聘用，當然，現在您被聘用就是名正言順的了，呵呵。」這鄭經理極少露出笑容，現在是頭一回。

田尋倒覺得有些尷尬，他平時很少走後門，今天可能也算破例吧！鄭經理又交代了他公司出版部的概況，同時交給他一本關於林氏集團瀋陽分公司的介紹冊子，裡面有從總經理、副經理到各部門主管的簡介，同時還有各部門所負責的工作職責等，最後把職位薪金、福利、上班時間和作息時間等交代了下，告訴他具體的工作內容等上班後向出版部經理詢問。

都交代完了，田尋辭別鄭經理，心情愉快地走出人事部，剛好迎面碰見上次面試時遇到的唐曉靜，連忙上前打招呼。唐曉靜上回臨走時給田尋了個軟釘子，這回倒態度不錯，可能早把前天的事給忘了，兩人聊了幾句，田尋掏出一條手絹遞給她：「這是妳前天給我擦汗的，我已經洗乾淨了，還灑了點香水。」

唐曉靜微笑著說：「一條手絹還要你還？不要了，送給你吧。」田尋嘻笑著收回口袋裡。唐曉靜說：「看來你根本就沒打算還給我，收起來倒挺快的。」田尋笑著說：「真聰明。對了，妳也是來複試的嗎，什麼結果？」唐曉靜說：「看來我們就要是同事了，我也拿到了職位，財務部經理助理。」

田尋欣喜不已：「是嗎，這可太好了！真應該慶祝一下，中午我請妳吃飯行嗎？」唐曉靜笑著答應了，兩人一起乘電梯下樓去。

在電梯裡，田尋不禁關注了一下唐曉靜今天的打扮，她身材凹凸有致，皮膚白嫩，上穿一件半袖緊身白色T恤，飽滿胸部驕傲地聳立著，蠻腰溜細，低腰牛仔短褲露出半截白嫩的腰身，腳上是高跟水晶涼鞋，田尋心想：她的身材和依凡真像，都那麼棒，只是身高不及依凡。

兩人挑了一家韓國料理店，高興地共進了午餐，從聊天中田尋了解到：唐曉靜的家庭是典型的中產階級家庭，父母都是大公司的職業經理人，她又是獨生女，所以從談話中偶爾也顯露出一些獨生女兒的大小姐味道，但也許是父母教育程度較高，唐曉靜的人品和人生觀還是相當端正，人也蠻可愛。

吃過飯後，兩人互留手機號碼，各自分手回家，約定一星期後公司再見。

轉眼無話，七天過去了，這天田尋早早起床，按照鄭經理告訴的方法，身上仍然穿著T恤和短褲的夏裝，將一套襯衫和西裝、皮鞋帶上，來到財富大廈十八層林氏分公司，先去人事部領了工作證、員工簽到卡和午餐卡，再到員工更衣室，換上襯衫西裝和皮鞋，最後來到出版部經理辦公室。

出版部經理是個不到四十歲的男人，短髮、長臉形、尖下頷，鼻上架著金絲邊眼鏡，眼神中帶著一股精明。不知怎麼的，田尋總覺得這人很像香港連續劇裡那種陰險狡詐的上司。經理拿著田尋的簡歷說：「田先生你好，我叫汪興智，是本公司出版部的經理，歡迎你來出版部工作，希望今後我們能團結合作，讓公司的前景更加美好。」

田尋連忙應承；汪經理先給他介紹了出版部的工作內容，又交代了田尋所擔任的出版部編輯平時都需要做哪方面的工作等等一大堆，然後就帶著他來到出版部的辦公室，向大家做了介紹。這辦公室足有五十多平方米，用一米多高的隔斷分隔成數十個工作區域，每個區域都配有辦公桌椅、電腦、電話和文件櫃等配備設施。田尋是本部五名編輯之一，被安排到辦公室中央的一個工作區域，副經理把一些相關資料交給他，讓他用一天時間先熟悉熟悉。

翻了翻資料，田尋才知道這個林氏集團除了做文物拍賣生意之外，還經營著一本叫《收藏與拍賣》的雙月刊，這雙月刊每期在港、澳、台和東南亞等國家同步發行，主要內容是發布本公司近期將要舉行的拍賣會、拍賣物，介紹一些知名的文物收藏家與學者，最後是國際國內的文物收藏動態。

這些工作被分為五份，由五名編輯共同完成，田尋分配到的是介紹著名文物學者這一欄目。他這編輯也是半個記者，有時候需要去採訪這些知名的學者們，然後回來寫稿，這些工作田尋做過幾年，可以說是駕輕就熟。

到了中午，田尋來到員工食堂吃飯，財富大廈的食堂在四層，這幢大廈所有的公司都在這裡吃飯，田尋打過飯菜，端著飯和其他四名編輯同事共坐一桌開始吃飯，這大廈伙食還真不賴，有肉、有素，還有開胃湯，內部員工用午餐卡，每頓飯只需花三塊錢，實在是便宜。

這四位編輯兩男兩女，在公司已經工作了三、四年，也算老資格了，田尋深知剛到新公司最重要的就是和同事搞好關係，於是藉著吃飯的機會跟這四位編輯談談笑笑，關係處得倒也不錯。

正吃著，耳中聽到高跟鞋跟敲擊地面的聲音傳來，清脆悅耳，田尋對這種聲音太熟悉了，以前在雜誌社時，同屋的三位女同事穿的都是高跟鞋，這種聲音幾乎是每天不絕於耳，於是他下意識回頭去看，只見一位身材高挑的美女穿著白襯衫、黑色緊身職業短裙端著托盤走來，她長相平平，神情高傲，那雙修長性感的美腿更是曲線極好，緊裹在黑色絲襪中，再配上黑色高跟皮鞋，簡直是在謀殺男人的眼睛，飯廳裡的

第十一章　西斯拍賣行

男人們幾乎都在朝她的大腿行注目禮，就連很多女人也都看個不停。

田尋身邊有位男編輯同事輕輕捅了他一下，田尋轉回頭悄悄問：「這美女是誰？」那編輯名叫王浩，只見他臉上帶著神祕的笑容，低聲說：「這就是我們公司總經理祕書，名叫楚紅，人比鍾楚紅還有派頭，高傲極了，不輕易和人說話。」

然後他又壓低音量：「據說還和我們總經理有一腿。」

田尋倒吸一口涼氣，若有所思地點了點頭，另外三位同事也都捂著嘴竊笑。田尋笑著邊吃邊想：她那雙美腿簡直完美，卻不知除了身材更高之外，和依凡相比誰能更勝一籌？

正在胡思亂想的時候，忽然瞥眼看見唐曉靜正在一個角落處默默地吃飯，同桌另有一個女員工，兩人分坐桌子兩頭，而且還不在一邊，顯然不是她的同事。田尋心中一動，就想過去和她坐同桌，但又想自己今天頭天上班，讓同事們知道了不太妥，萬一再四處傳閒話，搞出個桃色事件什麼的，那就糟了！過幾天再看看。

轉眼七、八天過去，工作一切正常，田尋除了採訪與公司有生意往來的學者們，就是待在辦公室寫稿件，工作倒還充實。

這天副經理通知他，有個很重要的客戶要來公司，本期雜誌要給他做一個關於新疆古國遺址考察的專號，也就是說整本雜誌都將是他這次考察的活動內容。對方下午一點鐘到出版部來，要田尋準時接待，田尋連忙滿口應承。

中午休息時間，田尋吃完飯後到大廈外對面的草地乘涼，差十分一點時回大廈，走向電梯間時，前面有位身穿白色半袖襯衫的中年人，此人左手夾只皮包，邊走邊用手機打電話，聽他說道：

「我知道那對瓷瓶被誰買走了，你有那人的電話嗎？快告訴我！」

他邊說邊將手機夾在脖子上，騰出兩隻手從皮包裡翻筆和紙。田尋見那部高級的金屬外殼手機正從中年人脖子上慢慢向後滑落，可那人還在專心找筆、紙，忽然，手機順中年人手背向下滑去，中年人下意識用左手向後接，可哪裡接得住？

田尋就在他身後，連忙搶步一伸手接住手機，交到中年人手上，那中年人剛回過神來，連忙向田尋點頭表示感謝，用紙、筆記下了電話號碼。

打完電話，中年人握著田尋的手連連道謝，只見這人約莫五十歲左右年紀，身材高大強壯，濃密的黑髮打著卷，臉上戴金絲邊眼鏡，看氣質就是個有身分的人，只是眼眶有些深，鼻樑高挺，唇上有八字鬍，似乎有些像西亞人。

兩人共同走進電梯，田尋問那中年人到幾樓，說也湊巧，那中年人也上十八樓，

第十一章　西斯拍賣行

因為整個十八層都是林氏分公司的，所以田尋就問：「這麼說，您是到林氏公司辦事了？」

中年人笑著說：「難道你也是到林氏公司辦事的？」田尋笑笑：「我就是林氏公司的職員。」中年人說：「真是太巧了，那請問先生您在哪個部門高就？」田尋說：「我在出版部任編輯。」中年人驚訝道：「那你肯定認識一個叫田尋的編輯囉？」

其實到現在田尋已經猜出來他是誰了，他伸出手說：「您就是郎世鵬郎先生吧？我就是田尋，您好！」兩人雙手一握，相視大笑，這種見面方式，無疑使兩人憑空親近了許多。

到了辦公室裡，田尋和郎世鵬分別坐下，田尋送上一杯冰礦泉水：「我早就看過關於郎先生的資料，您在瀋陽經營著西斯拍賣行，也是著名的歷史專家，同時還是我們公司的長期合作夥伴，這次我們準備在本月的雙月期刊上給您發一篇獨家專訪，另外聽說您還帶了些資料過來。」

郎世鵬從皮包裡抽出一沓資料遞給田尋，說：「什麼著名不著名，那都是別人瞎吹亂捧出來的虛名，我祖籍河南南陽，奶奶是伊朗人，也就是說我有四分之一的中亞血統，所以我對中亞文化也很感興趣。這不是嗎？最近我還要跟你們林氏集團瀋陽分公司合作舉辦一個大型的西亞主題文物拍賣會，這是相關資料，你先看看。」田尋翻翻資料，見上面都是一些中亞、西亞古國的文物古董，如：波斯、大食、康居、烏孫、大宛等國文物，品種繁多、琳琅滿目，田尋不覺看入了神。

郎世鵬見他感興趣，就說：「怎麼，田先生也喜歡古代中、西亞的東西？」田尋說：「我以前在《古國志》雜誌社工作過幾年，專門負責新疆一代古國的文章編寫，所以對這些也很有興趣。」郎世鵬哦了聲，又問：「那田先生去過中亞哪個地方？」

田尋嘿嘿笑了：「讓您見笑了，我只是紙上談兵，到現在我連新疆都沒去過，但我確實很希望有機會能去親眼看看樓蘭遺址是個什麼樣。」

郎世鵬大笑：「這有什麼難的？新疆我每年都要去幾趟。而且你們劉總的設想是，這期雜誌要給我做一個新疆古國遺址的專號增刊，我有一些課題在幾年前就想完成，因為各種原因一直沒能如願，而現在機會成熟了，所以過些天我就要組織一個大型的考察團隊，專程到新疆進行一次大規模的文物遺址考察，你要是有興趣，不如一塊跟著去怎麼樣？」

聽了這話，田尋興奮異常，可馬上又洩氣了，心想：人家是客戶，說點客套話而已，自己可千萬別當真了。他表面上賠笑點頭，兩人開始進行專訪方面的工作。

這次的專號增刊很重要，整本雜誌足有兩百多頁碼，按古國分成十幾個版塊，當然採訪工作也不可能在數天內就完成，有時還需要田尋帶著數位相機到郎世鵬家裡去拍一些文物方面的照片。

郎世鵬的家在青年大街附近一幢高級花園式住宅區內，毗鄰瀋陽市第一座五星級酒店——皇朝萬豪酒店，兩百多平方米的全躍層式住宅相當豪華，尤其是他那四十多平方米的書房，房中擺滿了中亞各個時期的文物，落地窗外就是渾河，推開窗就能看見河水蕩漾、草木成萌。

兩人在書房裡邊拍照，邊研究文物，田尋以前在《古國志》社裡就是專門負責新疆古國的編輯，所以他對新疆古遺址也很在行，並且有著獨到的見解，郎世鵬有中亞血統，又是歷史專家，和田尋是一見投緣，談興大發，並有相見恨晚的感覺。

在談話中，田尋發現書架的玻璃拉門內有一張照片，好像是一家三口的合影，中間的是郎世鵬，左右兩邊分別是穿著維吾爾服飾的新疆女子和新疆小伙。還沒等田尋詢問，郎世鵬走過來說：「這是我妻子和兒子，我妻子是維吾爾族，是我在烏魯木齊念大學時認識的，我兒子今年二十二歲了，看長相隨他老媽，但性格、愛好隨我，整天也只喜歡在新疆四處旅遊、探險，研究文物遺跡。」

田尋很意外：「您的兒子也喜歡考古？」郎世鵬笑了：「當然，他在烏魯木齊大學時讀的就是考古專業，這也許就是我的遺傳基因在起作用吧？哈哈哈！」

田尋也笑著說：「虎父無犬子嘛，相信您兒子以後也會是個出色的考古專家。」兩人哈哈大笑。

這天拍完照片已經中午，郎世鵬要請田尋吃飯，田尋當然推辭，他表示公司有規定：與客戶外出辦事，中午時可以請客戶吃飯，公司負責報銷一切費用。可郎世鵬非要請客不可，盛情難卻之下只好答應。

兩人下了樓，郎世鵬從車庫中駛出他的黑色賓士S600轎車往北開，不多時就到了萬豪酒店緊鄰的麗都喜來登酒店。麗都喜來登也是五星級酒店，郎世鵬把車停在門前的噴泉廣場上，兩人熄火下車。

郎世鵬走在前面，徑直向喜來登酒店的大門走去，等登上寬大的樓梯時，田尋才敢說話：「郎先生，我看我們還是換個地方吧！」郎世鵬連忙停住腳步：「怎麼，不喜歡這家酒店嗎？」田尋連忙解釋：「不是不喜歡，只是太讓郎先生破費了，本來讓您請客就已經很不好意思了，現在又……」

第十二章　新疆考察隊

還沒等他說完，郎世鵬一拉他的胳膊：「什麼亂七八糟的，我還以為什麼事呢，快走吧！」田尋只得跟著他走進酒店。

大門兩旁站著兩名身穿紫緞旗袍、高挑身材的美女，同時向郎世鵬鞠躬道：「郎先生，歡迎光臨！」看來郎世鵬經常到這裡吃飯，連迎賓的姑娘都認識他了。郎世鵬向她們微一點頭，兩人走進前廳。

前廳裝飾得富麗堂皇，全世界的喜來登酒店基本都是用淡色調來裝飾，這家也不例外，鵝黃色的天花板和吊頂搭配乳白色大理石勾邊，地面也用淡明黃大理石鋪就，中間有淺褐色的波斯地毯，四株海南椰樹點綴其間，服務台和休息區域中間用不銹鋼鍍金扶手相間隔，幾個男服務生拖著拉桿箱來回穿梭，替客人送行李。

兩人乘電梯來到三樓餐廳，此時正是十二點半鐘，郎世鵬在前台刷過信用卡，順著雕花扶手樓梯上到三樓半，只見這裡擺著兩大排餐台，餐台中食物豐盛極了，龍蝦、鮑魚、螃蟹、扇貝、鮭魚生魚片等應有盡有，原來是一間高檔的海鮮自助餐廳。

活了三十一年，田尋也沒來過這麼高檔的餐廳吃飯，他生怕露了怯，讓郎世鵬笑話，於是就學林黛玉進賈府，緊跟在郎世鵬身後，看他幹什麼就幹什麼。郎世鵬接過服務員遞來的餐盤，開始在餐台上夾取食物，田尋緊隨其後，郎世鵬邊夾東西邊問田尋：「喜歡吃這樣的海鮮自助餐嗎？」

田尋連忙說：「喜歡，這裡海鮮的品種很多，很好！」郎世鵬笑了：「如果不是中午時間太短，我們就去四樓吃西餐了，這裡的西餐相當正宗，等你們的雜誌出版之後，我再帶你來嚐嚐這裡的西餐。」田尋連忙表示感謝。

轉了一大圈，郎世鵬挑了些鮑魚、生蠔、泰式甜辣蝦、鮪魚壽司和牛肉刺身，田尋也夾了鮑魚、牛肉刺身、生蠔、鵝肝醬、炸蝦天婦羅、鮭魚生魚片、蒜茸扇貝和煎牛排，兩人尋了位子坐定，服務員立刻送上水果和紅酒，並為他們先倒上兩杯酒，之後兩人開始進餐。

五星級酒店的自助餐就是不一樣，絕非幾十元搞定的那種普通自助餐所能比擬，鮑魚都是澳洲的六頭鮑，生蠔新鮮無比，魚子醬味道正宗，尤其是那道雪花牛肉刺身，又冰又嫩、入口即化，簡直是人間極品，田尋挑的那塊煎牛排又肥又香，吃得他眉開眼笑、連連稱讚。

不但食物味道好，服務也很到位，每張桌旁都有專門的服務員，只要酒杯裡的紅酒喝盡，馬上就有人為你倒好，這在西餐廳裡也是不多見的，而且服務生在倒酒時，還會詢問你是否需要倒酒服務，這是照顧有些需要談私密事情的顧客，他們不喜外人打擾。

郎世鵬見田尋吃得高興，微微笑著點頭，似乎已看出田尋從沒吃過這麼高檔的自助餐，但他絲毫無嘲笑之意，還很有誠意地指點田尋先吃什麼、後吃什麼，哪道菜比較好吃。

田尋邊吃邊說：「不怕郎先生笑話，我這是第一次吃這麼高檔的西式自助餐，除了牛排、鮭魚生魚片和蒜茸扇貝之外，其他的我基本上是頭一次吃。」郎世鵬見田尋很直率，非常欣賞，他笑著說：「這算什麼，再高檔百倍的我也吃過，田先生年輕有為，相信以後你會有機會到國外吃更高檔的美食。」

郎世鵬可能是今天心情挺愉快，多喝了幾杯紅酒，臉上有了紅暈，頓時談興大增。他打了個小嗝，拿起一隻生蠔說：「喜來登的海鮮餐基本上是法式菜品偏多，就拿這生蠔來說吧，這東西學名叫牡蠣，法國人稱之為海裡的牛奶，意思說牠營養價值高，尤其是生吃。你看，這蠔是從法國空運過來的，個大、肉細、汁多，不像中國的生蠔個頭小，最主要的是海水中有污染，生吃會感染細菌。」

田尋也拿起一隻，說：「那吃熟的不就行了嗎？」郎世鵬搖搖頭：「蠔這東西生吃是最有營養的，要是弄熟了，那我寧願去吃清水煮白菜。」田尋哦了聲：「怪不得大家都喜歡吃生蠔。」

郎世鵬接著講：「生蠔這東西很嬌氣，打撈上來後，最多只能低溫存活六天，再多天就死掉了。從打撈到上餐桌這段時間，絕對不允許任何人用手碰蠔肉，當然除了我們顧客之外。」

他拿起一片檸檬往蠔肉裡滴了幾滴汁說：「檸檬汁可以中和蠔肉猛辣的味道，也能起到殺滅微生物的作用，再配上乾紅葡萄酒，那才是吃生蠔的最高境界，哈哈哈，來，吃！」兩人把蠔殼湊到嘴邊，一口將鮮美的活蠔肉吸進嘴裡。

「沒想到吃個生蠔也有這麼多的講究，法國人是真厲害！」田尋喝了口乾紅說道。

郎世鵬談興更濃了，他又叉起一塊鮪魚壽司說：「這鮪魚壽司也是我最愛吃的，鮪魚又叫金槍魚、吞拿魚，游泳速度能達到每小時一百六十公里，比獵豹還快得多，牠在海裡必須一刻不停地游泳，否則就會窒息而死。」

田尋很是驚訝：「魚在水裡還會憋死？」郎世鵬說：「鮪魚比較特別，因為牠的鰓長反了，而且沒有肌肉牽動，只有在向前游動時才能張開，讓水流過鰓部過濾氧氣，所以牠只能不停地游泳，每隻鮪魚幾乎都做過跨國旅行。」

「那晚上睡覺時怎麼辦？」田尋發問。

郎世鵬將鮪魚壽司放進嘴裡：「鮪魚晚上睡覺時也在游泳，只不過游的速度放慢很多，代謝的速度也相對變慢。」

田尋心中暗自感嘆：這大千世界真是奧妙無窮，自然界才是最偉大的藝術家。郎世鵬又說：「世界上最會研究吃的，就得屬法國和中國人了，但中國人近些年吃東西越來越大膽，而且對飲食營養也不顧及，中國菜已經遠遠落在法國菜和日本菜之後了，我看連俄國菜也不如。」

田尋連連點頭表示同意：「我聽說南方人，尤其是廣東人什麼都吃，開始是狗和貓，到後來連蜘蛛、蠍子、臭蟲什麼的也不放過。」郎世鵬撇了撇嘴：「廣東是中國最先開放、最先富起來的地區，人這種動物你不知道，口袋裡錢一多就燒得難受，只好變著法地搞些新鮮刺激的玩意，這種行為我最瞧不上。」田尋也表示同意。

吃了一會兒，田尋問：「聽郎先生說近期要去新疆做個考古考察，是嗎？」郎世鵬說：「沒錯，因為這次與你們林氏瀋陽分公司合作的項目，除了中亞文物拍賣會、公司內部刊物之外，還要專門給我做一期新疆古國遺址的專刊，而且要在海外同步發行，所以我要趕在十月出刊之前，先到新疆做一次全面考察。」

田尋又問：「那您想去新疆什麼地方考察呢？」郎世鵬道：「準備到新疆的喀什噶里墓看看。初步路線是先乘飛機到烏魯木齊，然後再轉機直飛喀什。回來的時候也許會走沙漠的南面，由和田取道回甘肅，順便還可以到和田探險一番。我已經請到了幾名相關的專家和幫手同去，並且物資也已基本到位，五天之後就動身。」

「哦，那還真不錯，喀什是個好地方啊！」田尋乾咳一聲。

郎世鵬眼睛裡閃著光：「怎麼樣，對我的新疆之行有興趣嗎？」

聞聽這話，田尋嘆了口氣，低頭喝酒不語；郎世鵬看出他有心事，忙問：「有什麼就請直說，你我一見如故，不用藏著掖著的。」田尋說：「我從小就對新疆有著濃厚的興趣，以前我在《古國志》雜誌社裡，雖然負責新疆古遺址的文字編輯工作，卻從來沒真正到過新疆，說出來不怕您笑話。」

郎世鵬也有些意外：「竟然在專門研究新疆古遺址的雜誌社裡工作，卻沒去過新疆，難道你們雜誌社從來不組織人到新疆去進行實地考察和採訪嗎？」田尋說：「採訪當然是有，但這種長途出差的事一般都輪不到我頭上，因為《古國志》雜誌社的出差補助比較高，每天有上百元的補助，所以這類肥差事都被安排給有後台、有背景的同事去了，我最遠也就是去過一趟西安，而且還是社裡缺出差人手，沒辦法才讓我頂上。」

「太不像話了！這種雜誌社居然也這麼腐敗，還談什麼古國研究？簡直就是對學術研究的侮辱！」郎世鵬氣得直罵。田尋也很無奈：「現在很多單位都這樣，生氣也沒用。」郎世鵬忽然說：「既然你這麼想去新疆，那我就和你們出版部汪經理說說，讓你以出差的名義跟著去一趟，怎麼樣？」

嗆啷一聲，田尋手中的餐叉掉在桌上，他連忙拾起來，乾咳幾聲掩飾尷尬。郎世鵬早看出他的心思了，哈哈大笑：「放心，這件事包在我身上，你就等消息吧！」

兩天後，出版部辦公室裡。

經理汪興智把一份出差申請交給田尋，用手推推眼鏡說：「我昨天下午接到了郎世鵬先生的電話，說因為工作需要，希望你能隨他的大型新疆考察團去新疆走一趟，這個申請我是今天上午遞給劉總的，中午就批下來了，你看看吧！」

田尋欣喜之極，忙接過申請打開看，汪經理又說：「不過說老實話，本公司的出差補助很高，正式員工的標準是每天最低三百元人民幣，像你這樣的新員工是輪不到出差的，但考慮到郎先生是我公司的重要客戶，所以劉總就破例同意了你的出差申請，你小子運氣不錯啊！」

田尋不好意思地笑了：「這都是憑汪經理的幫助，要不我也沒這麼好運氣。」汪經理哈哈笑了：「你小子倒會說話，據說這趟出差沒月把時間是回不來的，等回來了你得請全部門吃飯。」田尋連忙滿口答應。

下午四點三十分，瀋陽桃仙國際機場。

波音七四七大型客機順著佈滿閃光指示燈的跑道加速滑行，正要抬頭起飛。巨大的渦輪發動機發出震耳欲聾的轟鳴聲，氣流在飛機尾部急速旋轉。

頭等艙裡，田尋和郎世鵬正坐在座位上談話，田尋說：「郎先生，據我所知，新疆喀什好像也有民用機場吧？我們為什麼不乘飛機先到烏魯木齊，再轉機到喀什呢？」

郎世鵬正在用田尋的那把瑞士軍刀削蘋果皮：「你不知道，今年內地是旅遊熱，大多數航空公司都在加班加點運營，很多班次不夠用，從瀋陽直飛新疆的飛機現在全線告急，最近的一班也要二十多天後才會有。我想節省點時間好早去早回，所以我就臨時改了行程，先飛到敦煌，然後考察隊乘坐越野車，沿國道從敦煌到新疆哈密，再到吐魯番、庫爾勒、阿克蘇，最後到達喀什。這趟線路的車程大約兩千六百多公里，幸好沿途都是國道，開車也就是四、五天的工夫，來回才八、九天，比等航班要節省十多天。」

「哦，是這樣，看來到了敦煌，我要先多買點暈車藥了。」田尋自言自語道。

「怎麼，你還有暈車症？」郎世鵬關切地問。

田尋點點頭：「不過不是太嚴重，小時候比現在厲害得多，那時我只要聽說要坐汽車，腦袋立刻就暈了。」郎世鵬哈哈大笑：「你還真誇張，我從沒聽說過有這麼厲害的暈車症！」

這時，播音員開始用甜美的聲音播報：「各位親愛的旅客，歡迎您乘坐東方航空公司的航班，本次航班由遼寧瀋陽飛往甘肅敦煌。飛機馬上就要起飛了，請您務必繫好安全帶，如有不會請向空服員求助；如果您有暈機症，請從座位前面的儲物盒中拿出口香糖，咀嚼它能幫助您緩解暈機等症狀，希望大家本次乘坐愉快！」

田尋嚼著口香糖，但還是覺得耳鼓裡脹脹地難受，同時還有些噁心。

此時空中小姐正在為每位乘客分派水果。田尋連忙向她討了幾個橘子，這空姐大約三十五、六歲，左嘴角處有一顆小小的黑痣，身材豐滿漂亮，天藍色制服短裙下，露出一雙修長健美的大腿。她見田尋臉色不大好，就知道肯定是暈機，還幫田尋剝掉橘子皮，並又餵了他幾瓣，田尋很是感動、連聲道謝，心裡暖乎乎的。空姐給了他一個甜蜜的微笑，又去照顧別人了。

郎世鵬邊吃蘋果邊調侃：「田老弟，那漂亮空姐可能是瞧上你了。」田尋靠在座椅上閉眼睛，雙手的大拇指揉著太陽穴：「您就別拿我逗悶子了行嗎？我耳朵裡都要脹破了。」郎世鵬卻裝聽不見：「真的，雖然那空姐看上去可能比你大幾歲，不過也沒什麼大不了的，現下不是正流行姐弟戀嗎？要不要我幫你牽牽線？」

田尋氣得夠嗆，隨手拿起一個蘋果遞給他說：「您還是多吃幾個蘋果吧！」這時那空姐剛好回來經過田尋身邊，剛才郎世鵬說的話她都聽到了，不由得臉上飛紅，田尋尷尬地衝她笑了笑，不知道該說些什麼。那空姐紅著臉走開了。

為了不讓郎世鵬再拿自己開玩笑，他趕緊岔開話題：「郎先生，你說這次考察之行林教授幫你找了些同行的學者和幫手，不知道都是些什麼樣的人？很有實力吧？」

郎世鵬把蘋果核扔進垃圾筒裡，用手帕擦了擦手：「那是當然。要知道現在我們國家民間組織的考古考察團隊遍地都是，但大多數都是散兵游勇級別，隨便在某高校掛個虛職，動輒都是什麼教授、講師、研究員，其實專業水平低下，但凡找幾個身強力壯的人去什麼地方旅遊一趟，回來馬上就找報社的人在報紙上連吹帶搧，說自己在某某知名學者專家的陪同下，完成了一項多麼多麼困難的課題考察工作，吹得多了後來就連自己都信了，以後跟人說話腰板都挺得筆直，好像自己真成了文物專家似的。」

這番話說得田尋也笑了：「現在社會上確實有不少這種沽名釣譽的假學者。」郎世鵬又接著說：「鑑於此況，雖然我這次去新疆只是一次文物考古方面的考察，而且還是民間行動，但我郎世鵬畢竟不像那類東郭先生似的假學者，我搞世界歷史學三十多年，大小也叫個歷史學家，不拿出點有說服力的東西，那我豈不是跟那些草包學者畫等號了？」

田尋暗自讚嘆，又問：「那郎先生都物色了哪方面的學者和專家？」郎世鵬端起咖啡喝了口，說：「林之揚和我早年都在西安大學任教，私交還算不錯。到目前為止，他共幫我找了一位生化物理學教授、一位古建築學家、一個語言學家，一對專門研究風水學的兄弟倆，還有三、四名職業軍人負責保護我們的安全，總共大約有十一、二人左右吧。」

第十三章　空姐

田尋問：「那郎先生就是這次考察隊的總負責人了？」沒想到郎世鵬搖搖頭：「我是負責人沒錯，但卻並不是唯一的，還有一人將與我共同領導這個考察隊，到時候你就知道了。」田尋心中忽然想起什麼，他再問了句：「這次考察只是文物方面的考察嗎？還有沒有別的什麼目的？」

郎世鵬轉頭看著他：「當然沒有了，這只是一次純粹的科學考察。你有什麼懷疑不成？難道我還能去新疆盜墓？」田尋連忙搖頭：「我不是這個意思。」這下田尋心中有了底，心裡暗暗激動和興奮，人還在飛機上，心卻已經飛到了新疆沙漠戈壁中。

兩個小時過後，飛機在空中平穩飛行，從舷窗向外看去，黑色的積雨雲籠罩周圍，好像已經是深夜似的，搞得座艙裡的大多數乘客都昏昏欲睡。田尋側頭看看郎世鵬，見他也靠在座椅上睡得正香。田尋看了看錶，晚上六點四十分，他忽然覺得肚子有點餓，於是站起來向座艙後部走去。

第十三章　空姐

來到座艙盡頭的餐室，剛好看見那位嘴角有美人痣的空姐正在休息間歇著，見田尋走過來，她朝他微笑著點了點頭，輕輕地問：「需要我幫忙嗎？」田尋笑著說：「待著有點悶得慌，想過來跟妳聊聊天。」他知道航空公司的空姐都有很高的素質，這種無傷大雅的玩笑，她們一般不會生氣。

空姐微笑著說：「難得您這麼有興致，不過我看您好像是在找吃的東西？」

田尋很意外，他說：「妳怎麼知道？難道妳是神仙不成？」空姐捂著嘴笑著說：「我剛才看到您在座位上拿起一個蘋果，剛要咬又放下了，就知道您肯定是餓了。」

田尋有點不好意思：「讓妳笑話了，我是覺得有點餓，想知道妳這有什麼好東西能祭祭我的五臟廟。」空姐笑著拉開身後的恆溫冰櫃：「您看看吧，這裡的東西隨您挑，用什麼來祭廟都行。」

看著空姐那甜美溫柔的笑容，田尋忽然覺得她似乎就是自己的姐姐，感覺心裡熱乎乎的，看了看冰櫃裡有奶油麵包、速食麵、火腿腸、餅乾和八寶粥等快餐食品，品種還是蠻多的。田尋邊挑邊笑著問：「這麼多好吃的，那我多帶點，等下了飛機帶回家慢慢吃行不行？」

空姐噗哧笑出了聲，連忙緊閉嘴唇忍住，帶著笑容說：「您可真有意思。飛機上有規定，食品向乘客免費供應，但不可以帶下飛機。」田尋說：「這個我早就知道。」空姐說：「那您還這麼說？」田尋笑了：「就是太無聊了嘛，總得找點話題不是？」

空姐笑了，她見田尋故意找話題和她親近，不知不覺中感覺近了很多，伸手從冰櫃裡拿出一碗速食麵說：「這是我們剛從日本進口的蟹黃麵，很好吃的，今天是第一次供應乘客，你嚐嚐吧！」言語中也把「您」改成了「你」。

田尋說：「嗯，我聽妳的，妳幫我沖泡吧。」空姐撕開包裝用開水幫田尋泡麵，問：「去敦煌旅遊，還是出差？」田尋又拿出一根俄羅斯紅腸，關上冰櫃門說：「兩樣都不是，我是要去新疆做科學考察的。」

「哦，去新疆做科學考察？是哪方面的呢？」空姐問。

田尋邊吃紅腸邊回答：「是進行關於中亞古遺跡方面的文物考察，嗯，這紅腸很正宗，和我在哈爾濱吃到的一樣。」

空姐感到很新奇：「中亞古遺跡？聽上去好神祕啊，一定很有意思！」田尋笑了：「那是當然，不但很神祕，而且還很刺激好玩，不亞於做空姐！」空姐笑了：「那以後我不做空姐了，你就帶著我一塊去探險吧！」田尋道：「太好了，就這麼說定了！」兩人都笑了。

麵泡熟了，田尋捧著麵碗說：「我一定要回到座位上去吃嗎？」空姐看了看左

第十三章　空姐

右，其他的空姐或在座艙前頭值班，或去乘務室休息，於是她微笑著輕聲說道：「沒關係，你可以在這裡吃，只要不被機長看到就行。」

田尋說：「飛機上的工作人員制度很嚴格吧？」空姐點點頭：「有些制度是非常地嚴，但有些時候無關緊要的也沒關係，比如現在。」田尋邊吃麵，邊稱讚味道好，空姐說：「你喜歡就好，還怕你不喜歡吃。」田尋笑著說：「是妳幫我選的，當然好吃了！」空姐聽他說話油腔滑調，但卻不生氣，她臉上飛紅，抿著嘴微笑。

田尋問道：「能問問妳的名字嗎？」空姐笑道：「我叫劉梅，你叫我小梅也行。」田尋說：「那怎麼行？輩分可不能亂，我還是叫妳小梅姐吧！」劉梅笑著點點頭。田尋連忙自我介紹：「我叫田尋。對了，聽妳的口音好像也是東北人，妳家是哪兒的？」劉梅用潔白的手絹擦拭玻璃杯，邊笑著說：「你猜對了，我是瀋陽人，二十六歲開始在航空公司做空姐，已經九年了。」

「什麼，妳也是瀋陽人？我們是老鄉啊！」田尋道。

「是嗎？」劉梅也很意外，「你家住瀋陽哪裡？」田尋說：「我家在北順城路，離中街不遠，妳呢？」

劉梅顯然有些激動：「我家就在杏林街，原來我們真的是老鄉。」田尋說：「太巧了。多久回一趟家？」劉梅有點傷感：「我已經四年沒回瀋陽了。」田尋奇道：

「為什麼？航空公司過年不也有假期的嗎？」

劉梅輕嘆了口氣：「以前我爸媽給我介紹了個生意人家的兒子，那人素質很差，又愛喝酒，我一百個不同意，可拗不過他們，我還是和那人結婚了。婚後我們經常吵架，他還在外面亂搞，整夜不回家，我就告上法院和他離了婚，爸媽很生氣，說我不聽話，要我跟他複婚，我當然不願意，他們就天天和我像仇人似地對立。那時我還在北方航空公司，後來我一狠心，就來到了東方航空公司，住在蘭州的公司宿舍裡。過年的時候我回家，本以為他們的氣能消了，可沒想到又和我大鬧一場，又逼我跟那個男人複婚，我心灰意冷，大年三十那天下午，就坐飛機回到了蘭州。從那以後，我再也不想回家了，前年我在蘭州買了房子，準備長住在那裡了。」

說完，她輕嘆了一聲，神色黯然。

聽了她的訴說，田尋心裡也感到不太得勁，心想這世上男女的感情糾紛太多了，真是數也數不清，他勸道：「妳也別太難過了，妳畢竟是爸媽的女兒，再過幾年他們的氣也就消了，晚年的時候還得靠妳養老不是？不行，妳就在蘭州成家，到時候抱著外孫子回瀋陽，妳爸媽一見白白胖胖的外孫子保證啥事都忘了，哈哈！」

這話說得劉梅也紅著臉笑了，她問：「那你結婚了嗎？你夫人一定很漂亮，人很好。」田尋說：「我妻子是很漂亮，可就是不知道姓什麼叫什麼。」劉梅很疑惑：

第十三章　空姐

「那是為什麼？你妻子是孤兒？」

田尋差點把嘴裡的麵條噴出來，他笑著說：「不是不是，我的意思是說我妻子還不知道是誰家的女兒呢，我沒對象，哈哈！」劉梅也咯咯嬌笑。

這時，座艙裡又傳出播音員的聲音：

「各位的親愛旅客，現在飛機即將到達內蒙古上空，前方有一股中降雨流，飛機可能會有微小的顛簸，請各位旅客回到自己的座位上，並繫好安全帶，帶小孩的乘客，請將您的孩子看護在身邊，並繫上安全帶。謝謝您的合作！」

劉梅連忙站起來說：「快回座位去吧，其他的空姐馬上就都要過來照顧乘客了。」田尋知趣地捧著速食麵回到座位上，劉梅又給他拿了根紅腸和一杯飲料，又有幾名空姐來到座艙中，引導那些仍未回到座位的乘客。

過了內蒙古就快多了，一轉眼兩個小時過去，飛機已經掠過蘭州，就快抵達敦煌。座艙裡又響起播音員那甜美圓潤的聲音：

「各位親愛的旅客，本次航班還有十五分鐘就要飛抵敦煌機場，請各位旅客檢查好自己的隨身行李，看護好自己的孩子，繫好安全帶，準備下飛機。」

田尋捅了捅郎世鵬，他揉著眼睛醒來，問：「怎麼，到敦煌了嗎？」田尋邊繫安全帶邊說：「還有十五分鐘就到敦煌機場了。」郎世鵬摘下精緻名貴的玳瑁眼鏡，掏出真絲鏡布慢慢擦拭，打個呵欠說：「那就做好準備吧！我估計那些人已經在敦煌等不及了。」

田尋也很期待：「不知道都是什麼樣的專家，我一定要好好結識！」郎世鵬說：「沒問題，到時候我幫你引見引見。」

飛機開始下降，氣壓的變化令田尋兩耳發脹，很不舒服，空姐提醒他把專用的棉塞放到耳朵裡，多少有了點緩解。郎世鵬說：「看來你的暈動症還真挺厲害的。」田尋臉色略有些發白，點點頭：「從小就有的毛病，現在還強多了，小時候那更厲害，只要一坐汽車就嘔吐，尤其是小轎車，大卡車還能好些。」

這時飛機稍微顛簸了幾下，機輪已經落地，幾分鐘之後，終於平穩降落在敦煌機場跑道。現在正是晚上九點，機場剛下完雨，水泥柏油地面的雨水被燈光照耀，反射出閃閃亮光，清新的空氣令人頭腦為之一振。

兩人提著行李順舷梯走下，機上的空姐和安保人員也都跟著下飛機，田尋見劉梅和幾名空姐拎著拉桿箱走在旁邊，於是朝她打了個招呼，劉梅似乎有話要說，她左右看了看，快步走到田尋面前，小聲地說：「你……你什麼時候回瀋陽？」田尋說：

第十三章　空姐

「這個不太好說，估計怎麼也得十幾天，怎麼？」

劉梅說：「我好幾年沒回家了，也不知道我爸媽是不是還那個態度，自己也不敢回去，我想托你幫我帶些東西去給我爸媽，一來表下我的心意，二來也好看看他們的臉色，只是……不知道你是否願意幫我？」田尋連忙說：「沒問題！等我辦完了事回瀋陽，就去看望妳爸媽！妳要我帶點什麼東西？」

劉梅拿出一些錢交給田尋：「這是五千塊錢，我也不知道買點什麼好，我媽喜歡吃果脯和棗，我爸愛抽雲煙，你回去的時候看著幫我買點就行，先謝謝你了！」田尋有點意外，畢竟他和劉梅才認識幾個小時，而她居然就對自己這麼信任，多少有些過意不去，他拒絕說：「買東西也用不了這麼多，妳還給錢幹什麼？到時候我幫妳買點就是了。」

「那怎麼行？我這已經很麻煩你了，這裡面還有我家的地址和我的電話，你就說是我同事就行，我還要趕著回公司，先走了，再見！」還沒等田尋說什麼，她已經匯入其他空姐急匆匆走開了。

郎世鵬弄得一頭霧水，問田尋：「怎麼，你還真泡上這漂亮空姐了？」田尋連忙解釋：「郎先生你誤會了，她是我瀋陽的老鄉，剛才你睡覺的時候我和她聊了會兒，她獨自一人在蘭州工作，幾年前和父母在婚姻問題上鬧了些矛盾，有好幾年沒回家了，所以她想讓我帶點禮物，去看望一下她家裡父母。」

「哦，是這回事，我還以為你……嘿嘿嘿！」郎世鵬神祕一笑，田尋無奈地搖搖頭：「我又不是唐伯虎，處處風流，您就會拿我開涮。」郎世鵬哈哈大笑，說：「不說不笑不熱鬧嘛！我這個人就是愛開玩笑，當然在學術研究上我還是很嚴謹的，希望你能習慣。」兩人邊說邊叫了輛出租車，直奔敦煌維多利亞大酒店。

敦煌維多利亞大酒店是全市唯一的五星級酒店，投資方是英國的一個報業大亨，所以自然是氣派非凡，來光顧的大部分都是外國人。雖然已經是夜間，但酒店門前的噴泉廣場卻燈火輝煌、亮如白晝，廣場上停滿了各色高級轎車，許多穿著時尚的富男靚女相攜出入，很是熱鬧。

郎世鵬抬手看了看錶，說：「昨天他們給我來電話說就在這個酒店裡下榻，不知道現在睡了沒有。」田尋問：「此次考察的專家和幫手都來了嗎？」郎世鵬說：「還有兩個人沒到，其他的好像都到了。」

進入酒店富麗堂皇的前廳，四面牆壁上都裝飾著精美的青銅色敦煌壁畫，有飛天美女和各種神仙，如果不是遍布大廳的高科技產品，如：鈽原子世界時鐘、ATM取

第十三章　空姐

款機、電子觸控螢幕等，乍一看還以為到了莫高窟。

巨大的旋轉型歐式樓梯鋪著紅地毯直通向上，田尋下意識就往樓梯處走，郎世鵬卻拉住他：「我們不上樓，下樓。」田尋不解地問：「酒店還有地下部分？」郎世鵬笑而不答，走到樓梯旁一看，果然在旁邊還有個通向下面的小紅木樓梯，地上也鋪著紅色的波斯地毯，牆壁上掛著各種大大小小的油畫，樓梯口處有兩名身穿黑西裝的工作人員，耳朵上掛著無線耳麥，在樓梯口處站得筆直。

兩人剛走過來要下樓，一名工作人員臉板得像驢，伸手攔住：「對不起先生，這下面是本酒店的貴賓會所，沒有ＶＩＰ貴賓卡是不能進入的，如果您有其他需求，請與前台的服務小姐聯繫……」他還沒說完，郎世鵬已經從裡掏出一張金色的卡片晃了晃；工作人員見狀連忙舉起手中的磁卡感應器，滴的一聲，感應器上綠燈亮起，彩色的QVGA螢幕上顯示出一行字：「ＶＩＰ貴賓編號006484，郎世鵬」。

字下面還有彩色的真人頭像照片，工作人員見身分無疑，立刻換了副笑臉：「郎先生您好，歡迎您光臨維多利亞大酒店！請進。」兩人閃身露出道路。

郎世鵬收起卡片，和田尋徑直順樓梯走下去。轉過兩道彎，光線越來越幽暗，田尋心道：這五星級酒店怎麼這麼摳門，連燈也捨不得多安幾盞？

這時來到一扇巨大的紅木浮雕對開門前，照例有兩名工作人員檢驗過身分後，將兩扇大門推開，頓時明亮的光線射出，裡面傳出小提琴音樂、笑聲和稀里嘩啦的聲音。

兩人走進來，身後的大門立刻關上了。這是一間寬闊無比的大廳，簡直熱鬧得不行，五、六桌寬大的輪盤賭桌圍坐滿了人，五顏六色的輪盤飛轉，骰子在盤裡嘩啦啦地滾個不停，幾十雙眼睛都在死盯著看，另有數桌正在玩撲克，身穿白襯衫黑馬甲的荷官正手法嫻熟地發著牌，一張張紙牌好像長了眼睛似的，恰好落在每位客人面前。

另外還有幾桌客人在賭天九牌，漂亮的女服務員穿著吊帶超短裙穿梭在賭桌之中，個個身材豐滿肉感，手裡托著裝有各種酒和飲料的杯子，任客人隨便取用，很多男女在各賭桌之間流連參觀，男的穿金戴銀，女的打扮性感，一看都是些有錢人，不時有人到前台處去兌換籌碼。

郎世鵬在廳裡左顧右盼，似乎在找什麼。田尋也眼花撩亂地看著，以前只能在電影裡見到過高級賭場，現在才親眼見識到。廳裡不時發出大笑聲，伴隨著圍觀人的驚嘆，顯然有人贏了一把大局。

第十四章　Show Hand

郎世鵬臉上露出笑容，對田尋說：「走，我們去那邊看看。」還伸手從女服務員的托盤上拿過一杯帶著冰霜的紅酒。這女服務員長髮披肩，有點像中外混血，十分妖媚漂亮，她又將托盤移到田尋面前，一雙帶笑的媚眼直勾勾看著他，好像老相識。田尋渾身不自在，只好趕緊挑了杯浸著檸檬片的果汁，緊跟在郎世鵬身後向大廳右側走去。

兩人來到一處撲克桌前，旁邊早圍了些看客在津津有味地觀戰，田尋仔細看了看，桌上有五個人正在玩德州撲克，這種玩法在港台又稱「梭哈」或「沙蟹」，是從英文SHOW HAND直譯過來的，也是世界上最流行的撲克賭法。

只見牌桌左首位置坐著個外國人，這人大約三十幾歲，穿著夏威夷式的花襯衫，腦袋又禿又亮，連半根頭髮都沒有，被牌桌上明亮的燈光一照，和那燈泡絲毫不差。一雙眼睛精光四射、嘰哩咕嚕地轉個不停，看看這個，又瞅瞅那個；嘴裡不知在嚼著口香糖，還是牛肉乾，身體還不時扭來扭去，一副玩世不恭相。

桌子上堆著大大小小、有方有圓的各色籌碼，發牌者已經給五個人每人發了三張明牌、兩張暗牌，禿頭對面是個留著大鬍子的中年人，身邊坐著一名打扮妖冶的風騷女子，那大鬍子高鼻深目好像是新疆人，這人慢慢揭開發給自己的第三張牌，臉色由期待變為沮喪，把牌用力朝桌上一扔，算是棄了權。大鬍子左邊是個戴金絲邊眼鏡的中年男人，身材發福，穿著背帶褲和白襯衫，吸了口菸後說：「再加十萬。」

卻聽那禿頭外國佬哈哈大笑：「有魄力，我喜歡，那就跟你十萬！」這老外的中國話講得是字正腔圓。田尋心裡就是一驚：這幾個籌碼就值十萬塊錢？這些人是在演電影，還是玩真的？

正胡猜時，卻見右首那玩家看過牌後，也推過幾塊方形籌碼，同時說了句日語，原來他是日本人。這人穿著黑色西裝，白色衫衣敞著領口，露出胸膛裡的夜叉紋身，臉型瘦削，下巴留著花白的短鬚，長相卻不超過四十歲，一頭凌亂而有性格的黑髮，臉色陰沉，眼睛似鷹。

那禿頭外國人笑著用日語對他說了句話，那日本人大怒，右手一抬桌子似要發作，可又忍住了，狠狠瞪了他一眼。

第五人是個濃眉大眼的男人，留著鬍子，頭髮向後梳得油亮，手腕戴著昂貴的瑞士金錶，夾著根雪茄菸，穿著白襯衫和西褲，脖子上有條很粗的白金項鍊，下面還連著塊純白金佛墜牌。這人很隨意地翻開面前的牌，戴著兩只戒指的三根手指把幾枚方形籌碼扔到桌中，說了句泰語，那禿頭外國人也嘻皮笑臉地用泰語回了幾句，之後荷官繼續發了第四輪牌。

禿頭先看看桌上四人的牌面：那留鬍子泰國人的牌面是一對A外加梅花老K，戴金絲邊眼鏡的中年男人是一對J和黑桃皇后，日本人面前有三條8，禿頭自己亮開的牌則是一對J和方塊2，從牌面來看是那日本人最大，於是荷官向日本人示意由他叫牌。

這日本人神情倨傲，從自己面前的籌碼堆中啪啪扔出兩沓方形籌碼，說：「私は20万追加します！」（我再加二十萬！）

那禿頭老外聽了，笑著用日語說：「あなたたち日本人は本当にお金持ちですね！」（你們日本人還真是有錢啊！）

負責發牌的荷官只能聽懂英語，不知道日本人說的什麼，於是向禿頭老外求助：「羅斯・高先生，真抱歉，請問剛才高田先生說什麼？」

禿頭老外嘻笑著說：「小日本說再加二十萬！」圍觀者無不驚嘆，桌上的全部籌碼已經加到一百三十萬元人民幣，可稱得上大賭了。

那中年男人看了看自己的底牌，搖搖頭：「他媽的，今天手氣不好，拚不過你們，老子不玩了！」將底牌亮出扔在桌上。

那泰國人小心翼翼地揭開發給他的牌，眼睛放亮，連忙也推出同樣多的籌碼，說了句泰語，並揭開了那張牌，原來又是一個A，組成了三條A。禿頭老外見狀，嘿嘿一笑：「Haha! Look to want out a great event tonight!」也扔出二十萬元的籌碼。

此時荷官示意大家明示第四張牌，同時進行最後一輪加注，並且加注額不得低於五十萬。三人分別亮了第四輪牌，那泰國人的牌面有三條A，日本人是三條8，而禿頭老外則是三條J，關鍵就要看自己那張底牌才能分出勝負。

泰國人牌面最大，他也有點緊張，見自己面前的籌碼剛好還剩五十萬，於是全都推了出去，想想覺得不夠，又摘下手上的金錶，最後索性把脖子戴的粗大白金項鍊也摘下來扔到籌碼堆裡，荷官看了看這幾樣東西，連忙叫來賭術顧問估價，賭術顧問仔細看了看，然後對大家說：「查先生的籌碼連同物品共作價一百萬元。」

禿頭老外頓時不幹了：「什麼東西就值五十萬？你是他家的親戚嗎？」那賭術顧問連忙賠笑道：「羅斯•高先生，查先生的籌碼有五十萬，一條三百多克的白金項鍊約值十萬，而這塊限量版Patek Philippe玫瑰金錶至少值一百萬，所以這些東西總價一百萬只是保守估計。」禿頭老外點點頭：「算了，馬馬虎虎吧，誰知道那塊錶真的假的？」

泰國人似乎能聽懂中文，氣得對禿頭老外怒目而視，禿頭哈哈大笑：「開個玩笑，別認真啊，你這人真可愛！」

泰國人既然加了一百萬元，那麼餘下的幾人如果要跟注，也必須達到這個數字才行，否則就得棄權，那日本人面前只剩下約六十萬元的籌碼，他頭上有點見汗，一咬牙，猛推出所有籌碼，又從腰間拔出一柄短刀，啪地壓在籌碼上。

大家都嚇了一跳，那荷官身體躲閃以為他要動武，泰國人更是嚇得起身離座，禿頭老外也大聲道：「どうするつもりだ?やるつもりか？」（你要幹什麼?要殺人嗎？）

日本人面無表情：「この指に40万元賭けてやる，俺がまけたらこの指てめえにくれてやらあ！」（我用這根手指抵四十萬，如果我輸了，就把它切下來！）

禿頭老外大驚：「Fuck! Are you crazy?」

荷官和圍觀的人都不知所措，禿頭老外對荷官說：「這日本鬼子說用自己的手指抵四十萬，要是他輸了就切下來，他媽的，這樣也行？」

聽了禿頭老外的翻譯，大家才算明白那日本人的意思，荷官怯生生地說：「只要……只要其他人不反對，任何東西都可以抵押。」泰國人雖然有點害怕，但他底牌裡有一個A，可以組成四條A的牌面，勝算極大，而且自己就算輸了也不用切手指，要是贏了的話，那日本人怎麼說還有六十萬現金，那手指就算是搭頭吧，於是點了點頭。

禿頭老外見泰國人都同意了，感到很是新鮮刺激，說：「哈哈，我賭了這麼多年，還真是頭一次看到有人賭手指，那我當然不能掃大家的興，沒問題！」

又笑著對那日本人說：「指一本で40万なら、てめえの両手はなんぼの価値があるつていうんや？」（一根手指就能值四十萬，那你兩隻手得值多少錢呢？）

日本人連眼角都不看他，自顧用都彭打火機點燃了一根百樂門菸抽起來，據說這種煙是日本黑社會比較喜歡的牌子。禿頭老外碰了一鼻子灰，哼了聲看看自己面前的籌碼這才犯了愁，原來他自己也只剩八十萬了，如果要跟注的話還差二十多萬，可總不能也學那日本傢伙切自己的手指吧？萬一輸了呢？

這時圍觀的人越來越多，其它桌的人幾乎都聞風而動，湊過來看這場豪賭，大家都盼著禿頭老外盡快跟注，大家好都亮出自己的底牌。

禿頭老外面露難色，數數自己那堆籌碼，撓了撓禿亮的腦袋，荷官問道：「請問羅斯・高先生是跟注？還是放棄？」禿頭老外大聲道：「當然跟注了！」

荷官說：「那請羅斯・高先生押出籌碼。」這被稱為羅斯・高先生的人抓耳撓腮，坐立不安地看著這堆籌碼，忽然身子傾向日本人說：「80万しかないが、いいか？」（我只有八十萬了，可以嗎？）

日本人看了看他，嘴角發出一絲輕蔑的笑：「もちろんいいぜ、もしてめえが負けたらその指切ってもらうぜ！」（當然可以，你輸了也切掉手指就行！）

羅斯・高連連搖頭：「No, No! I can't do that！」

荷官見他不願意押自己的手指，而他的籌碼又不夠，於是又問了句，那泰國人知道他沒錢跟，盼著他能自動放棄，於是也連連催促，羅斯・高清楚如果放棄跟牌，已經推出去的幾十萬就算打了水漂，急得他腦門上青筋鼓起老高，眼睛充滿血絲，又看了看自己的底牌，突然大叫一聲：「他媽的，我跟你們拚了，我也把手指押上！」

圍觀眾人一陣大嘩，田尋心想：這外國人漢語還真不錯，連罵人話也說得這麼地道，看來他是賭紅眼了，這牌賭局多半要出大事。

荷官見兩人都要押自己的手指，不由得緊張地看了看那日本人和泰國人，另外兩人無奈，也都點頭示意，荷官剛要宣布大家明牌，卻聽得有人大聲道：「等等！我替羅斯・高先生出二十萬！」

眾人循聲望去，見說話的是個五十歲左右的強壯中年男人，短髮打捲，戴金絲邊眼鏡，看上去有種獨特的文化氣質，不同於那種單純暴發戶，這人正是郎世鵬。田尋十分吃驚，心想：郎先生你發瘋了，充什麼好漢？要給這個外國禿頭佬墊付二十萬塊錢？

別說田尋，就連那禿頭外國人羅斯・高也吃驚不小，他看著郎世鵬，說話都有些結巴：「你……你是誰？」郎世鵬叫來賭術顧問，從懷裡掏出錢包，拿出一張國際信用卡遞給他：「請用這張卡支付二十萬元預授權給這位羅斯・高先生。」賭術顧問連忙問道：「請問以誰的名字結算？」郎世鵬又取出剛才進門的那張VIP金卡：「用這張卡的名字結算。」

賭術顧問拿著兩張卡去了前台，不多時就回了來，將卡還給郎世鵬：「全都辦好了，郎先生，待會牌局結束後請麻煩您到前台簽個名就可以了。」郎世鵬點點頭。那禿頭佬羅斯・高還墜入五里雲霧沒緩過來，郎世鵬卻催道：「還有什麼不妥？快開牌吧！」羅斯・高這才回過神來，他衝泰國人和日本人叫道：「快開牌吧，還磨蹭什麼？」

兩人氣得夠嗆，分明是他在浪費時間，現在卻又說別人磨蹭。那泰國人從兩張底牌中抽出一張翻開摔在桌上，大家一看，原來是湊成了四條A；那日本人看了後，冷笑著拿起一張8將兩張底牌全都挑開，眾人一陣大嘩，卻是兩張8，組成了五條8的底牌。這德州撲克共有兩副整牌混合發牌，因此會出現超過四張相同點數的可能。

泰國人頓時兩眼發直，沮喪地靠在椅背上像個洩了氣的皮球。日本人十分得意地看著羅斯・高，卻見羅斯・高表情似哭似笑，眼睛瞪得像牛，雙手也直哆嗦。

第十四章　Show Hand

日本人知道他是害怕了，說道：「ためらうことはないが，負ける場合，あなたのお友達とお支払いの仕方をしないと，私はあなたの指切断役立つ！」（不用害怕，如果你輸了，而你的朋友又不願幫你付錢，我會幫你切手指的！）

羅斯‧高的牌面是三個J，他又慢慢亮出一張J來，這時圍觀的所有人把目光都集中在他最後一張暗牌上。田尋心想：兩副牌總共才只有八張J，那早就棄牌的中年人手裡有兩張，這禿頭老外羅斯‧高已經有四張了，也就是說剩下的九十多張紙牌裡只有兩張J，羅斯‧高那張暗牌是J的機率簡直太低，看來他是凶多吉少。

只見羅斯‧高腦門見汗，顫抖著的手撿起那張暗牌，突然猛地拍在桌上大叫一聲：「God bless me! All to die!」

幾百隻眼睛的目光都投在那張牌上，赫然就是一張黑桃J。

日本人渾身猛震、臉如死灰，雙眼瞪得幾乎要鼓出來，牙也咬得格格直響，羅斯‧高大聲狂笑，把桌面上的大堆籌碼都摟到自己面前，又抓起一大把籌碼扔到空中，大笑道：「我羅斯‧高不是在做夢吧？」荷官驚嘆之餘，還不忘及時報出結果：「羅斯‧高先生五條J、高田先生五條8、查先生四條A，此局羅斯‧高先生勝！」

圍觀的人看得驚心動魄，都驚嘆著不由自主地鼓掌，也有不少人都把目光投到那叫高田的日本人身上，想看他怎麼收場。

那日本人豈不知道自己是怎麼回事，他臉色極為難看，霍地站起來伸手抓過桌上那把短刀，拔出寒光閃閃的刀刃，大叫一聲，就往手指上切去，眾人不由得都驚呼起來。

卻見那禿頭羅斯・高一把抱住日本人拿刀的胳膊，日本人大怒：「どうするつもりだ？」（你要幹什麼？）

禿頭羅斯・高嘻笑著說：「俺は何をすればいい？兄ちゃん、俺はてめえの指なんかどうでもいいんだよ、大事にとつとけ。もちろん、てめえの妹を紹介してくれるつていうなら話は早いがな！」（我要幹什麼？朋友，我對你這手指頭沒有任何興趣，你還是自己留著吧。當然，如果你能介紹你妹妹給我認識的話，那就更好了！）

日本人聽了這話後勃然大怒，罵道：「ほざけ！俺の妹に会わせろなんて100年早いわ！」（胡說八道！想認識我妹妹，不可能！）

說完，這日本人手起刀落，奪的一聲將小手指切斷，鮮血頓時從斷口處噴湧而出，染紅了綠色牌桌，眾人大嘩，有些膽小的女士甚至尖叫起來。旁邊一個漂亮的女孩連忙抱住日本人，大聲道：「どうだ？なんでそんなことするんだ？」（你怎麼樣？你為什麼要這麼做？）

再看那日本人嘴唇緊閉，左手掏出手帕捂住傷口，頭也不回地走出大廳，那女孩抹著眼淚隨後跑出。廳裡眾人七嘴八舌地議論起來，說什麼的都有。

那羅斯・高無奈地搖了搖頭，對荷官說：「快去，給我把籌碼換成錢！」荷官早就嚇得半死，說：「是……是要現金，還是支票，還是存到您的戶頭？」羅斯・高說：「要現金，全都給我換成美金！我要親眼看到我今晚贏了多少錢，哈哈哈哈！」又隨手拿起一個方形的綠色籌碼扔給荷官：「這個給妳了！」

這種方形籌碼的面值是五萬元，那荷官幾乎不敢相信自己的耳朵，結結巴巴地說：「這是……給……給我嗎？」羅斯・高罵道：「廢話！不想要是嗎？」荷官連忙伸手撿起籌碼一個勁道謝，這個籌碼幾乎頂她一年薪水。

幾名服務人員拿著個透明大塑料盒子小跑而來，將桌上堆得小山似的籌碼都裝到盒裡捧去前台兌換現金，圍觀的人無不羨慕，羅斯・高拿起桌上泰國人押下的那只Patek Philippe金錶戴在手腕上，左看右看地欣賞個不停，那泰國人氣得要死，站起來一甩袖子走了。

忽然羅斯・高想起郎世鵬還在身邊，連忙來到他面前，眼睛直瞪著郎世鵬：「你為什麼幫我付錢，你又是誰？」郎世鵬哈哈大笑：「都說語言天才羅斯・高先生好賭好色，看來還真的驗證了！」

羅斯・高大怒：「你到底是誰？你認識我嗎？」

郎世鵬哼了聲：「如果我不認識你，為什麼要替你付二十萬？你真以為我是上帝的化身？」

第十五章　專家

羅斯・高也不傻，他看了看左右，乾咳一聲說：「那……我們是否換個地方談談？我的房間在十二樓。」郎世鵬笑了：「我知道，那我們就去坐坐吧！」這時工作人員拎著一只皮箱走過來對羅斯・高說：「羅斯・高先生，您的錢總共是三百萬元人民幣，除去抽紅，還剩下兩百八十五萬，折合成美金共計四十萬元，請您清點一下。」

皮箱放在牌桌上敞著口，裡面碼著整整齊齊的四十捆百元面額美金，羅斯・高眼睛放著光，雙手拿起幾沓美金吻了好幾下，哈哈大笑，對工作人員說：「你們的動作還真快，好了，今天羅斯・高我大獲全勝，要喝杯香檳慶祝一下！」說完，手抄起桌上那條白金項鍊向外就走。郎世鵬來到前台簽了字，把那二十萬元預授權款收回，然後和田尋跟著大搖大擺的羅斯・高出了賭場上樓而去。

這場富有戲劇性的賭局在當地引起不小轟動，甚至後來還被人寫到了小說裡。

三人乘電梯上到十二樓，這一層都是酒店的豪華客房，羅斯・高的心情非常好，他哼著歌來到1288號房間，搖搖晃晃掏出磁卡劃開房門，郎世鵬和田尋也隨後走進。

剛進門田尋頓時傻了……

首先映入眼簾的是個寬大的客廳，門兩旁各有一株桫欏樹，天花板上繪有飛天仙女反彈琵琶的浮雕圖案，巨大的方形垂簾燈明亮無比，照得淡黃色的柚木地板也反射出耀眼的光芒，上面還鋪著一塊繪有精美敦煌壁畫圖案的波斯地毯，客廳正中央還有個圓形的大游泳池，裡面碧藍的水還在不停冒著氣泡，游泳池四角各有一只中國風格的紅木四角墩，上面擺著淡黃色的燈罩，每兩只紅木墩中間放著兩張單人真皮沙發，對面牆壁有一個紅木壁爐，上方還掛著幅歐洲名畫。

客廳右面整塊牆壁都是透明的玻璃窗，窗前掛著用細珍珠穿成的窗簾，遠遠望去就像是在下著濛濛細雨，兩側外加淡黃色的天鵝絨窗簾，用純金掛鉤分掛兩旁，窗外燈火通明的市區夜景一覽無遺，落地窗右側則擺著裝有各色洋酒的櫃子和書架。

客廳左邊幾級樓梯上是另一個小客廳，客廳左右各鑲著一個古希臘神殿式的柱頭，下面有巨大的方形玻璃魚缸，裡面養著幾條一米多長的虎鯊魚，在魚缸裡不停地游著。中型真皮沙發圍著一張圓形的水晶茶几，旁邊還有四扇大型泥金漆屏風，屏風上用狂草寫著唐詩，屏風前擺著兩只白色燈罩，金漆屏風在白光映照下，反射出一種極其奢華的色調。金漆屏風旁嵌著五十英吋的液晶電視，正在播放著當天的晚間新聞。

第十五章　專家

羅斯・高大搖大擺地上樓梯來到小客廳處，沙發上有三個人正在喝紅酒，一個穿白色綢衫的瘦削臉中年人和兩個身體健壯的男子，羅斯・高晃著身體對他們笑著：「朋友們，感恩節到了，現在請允許羅斯・高先生代表上帝給你們派發禮物！」說完把那條沉重的白金項鍊扔到水晶茶几上，發出清脆的響聲。

健壯的兩個男人長相近似，應該是兄弟倆，年齡大概三十多歲。兩人疑惑地看了看羅斯・高，撿起項鍊左瞧右看，邊看邊問：「什麼意思？」羅斯・高大笑：「哦！朋友們別介意，別看我們才認識五天，但我這個人是很大方的，這項鍊就當是我還三天前向你們借的那五萬塊錢吧！」

其中一個男人站起來，面有怒氣地揪住羅斯・高衣領：「這條破項鍊就能值五萬嗎？誰知道是銅的還是鐵的？我看你小子還是快點還錢，否則對你不客氣，我可不管你是美國人，還是外星人！」另外那人臉色同樣不太高興，也說：「就是！你少廢話，快還我們的錢！」

這時，那名穿綢衫的中年人伸手從那年輕人手裡接過項鍊，取出眼鏡戴上饒有興趣地看了半天，點點頭：「嗯，這白金的成色不錯，純度應該在千分之九五五以上。」

兩個年輕人同時回頭，齊聲問道：「你說什麼，白金的？」

羅斯・高掙開那人的手，大剌剌坐在那中年人身旁，將皮箱放在身邊，倒了杯紅酒喝了口，笑著說：「王先生，麻煩請你告訴他們兄弟倆我這條白金項鍊的價值。」這中年人摘下眼鏡：「這白金純度不錯，整條項鍊加上佛墜的重量足有三百多克，再加上雕刻的工藝，這條項鍊市值應該在十萬以上。」

話一出口，那兩兄弟頓時驚呆了，其中一人連忙搶回項鍊，嘴上卻還不太相信：「這條項鍊能賣十萬塊？我不相信！」另外那人也將信將疑：「就是，你們不會是串通一夥來騙我們的吧？」那中年人哈哈大笑：「你們兩兄弟還真有意思。這樣好不好，前天羅斯・高先生不是向你們總共借了五萬元錢嗎？這條項鍊賣給我，我付給你們六萬塊人民幣，怎麼樣？」

兩人面面相覷，先相信了三分，卻又同時眼珠轉動，其中一人忽然說：「好，項鍊賣給你，但我要現金交易！」那中年人笑著說：「沒問題，你現在就可以跟我下樓去提款，咱們一手交錢，一手交貨。」

這人見中年人如此認真，不由得又多信了幾分，剛要開口說話，這時郎世鵬走過來對他說：「大江，這項鍊是真的！」

這時，幾人才看到跟羅斯・高同來的還有兩個人，那被稱為「大江」的人警覺地看著郎世鵬：「你是誰，為什麼知道我的名字？」沙發上的羅斯・高也感到很意外：

第十五章　專家

「對啊，你到底是誰？怎麼誰都認識？」

郎世鵬微笑道：「我不但認識你叫羅斯・高、你叫大江，我還知道這位兄弟叫大海，你們倆是親兄弟；這位先生名叫王植，對嗎？」

這下四人都意外了，那叫王植的中年人站起來：「請問您是……」

郎世鵬哈哈大笑：「不和你們打啞謎了。本人姓郎名世鵬，很高興跟大家見面！」

眾人恍然大悟，羅斯・高驚喜地指著郎世鵬：「怪不得你肯借給我二十萬，原來是老大，哈哈哈！」王植連忙笑著和郎世鵬握手：「原來是郎先生到了，怪不得今天早上看到有喜鵲在枝頭叫呢！」

大海說：「不對吧，老王頭兒，今天上午我們可一直沒出門啊！」王植乾咳幾聲：「啊……是的是的，我是從窗往外看到的。」

郎世鵬邊寒暄邊暗自打量這個王植，見他略有些謝頂，長方臉滿面紅光，眼神狡猾中帶著笑意，一張能說會道的薄嘴唇，就知道這個王植為人圓滑、喜拍馬屁。接著他轉頭拍著田尋的肩膀對大家說：「這位是田尋，也是我們此次新疆考古行動的一員，還希望大家互相照顧，好好合作。」田尋同四人分別握過了手。郎世鵬問王植：「其他人呢？」

王植說：「剛接到他們的電話，他們有些物資要帶，所以只能坐越野車從蘭州趕來，可能今晚午夜到，也可能明天一早到敦煌。至於那個法國人……就不太清楚了，到現在我們還沒收到關於他的任何消息。」

郎世鵬點點頭，看看錶說：「十點鐘了，有想吃東西的嗎？我可是有些餓了。」羅斯‧高連忙湊過來：「我早就餓了，打電話讓他們送點海鮮來，聽說這裡的海鮮很不錯！」

王植笑道：「看來羅斯‧高先生的心情也很不錯，難道你今天撿了金元寶嗎？」郎世鵬說：「他剛在地下賭場贏了四十萬美金，心情當然不錯了！」

「什麼？你贏了四……四十萬美金？」大江驚呼。羅斯‧高拿過皮箱打開，得意地說：「我羅斯‧高從來也沒手氣這麼好過，整整四十萬美金！哈哈哈！」

大江、大海兄弟倆看到滿皮箱子的美金頓時傻了，他們倆半輩子也沒見過這麼多錢，羅斯‧高雙手各舉起一沓錢在兩人眼前晃來晃去，滿臉壞笑：「看哪，這是什麼？這是美元，白花花的美元，哈哈哈！」兩人同時嚥了口唾沫，甚至想撲上去一把搶過來。

羅斯‧高把錢放回皮箱扣上，又說：「泰國佬的那條白金項鍊太粗，只適合用來拴我的狗，所以我想還是送給你們吧！」一提到項鍊，兄弟倆這才回過神來，兩人立

第十五章　專家

刻爭執不休，研究該怎樣平分這條項鍊，也忘了計較剛才羅斯・高拐著彎罵兩人是狗。

羅斯・高打電話讓服務員送夜宵上來，郎世鵬、王植和田尋在沙發上坐定，王植又取過兩只酒杯，分別給郎世鵬和田尋倒了杯酒，王植問：「田先生不知道在哪裡高就？」田尋說：「我在西安林氏集團瀋陽分公司任雜誌編輯。」王植笑著說：「原來如此，真是幸會幸會！」郎世鵬說：「這位王植先生是出色的生物學家，同時對寶石鑑定也有著相當高的水平。」

王植攏了攏有些謝頂的頭髮，滿臉笑紋：「郎先生過獎了，本人不過是在美國加州生物學院當了十幾年的生物系教授而已，沒什麼大能耐。」羅斯・高笑著一攤雙手：「嗨，老頭兒，別謙虛了，加州生物學院可不是人人都能去當教授的！」

王植聽他稱自己為「老頭兒」卻絲毫不生氣，邊笑邊點頭，郎世鵬又介紹說：「這位美國朋友是羅斯・高先生，記憶力驚人，是個語言天才，通曉世界各國二十六種語言。」

羅斯・高邊擺弄手腕上的那個金錶邊說：「二十七種。一個月前我又學會了塔吉克語。」

「哦？是不是特地為此趟新疆之行而學的？」王植問道。

羅斯・高把雙腿架在水晶茶几上，悠閒地晃著純鹿皮製成的休閒鞋，笑嘻嘻地說：「完全正確，一個月前我接到郎先生的電子郵件，說付我一萬美金讓我用最快的速度精通塔吉克語，我說沒問題，但我要先看到錢再說，郎先生真是爽快人，立刻就把錢匯到了我的帳戶，所以我就努力學會囉！只不過花了二十五天而已。」

他邊說邊喝著紅酒，十分得意的樣子。王植哦了聲，臉上閃過一絲複雜的表情。郎世鵬明白他心裡在想什麼，連忙岔開話題：「說來也有點慚愧，我本身有四分之一的伊朗血統，也經常去西亞各國考察旅遊，但我只會阿拉伯語和維吾爾語，對塔吉克語卻連基本的都不會，因此只好麻煩羅斯・高先生去學它。羅斯・高先生天生記憶力驚人，他最大的愛好就是通曉各國語言了，對吧？」

卻不想羅斯・高連聲說No：「完全相反！我才不想浪費我的腦細胞去學什麼外國語，最討厭的就是這件事了！」

王植微笑著說：「最討厭學外語？那羅斯・高先生怎麼還掌握了這麼多國語言？」

羅斯・高嘿嘿笑了：「那只是在我和別人打賭的時候才會去學，其實你們不了解，我記憶力雖然好，但卻十分害怕動腦子記東西，總覺得那是在浪費時間，還不如多找幾個美女，或是好好賭上幾把來得過癮。」

第十五章　專家

眾人都哄笑起來，田尋暗想：原來這個語言天才卻最討厭學外語，就好像畫家不喜歡作畫一樣，還真是奇怪之極。

這時王植對田尋說：「聽說田先生做過好幾年的新疆古國雜誌編輯，不知道可否也會點維吾爾語？」田尋說：「是的，為了更深入地接觸和閱讀新疆文化，我自費學習了一年維吾爾語，不敢說太精，但日常的對話沒問題，只是讀和寫就差點了，讓大家見笑。」

王植點點頭，剛要再說什麼，忽聽外面有人敲門，大客廳裡大江和大海還在拆分那條白金項鍊，王植站起來說：「我去看看，可能是送餐的來了吧！」羅斯・高大喜：「太好了，我的肚子都餓得咕咕叫了！」打開門，果然是服務生推著餐車進來，上面大大小小擺著十多個精緻的不銹鋼餐罩，餐罩光可鑑人，最大的餐罩直徑足有一米多，旁邊還碼著整套的餐具。

郎世鵬付給服務生一百元小費打發走，大江、大海兄弟剛才還在為了項鍊而爭執，一見到吃的卻立刻圍攏過來：「有什麼好吃的？我也餓了！」羅斯・高急不可待地揭開那個最大的餐罩，裡面赫然是隻通紅的大龍蝦，長度足有一米多，連鬚子都能有一米左右，再揭開另一個大餐罩，裡面是隻噴香的烤乳豬，色澤金黃油亮、香味撲鼻，大伙齊聲歡呼，七手八腳地把所有餐罩都打開，除了龍蝦和烤乳豬之外，另外還有煎得又肥又厚的牛排、炸田螺、生蠔和鮑魚，並且配有意大利通心粉和法式麵包等主食，還有兩瓶斜放在冰桶裡的紅酒。

郎世鵬連忙招呼田尋過來，大家搬過幾張紅木靠椅，圍坐在餐車旁開始吃夜宵。王植從冰桶中把酒拿出來一看，驚道：「不錯啊，八二年的波爾多葡萄酒！」羅斯・高得意地說：「今天是我大獲全勝的幸運日子，當然要喝點好酒了！是吧，郎先生？」郎世鵬笑著點點頭，王植慇勤地用木塞鑽啟開紅酒，分別給五人倒了一杯，郎世鵬舉杯說：「來，大家都是衝著我郎世鵬走到一起來的，先乾一杯！」

大家碰過杯，喝完酒，郎世鵬用餐刀把龍蝦堅硬的外殼揭開，裡面白嫩的蝦肉立刻露出來，大家連忙動手用餐刀挖出大塊蝦肉，再蘸上特殊配製的調味料放進嘴裡，真是鮮香無比，味美異常。這頓夜宵實在太豐盛了，大家邊吃邊聊，眉開眼笑。

田尋問羅斯・高：「羅斯・高先生，剛才你在私人會所裡賭撲克的時候，後來那日本人高田要切手指，你攔住他的時候和他說什麼了，讓他那麼生氣？」羅斯・高哈哈大笑：「我說不想讓他切手指，只要他把妹妹介紹給我就行，可他不願意，所以我也就沒辦法了！」

大江問：「他妹妹是誰？」羅斯・高得意地嘿嘿連笑：「是我五天前在會所裡認識的。那天晚上那個日本人高田在會所裡賭撲克，他妹妹到餐廳吃飯後回來找高田，可看門的人不讓她進會所，最後還是我帶她進來的，她說她哥哥高田在日本很厲害，是黑龍會的小頭目，平時和我一樣就喜歡賭撲克，這次他們兄妹倆來新疆找一個幫會裡出逃到中國的叛徒，順便到敦煌住幾天。」

第十六章　四十萬美金

田尋哦了聲，說：「原來是這樣。那女孩長得挺漂亮，跟她哥哥真不像一個媽生的。」羅斯・高無不惋惜：「當然了!第二天本來我們都約好了晚上帶她去酒吧玩，可突然被她那個混蛋哥哥高田抓到了，說什麼也不讓她和我來往，他媽的！」言語中十分地惋惜和氣憤。

大家都笑了，郎世鵬說：「羅斯・高先生真是性情中人，愛賭好色，真是男人中的男人！」

羅斯・高興致正濃，他眉飛色舞地說：「我的名字也不知道是爸媽怎麼給起的，我的英文名叫Lost Coll，這個lost在英文中就是迷路的意思，和lose很接近，而我又特別喜歡賭錢，這個破名字害得我輸多贏少，可是今晚我卻贏了大錢，足足四十萬美元，哈哈哈，對了，還有這個金錶，不知道值多少錢？」

王植是寶石鑑定的行家，於是他伸手接過羅斯・高摘下的金錶仔細看，又翻過後殼，輕輕一按錶耳，鍍金後殼彈開露出裡面玻璃後蓋內的機芯，王植從襯衣口袋裡取出一個小放大鏡夾在眼皮上，把機芯湊到眼睛下極近處看，邊看還邊不住地點頭，幾分鐘之後把錶還給了他：「從機芯側板上的編號1978011302可以得知，這只錶是百達翡麗一九七八年一月十三日由校錶師完成組裝的，是當天第二只錶，36石的鍍18K金全打磨機芯，手上鍊帶同軸擒縱系統，全球限量一萬只，下面的副編號是08785，也就是第8785只，從成色來看還很新，應該能值到一百萬人民幣左右。」

大家聽得一頭霧水，大江邊吃牛排邊問：「什麼亂七八糟的，一句也沒聽懂？」郎世鵬哈哈大笑：「我也沒聽太懂，但我知道這錶很值錢就是了！」羅斯・高得意地說：「那賭術顧問開始說它值一百萬，我還以為他在騙我，看來還真值，哈哈哈！」大江、大海兄弟羨慕不已，大海眼睛裡放著紅光，說：「我說美國哥們，這錶借我戴幾天行不？我還沒戴過這麼好的錶呢！」

羅斯・高卻一副吝嗇相：「這可不行，我還沒玩夠呢，再說這錶是黑色星期五那天生產的，用你們中國人的話來說就是：不吉利！」

大海問：「什麼黑色星期五？」

羅斯・高說：「一九七八年一月十三日是星期五，在西方是最不吉利的日子。」大海奇道：「你怎麼知道那一天是星期五？騙我呢吧？」羅斯・高哈哈大笑：「這是我的特殊才能，一千年以內的任何一天，我都知道是星期幾。」

郎世鵬以為他在開玩笑，順著說道：「是嗎？那羅斯・高先生還真厲害。」田尋好奇心大起，他掏出手機，進入萬年曆程序輸入年月日一查，大吃一驚：一九七八年一月十三日這一天果然是星期五！他驚道：「太厲害了，這天真的是星期五！」郎世鵬湊過去一看也呆了，難道世界上真有記憶力這麼超群的人？

田尋又隨便把程序翻到一九六六年八月八日，問羅斯・高是星期幾？他略微思索了幾秒鐘：「是星期一。」田尋徹底服了：「羅斯・高先生，你簡直是超人！」

羅斯・高臉上表情十分得意，他把錶慢慢戴回腕上，故意看了大海一眼，大海氣得直撇嘴，自顧撕吃牛排。

眾人連吃帶聊，不長時間兩瓶紅酒就被喝了個精光，郎世鵬和王植很有些酒量，所以除了他倆之外，剩下的四個人基本上都醉了。

羅斯・高走路直打晃，他跌坐在沙發上，打開皮箱，一疊一疊地把美金全拿出來放在腿上，再挨個在眼前仔細地看，最後又一疊一疊地擺回去，同時嘴裡唸唸有詞，英語、漢語、日語、法語，夾七夾八地摻在一起說，然後接下來再重複以上那套數錢的動作，看上去好像中了邪，非常滑稽，大江和大海兄弟倆則還扯著那條白金項鍊糾纏不清，最後都躺在游泳池邊的地毯上睡著了。

田尋酒量一般，但他沒喝太多，可那八二年的法國紅酒不是鬧著玩的，後勁很大，田尋只覺得眼前什麼東西都是重影，好像暫時變成了近視眼，喉嚨裡也好像有東西頂著，整個腦袋似乎被人用氣嘴給吹脹了一倍，十分難受。不過還好尚能走直線，神志也算有八成是清醒的。

郎世鵬和王植則坐在小客廳的沙發上，悠閒地喝著上等龍井茶。郎世鵬見田尋從衛生間出來，似乎在找水喝，於是向他招了招手，田尋勉強看到有人衝他招手，於是上到小客廳坐下，王植幫田尋泡了杯茶，說：「喝點濃茶吧，可以解酒的！」郎世鵬笑著說：「你小子酒量也不行啊，我還以為東北人都是酒缸呢！」王植連忙說：「可不是嗎！記得十多年前我到遼寧西部出差，在遼蒙交界那裡遇到過幾個東北人，那幫傢伙太能喝了，好像那白酒下了肚一瞬間就成了白水，最後我險些去醫院洗了胃。」

田尋忍燙喝了幾口茶，喘著氣說：「東北人也……也不都是酒缸，鴨子群裡也有不會水的。」兩人聽了哈哈大笑。王植問：「郎先生，不知道我們這趟新疆之行具體是怎麼安排的？」郎世鵬展開一柄泥金摺扇輕輕搖動，說：「本來是想讓大家乘飛機直接飛到喀什，可碰巧趕上今年中國西部旅遊大熱，喀什機場的飛機都被借調到烏魯木齊去了，阿克蘇與和田的機場也暫時沒有航班安排，還不知道什麼時候能恢復正常。為了節省時間，我們只能先在敦煌會合，然後隊伍乘越野車先到哈密，再沿著塔克拉瑪干沙漠北緣駛往喀什。」

王植問：「那越野車安排好了嗎？」郎世鵬說：「車輛六天前就空運到敦煌了，

我從雲南租借了四輛豐田全天候越野車，現在就停在敦煌機場以北不遠的一個貨運倉庫裡，隨時可以出發。」

王植不解地問：「那我們可以租一架小型民用飛機去喀什，費用也會比租四輛越野車便宜，而且還快捷。」郎世鵬說：「這點我早就想到了，我有好幾個朋友都擁有自己的私人飛機，根本不用花錢，打個招呼就能借來，可是近幾年政府有新規定，在新疆境內暫時實施飛行管制，在這期間凡是非官方的私有飛行器均不准在新疆上空飛行，否則可能會被中國空軍擊落。唉，沒辦法，只好租越野車去了。」

聽了他的解釋，王植和田尋都點點頭，王植說：「這樣也好，總比乾等喀什的飛機強，新疆的國道又平坦又寬闊，那小日本造的豐田越野車性能很好，估計幾天就能到達目的地。」

郎世鵬說：「不能走國道！」

田尋和王植一愣：「為什麼不能走國道？」郎世鵬說：「新疆的高速公路和國道都設有巡查關卡，而我們的物資中有很多都在違禁之列，所以為了避免不必要的麻煩，我們只能靠GPS定位儀沿五級公路行進。」

田尋問：「五級公路是什麼？」郎世鵬說：「高速公路、國道、省道、沙漠公路、普通公路。這普通公路就是五級公路了。」

第十六章　四十萬美金

兩人哦了聲，郎世鵬說：「這樣雖然可能會有些彎路，但不會遇到盤查關卡，麻煩也少。」

田尋問：「那是不是還要僱傭幾名司機同去？」郎世鵬說：「不用。大江、大海兄弟倆和羅斯・高都會開車，而且明天到的四人中也有三人會駕駛，再加上我和那個法國人，共有八人會開車，輪流駕駛這四輛車足夠了。」

田尋笑著說：「我在兩個月前剛學會駕駛，但水平一般，急需司機的時候我再上。」郎世鵬笑了。

王植忽然又想起了什麼，問道：「越野車是從雲南運來的？租車公司遍地都是，為什麼非要從雲南那麼遠的地方運來？」郎世鵬笑了：「因為還有些重要物資需要從雲南邊境運進來，那些物資很重要，怕半路上有什麼閃失，所以乾脆連車輛也從雲南訂租，把物資直接裝在車廂裡一塊運來，既省事又安全。」

「哦，是這樣。」王植若有所悟，田尋對郎世鵬說：「不知道這次考察資金方面的預算有多少？」郎世鵬說：「這次考察活動，西斯拍賣行出資三百萬元，我的老朋友西安林氏集團也提供了三百萬元，同時我動用人際關係，又在社會各界拉到了約六百萬的贊助，總共有一千多萬元吧！」

「一千多萬資金？對於文物考察來說簡直是天價了！」王植驚嘆道。

田尋也說：「是啊！這筆錢可是個不小的數目，就是不知道此行需要這麼多資金嗎？」

郎世鵬笑了：「錢這東西只愁少不愁多，四輛豐田越野車每天租金就要一萬元，還都是我托了人，從日本空運過來的全新改裝車，租車公司給打八折。再加上配備一些精良先進的電子儀器和大量給養用品，還有僱傭人員的開支，估計最後也剩不多少了。」

王植感嘆道：「這次文物考察規模如此之大，恐怕在中國官方的文物考察行動裡也是不多見的！」郎世鵬端起茶杯吹了吹茶葉，說：「這次行動雖然規模大，但我們畢竟是去考察，不是旅遊，而且新疆地形複雜、民族眾多，我們的行動還要保持低調，沒有特殊允許，大家盡量不要對外人談起我們的行動和目的。」王植和田尋都點頭稱是。

大家又聊了一會兒，已經快到半夜十二點鐘了。窗外除了馬路上那一串串望不到頭的路燈，其他地方已經很少有燈光。郎世鵬打個哈欠：「不早了，大家都去睡覺吧！明天上午其他人也會陸續趕到，如果沒有意外的話，過中午就動身。」

剛說完，就見在沙發上呼呼大睡的羅斯・高翻了個身，迷迷糊糊地坐起來，對郎世鵬說：「我……我明天就回美國……不去新疆了……」

三人均感意外，郎世鵬以為他沒睡醒在說夢話，卻又聽羅斯・高半睜著眼睛，說：「有了四十萬美金，我還去……去新疆那鬼地方幹什麼……我要回美國，去Las Vegas大賭十天十夜……」說完又倒頭在沙發上爛醉。

這回三人都聽明白了，田尋笑著看了看郎世鵬：「看來這位美國的語言天才還沒出發，就想要打退堂鼓了！」王植也說：「也難怪這傢伙不想去新疆了，四十萬美金，比這次新疆之行的酬勞還多四倍……」郎世鵬打斷了他的話，說：「大家都回去睡覺吧，不用管他胡說八道，明天一早他就什麼都忘了，對他這種人好賭的人來說，錢只是個數字，說不定只需十分鐘，他那一箱子美金就改別人的姓了。」

田尋和王植都笑了，三人各自回臥室睡覺。

這間套房是維多利亞大酒店最豪華的套房標準，光臥室就有四個，而且每間臥室都有單獨的衛生間和浴室，可以說豪華到了極點。本來安排的是郎世鵬和田尋分別單獨一個房間，王植和羅斯・高住另一個房間，大江和大海兄弟住一間，可現在羅斯・高捧著那皮箱美金在沙發上睡著了，大江和大海睡在地毯上，於是郎世鵬他們三人也沒客氣，分別占了一間臥室睡下。

王植又重新泡了一壺茶給田尋，讓他帶進臥室裡喝，這人雖然愛拍馬屁，但也的確辦事老道、為人慇勤，倒也不太令人反感，田尋連連稱謝。

豪華酒店的臥室也不同凡響，處處體現出奢華裝飾，可惜田尋頭疼不止，喝過一杯茶後就躺下睡覺了，頭一直是又暈又痛的很不舒服，這覺也睡得不踏實，翻來覆去地睡不著。

田尋暗想：這次新疆之行說到頂，無非也就是一次普通的文物考察，有必要花這麼大的資金來搞？普通的文物考察隊總資金也不過十幾萬、幾十萬，而郎世鵬他們光租用汽車就花了六十萬，而這只是小零頭，還不算物資和僱傭人手的費用，花這麼多錢值嗎？到時候的雜誌專號和拍賣會能賺回多少成本？真是搞不懂。

他拿起枕頭邊放著的西鐵城手錶（那只好幾萬塊買的〇〇七海馬錶怕丟，沒敢帶來），指針指向兩點整，正是夜最深的時候。田尋打開床頭的檯燈，發出淡淡的、柔和的橘黃燈光，他拿過茶壺，又倒了杯茶小口地慢慢喝，又想起王植先前說過的那句話：四十萬美金，比這次新疆之行的酬勞還多四倍……

那就是說，這次新疆考察羅斯・高可以得到十萬美金的報酬？按理說找個通曉維吾爾語的翻譯跟著考察隊一個月，有兩萬元錢足能請來，又何需花十萬美金？這麼說那個王植也應該有這麼多報酬，他是資深的生物學家，又精通寶石鑑定，倒也可理解，但那大江、大海兄弟又是什麼角色？首先兩人肯定不是什麼學者專家，看上去倒像兩個高中都沒畢過業的混混，毫無素質，郎世鵬找這種人有什麼用？當嚮導？這兩人的湖南口音證明他們不是新疆人，難道他們有什麼過人之處？當然了，真人不露相，也說不定……

正胡思亂想時，忽然看到臥室門旁邊的一個紫色小燈閃了三下，這間套房裡的四個臥室都有這種聯動裝置，只要大門被打開，則每個臥室牆上的紫燈都會閃爍，證明套房的大門被開啟過。田尋想：這麼晚了誰還出去？難道那個羅斯・高在沙發上睡醒了，想去衛生間卻開錯了門？

反正自己也睡不著，乾脆也出去透透氣，於是他輕輕拉開臥室門。

客廳裡並不是一片漆黑，那扇泥金漆屏風下面的兩盞白色檯燈罩還亮著，游泳池的圓形外緣也有幾盞嵌入式的幽燈，所以整個客廳還是有些光線的，除了游泳池中慢慢浮起的氣泡，客廳裡寂靜無聲。田尋慢慢走出臥室，藉著昏暗的燈光見地毯上大江、大海兄弟倆仍然在昏睡，羅斯・高也趴在沙發上不省人事，半個身體垂在地面，眼看著就要掉下來了。

套房大門不知為何大開著，四、五個人影正鬼鬼祟祟走進來，其中一人更是已經來到羅斯・高身前，高舉右臂似乎要下黑手。

田尋就是一愣，下意識喝道：「你們是誰？」話音剛落，為首那人身形一晃來到田尋近前，抬右手猛砸他的面門。

對方以為這人剛從臥室出來，肯定是迷迷糊糊、反應遲鈍，所以動作故意放慢了些，為的是不想發出太大聲響而驚動其他人。可田尋在臥室裡一直沒有睡著，神志十分清醒，他大驚連忙抬臂去擋，對方手裡似乎有什麼硬物狠狠打在田尋胳膊上，田尋感到疼痛無比，他知道這人並非善類，立刻後退幾步大聲喊叫：「你要幹什麼？快來人！」

客廳裡原本很靜，田尋這一嗓子非同小可，把客廳裡三個醉鬼都吵醒了。此時羅斯・高正夢著自己在賭城裡摟著美女賭錢，剛賭到興起處，卻被田尋嚇得一激靈從夢中驚醒，身體也啪地由沙發上摔到地面，他爬起來剛說出半句夢話：「我再多押十萬……」還沒說完，另一個黑影衝上去抬手一拳砰地打在他臉上，羅斯・高悶哼著栽倒在沙發上。

第十七章　日本人

那邊大江、大海兄弟也聞聲從地毯上爬起，左顧右盼地問：「怎麼了，出什麼事？」大海矇矓中見客廳裡有人打架，酒也立刻醒了大半，喝道：「誰在幹什麼？」兩個黑影也不搭話，猛撲上前就動手，大江下意識向後一退，有個黑影腳下沒留神剛好踩在一只紅酒瓶子上，這人衝勁太大收不住勢，身體猛然前傾大叫著，「噗通」一聲栽進游泳池。

另一條黑影撲向了大海，大海已經完全清醒，他身邊就是裝食物的餐車，順手抄起一個不銹鋼餐罩就扔過去，餐罩裹著風「噹」地正砸這人影頭上，反彈起來又撞翻了檯燈。那人低叫著捂腦袋後退，還以為對方有暗器一時不敢上前，右手抬起「砰砰」就是兩槍，槍口噴出的火舌帶著巨大的槍聲閃過，子彈打在餐車上，兩個不銹鋼餐罩被打飛，一些龍蝦殼、高腳杯之類的東西也被打得碎屑四處飛濺。

這時田尋已經摸到、打開了客廳主燈的開關，客廳裡頓時明亮，只見共有五名身穿黑西裝的陌生人站在客廳裡，手裡都拎著手槍，其中有一人頭髮凌亂，下巴還留著些花白的鬍茬，赫然就是在地下賭場裡和羅斯・高賭德州撲克，最後輸了錢自己切掉手指的那日本人。

游泳池裡那人濕漉漉地爬出來，舉槍指著大江叫道：「烏古庫那！」（不許動！）一見對方手裡有槍，四人頓時膽怯了。其他幾人嘴裡也紛紛叫嚷：「烏古庫那，伏撒魯！伏撒魯！」（不許動，趴下！趴下！）

那只剩九個手指的日本人滿臉凶狠之色，用槍指著田尋，怒沖沖地道：「動くな！さもないと殺すぞ！」（別動！否則殺了你！）

田尋雖然聽不懂他在說什麼，但可以肯定絕不是向他問好，估計無非是「舉起手來，不然打死你」之類的話，連忙老老實實地舉起雙手說：「你別衝動，有什麼事請說，千萬別開槍！」他也忘了對方根本聽不懂中文。

這時大海右手還抓著另一只酒瓶子正要飛過去，見黑洞洞的槍口指著自己鼻子，連忙鬆手扔掉酒瓶，那腦袋上挨了大海餐罩的傢伙朝大海臉上就是一腳，踢得他鼻血長流。

此時郎世鵬和王植也都穿著睡衣走出來，還沒等張嘴說話，也被黑衣人用槍頂著胸口揪過來按在沙發上。那為首的日本人左右看看，大聲說：「あのハゲはどこだ？はよ出てこいや！」（那個禿子呢？給我滾出來！）

郎世鵬也沒見過這種陣勢，他戰戰兢兢地說：「我說各位先生，有話好說、有話

第十七章　日本人

好說嘛！」一個日本人抬槍柄砸在他額頭上，大叫：「だまれ！どけや！」（少廢話，滾到一邊去！）

郎世鵬疼得伸手去捂腦袋，也聽不懂日語，只得把頭一縮不吱聲。那為首傢伙見長條沙發上沒了人，走到沙發後面一看，卻見羅斯・高雙手抱著那箱子美金，正哆哆嗦嗦地趴在沙發後面躲著，他的光頭太顯眼了，此時他頭上都是汗水，在燈光照射下似乎比燈泡還亮。

這日本人一把將羅斯・高揪起來，按在沙發靠背上，皮笑肉不笑地說：「Lostさん，お前今日は本当ついてるな、いくら勝った？」（羅斯先生，你今天很風光啊，贏了很多的錢？）

羅斯・高渾身哆嗦，勉強擠出笑容，嘿嘿地說：「なんだ……高田さんだったのが、俺になんか用か？」（高……高田先生，你找我有事嗎？）

高田伸手就去抓那箱美金：「あんたに会いに来たんじゃないよ、あんたの金が欲しいんだ！」（我不是來找你的，我來找我的錢！）

羅斯・高死死抱著皮箱：「この金は俺のもんだ、欲しいつたつてそうは問屋が卸さんぞ！」（這錢是我的，你別想搶走！）

高田把手槍頂在羅斯・高臉上，惡狠狠地說：「金が欲しいのか、それとも命が欲しいのか。まさか両方とも要らんというのか？」（你是要錢，還是要命？或者是兩樣都不想要了？）

還沒等羅斯・高說話，王植在旁邊顫抖著說：「羅斯・高，你還是快……快把錢給他們吧，不然他們是不會放過我們的！」

高田不知道王植在說什麼，他左手一拉套筒把子彈上膛，慢慢說：「お前を殴らせないでくれ！」（別逼我打死你！）

羅斯・高的表情還是不願放手，高田氣急敗壞，上去飛腳把羅斯・高踢翻在地，另一人上去搶皮箱，可羅斯・高死死抱住皮箱，一副捨命不捨財的架勢。高田被徹底激怒了，抬手瞄準羅斯・高腦袋稍微偏上一點，想開幾槍嚇唬嚇唬他，羅斯・高哪裡知道真假？嚇得他立刻高舉皮箱擋住腦袋。

砰砰砰槍聲響起，子彈都打在皮箱上，巨大的子彈衝擊力瞬間就把皮箱打飛，裡面的鈔票也被子彈射得粉碎，美金碎屑漫天飛舞，好像幾百隻灰白色的蝴蝶在客廳裡飄。高田本意就是來搶羅斯・高這一皮箱子美金的，可現在看到美金被打得滿天碎片，氣得他哇哇怪叫、目露凶光，抬槍就想打死羅斯・高。

忽然客廳裡漆黑一片，燈不知怎地滅了。幾名持槍日本人也是一愣，突然又見人影晃動，幾名日本人喝道：「誰だ？いったい何があった？」（是誰？到底怎麼了？）

再聽得砰砰連聲，似乎有人動起手來，緊接著黑暗中火舌亂吐，原來是日本人在慌亂中開了槍，為首的日本人高田身經百戰，他很清楚肯定是有敵人在暗處襲擊，於是他一個地滾躍到沙發後面，大跨步來到主燈開關的牆壁旁伸手去摸開關。

黑暗中只聽風聲襲來直奔他的面門，高田大驚，連忙後退幾步，卻不想身後也有風聲逼近，他下意識向後舉槍，可還沒等反應過來，「砰」的一聲後腦已經挨了重重一擊，高田大叫，被打得身體直貫出去，整個撲倒在一個巨大的玻璃魚缸上，魚缸頓時破裂，大量的水湧向客廳，那幾條小型虎鯊也解放了，其中一條順著水勢游到一名日本人腳邊張口就咬，那人疼得哇哇大叫，抬手往地板上連連射擊。

接著又是雜亂的槍聲響起，子彈殼在地板上叮噹亂蹦。幾聲慘叫之後，客廳裡漸漸安靜了，只聽到有人呼呼喘氣和痛苦呻吟之聲。田尋他們不知出了什麼事，早嚇得都蹲在角落大氣也不敢出，這時聽見有人說：「快把燈打開吧，黑漆馬烏的什麼也看不見！」

燈被打開，四周又恢復了明亮，豪華的客廳現在卻是一片狼藉，子彈把電視和屏風打得全是孔，地板上也滿是水跡，那幾條小虎鯊也在地上噗拉拉地掙扎，地上、沙發上到處都是美元鈔票碎片，有的還在空中飄舞，而那幾名穿黑西裝的日本人不是身上中槍，就是骨斷筋折，都躺在地上呻吟著，為首的九指高田更慘，脖子被破裂的魚缸碎片劃了個大口子，鮮血不停向外冒。另外，客廳裡還多了三個人強壯的年輕男人，還有個戴著眼鏡的中年胖子縮頭縮腦站在大門口，不知道是誰。

郎世鵬在王植的攙扶下慢慢爬起來，腦袋上被槍柄砸的傷口還流著血，他捂著腦袋咧著嘴問這幾人：「這是……是怎麼回事？你們又是誰？」

話音剛落，田尋卻驚喜地迎上去，高興地說：「姜虎大哥，真是你啊？」那人也緊走幾步緊緊握住田尋的手：「田兄弟，咱們又見面啦，哈哈哈！」大江、大海兄弟此時也偷偷從屏風後面鑽出來，四位都奇怪地看著田尋和這三位來客，郎世鵬說：「田尋，怎麼你認識他？」田尋說：「這位是姜虎，我們以前曾經一起共事過。」王植驚道：「你就是姜虎？天津的姜虎，來參加我們新疆考察隊的？」

姜虎點點頭，大笑道：「沒錯，我們是從蘭州坐越野車來的，怕你們等得著急，所以就趕過來了，沒想到正巧遇上幾個日本人和你們打架，於是就偷偷關了燈，趁黑動手，看來我們到的還挺及時！」郎世鵬用手帕捂著腦袋，連連點頭：「可不是嗎？你們簡直就是及時雨宋公明啊！另外三位我沒猜錯的話，就是宋越先生、史林先生和泰國朋友提拉潘先生吧？」

第十七章　日本人

有個強壯的年輕人點點頭用河南口音說：「俺就是史林，你好啊！」而那被稱為提拉潘的人身材不高，一頭黑色的卷髮，皮膚黝黑，顯然是東南亞人，兩隻眼睛精光四射。

田尋說：「這幾個日本人身上怎麼也中槍了？姜大哥，是你們開的槍？」姜虎搖搖頭：「我們身上都沒帶槍，不是說裝備都在車輛裡嗎？」

史林說：「他們應該是剛才在黑暗中混戰時，被自己人的槍擊中的，活該！」那站在大門口縮頭縮腦的中年胖子這才走進來，掏出手帕擦了擦頭上的汗，和郎世鵬握握手說：「我叫宋越，宋朝的宋、越南的越。」郎世鵬笑著說：「十年前全陝西最著名的古建築學家，宋先生你好！」

客廳的地板全是水，這宋越身體肥胖還差點滑倒了，姜虎連忙上去扶著他來到小客廳上面，宋越說：「什麼全陝西最著名？那都是過去的事了，現在我連退休金都沒有，混得不行啦！」雙方一一握過手。

田尋看著在地板上垂死掙扎的幾條小虎鯊，又看看重傷的日本人高田，擔心地說：「我看我們還是先打電話通知酒店的保安吧，這高田似乎快不行了！」這時大門外跑進來好幾名手持電棍的保安，都問道：「怎麼了，出了什麼事？」郎世鵬怒沖沖地說：「出了什麼事？你說出了什麼事？這幾個日本人半夜闖進我們的房間，如果不是我們的人及時趕到，後果就不堪設想了，你們的安全工作是怎麼搞的？這可是豪華套房！隨便就能把門給撬開嗎？」

這幾名保安知道在五星酒店豪華套房裡住的可沒有等閒之輩，頓時嚇得連路都不會走了，那保安隊長立刻用對講機召喚同伴，手下人取出繩子把幾名日本人捆起來。田尋說：「先打急救電話叫輛救護車來，這高田脖子的傷好像很重，再不救就要完了。」一名保安點點頭，連忙取手機出去打急救電話。

這時羅斯・高從沙發後面爬出來，他看著滿地都是美金碎片，那皮箱也被打得四分五裂，羅斯・高連忙爬到皮箱那兒瘋狂地翻揀著，居然找不到幾張完整的鈔票，原來在剛才黑暗中的亂槍大戰裡那幾名日本人亂開槍時，剛好有幾發子彈射中了那只皮箱，把餘下那些沒打爛的鈔票又打得體無完膚。羅斯・高傷心至極，坐在地板上捶胸頓足地大哭，似乎剛剛得知了他父母死掉的消息。

這時更多的保安也紛紛趕到，這酒店裡有專門的醫療人員，他們抬來擔架將奄奄一息的高田架上抬走，剩下四名日本人都受了不同程度的傷，也被保安帶走。隨後幾名保潔人員進來清洗地板、打掃戰場，而郎世鵬他們則被免費調換到另一間同樣標準的套房。

酒店裡發生了槍戰這樣的惡性事件，怎麼說也是件大事，酒店經理親自來和郎世鵬商量怎麼處理此事。郎世鵬本著息事寧人的態度，同意將那幾名日本人扭送到當地公安機關，並以持槍搶劫的罪名驅逐出境。

那酒店經理在酒店娛樂業混過幾十年，什麼陣式都見過，深知這些有錢人背景不俗，最好還是少惹為妙，於是許諾絕不會讓當地警方打擾郎世鵬他們，如果有做筆錄的事酒店的保安人員會代替去辦，就說是那日本人高田輸錢紅了眼，糾集一批同夥前來搶錢未遂。這酒店是英方獨資，在某種範圍內有些自由度，因此國內警方也不願太插手，自己解決就行。同時郎世鵬出錢，給了那幾名保安每人一些辛苦費，這事就算是平息下去了。

第十七章　日本人

經過這麼一通折騰，田尋的頭竟完全不疼了，看來這頭疼病也能用精神療法治好。姜虎從門口拎進一個大行李包進來，看著這豪華的客廳，對田尋說：「這套房是給總統住的吧？我看和那林振文的別墅都差不多了！」剛說完又一吐舌頭，想起林氏父子曾經要求他，不得將那次南海之行的內容外洩。

田尋笑著拍拍他後背，兩人心照不宣。那邊史林和提拉潘每人也拎了一個大旅行袋走進來，史林說：「這屋子太闊氣啦，俺以前老闆的房子也像這麼漂亮！」姜虎問：「你以前老闆是誰？」

史林說：「俺以前的老闆是全洛陽最大的房地產商，可有錢了！」

「哦，是這樣。」姜虎點點頭，旁邊那泰國人提拉潘也是邊看邊點頭讚嘆。那中年胖子宋越用手帕擦著汗說：「這應該是和總統套房同一標準的大套房，我估計，每晚的價格少說也得在萬元以上。」

郎世鵬看了看錶，已經是凌晨三點半鐘，新疆地處西部，天亮得晚，這時的天還是黑濛濛的。可大家都沒有什麼睡意，於是都聚在主臥室裡開會，羅斯・高捧著那殘破不堪的半皮箱鈔票碎片，還在尋找零星完整的美元。

王植泡好茶給每人倒了一杯，郎世鵬見大家都正經坐著，而只有羅斯・高還在那裡專心致志地在破皮箱裡撿美元，不覺微一皺眉，咳嗽了聲說道：「我們的考察隊共有十二人，目前已經到了十位，現在讓我再次給大家介紹一下：我叫郎世鵬，是本次考察行動的兩名負責人之一；這位是王植先生，生物學家；這位美國朋友是羅斯・高先生，語言學家……」

羅斯・高邊低頭撿美元、邊煩躁地打斷他：「別叫我什麼學家，我什麼也不是，就是個賭徒！」郎世鵬很生氣被打斷，可又想這傢伙剛剛損失了四十幾萬美元，其心情還是可以理解的，所以也沒多說什麼。他接著說：「這位是田尋，年輕有為的考古學者；這位是宋越，古建築專家；這兄弟倆是大江和大海，對中國古墓葬有很深的研究；剩下這三位就是我們的恩人了，剛才救過大家命的及時雨，哈哈哈，三位自我介紹一下吧！」

姜虎笑著說：「我叫姜虎，三十三歲，天津人，以前在廣西軍區特種野戰部隊當十一年偵察兵。」他身邊那位看上去更強壯的人說：「俺叫史林，河南新鄉人，今年三十四歲，五歲到少林寺當俗家弟子，二十歲下山在武打電影裡給人當替身，也幹過武師，再後來就專門給人當保鏢。」大家都很讚嘆，心中均想怪不得這人長得像鐵塔似的，連脖子上的肌肉都高高隆起，原來在少林寺待過。

最後那黝黑皮膚的矮個子泰國人看了看大家，雙手合十說了幾句泰語，大家都聽不懂，郎世鵬問：「羅斯・高先生，麻煩你給翻譯一下？」那羅斯・高氣急敗壞地把破皮箱一摔：「他媽的，居然連一張完整的都沒有！」大家忍不住竊笑，郎世鵬實在有點生氣：「我說羅斯・高先生，剛才這位泰國朋友說的是這句話嗎？」

第十八章 出發

羅斯・高沮喪地說：「當然不是，他說他的中國話說得不太好，怕跟你們交流起來有困難。他奶奶的！」眾人都笑起來，王植說：「我們的美國朋友中國話倒是很棒，連髒話都說得那麼流利！」大家哈哈大笑。羅斯・高發怒了：「我損失了四十萬美元，而你們卻在這裡笑話我？」

郎世鵬笑著說：「好了好了羅斯・高先生，我們中國人相信很多事情都是由老天爺安排好了的，比如你這輩子一共花多少錢都是有數的。如果你現在偏要多花，那麼你後半生就會少花，也許到時候你會窮困潦倒，連褲子都穿不上，我認為這四十萬美元和你並沒有緣分，所以你才會失去它，你們說對吧？」大伙也都笑著附和。

羅斯・高氣得用力在茶几上砸了一拳。郎世鵬說：「還是我來介紹吧，這位是泰國來的提拉潘先生，畢業於德國斯圖加特軍事學院，後來到德國邊防第九大隊服過役，是這支世界老牌特種部隊裡僅有的一名亞洲人。提拉潘先生泰拳很厲害，又精通槍械，很有才能。」提拉潘似乎對漢語的聽力還可以，他雙手合十朝大家微一躬身算是回了禮，用中國話說道：「大家好，我叫提拉潘，請多多關照。」

大家一聽原來他會說中國話，就是生硬了點，但總比不會強得多，於是也紛紛向他道好，這時羅斯・高忽然一轉臉，看到大江脖子上還掛著那條在賭場泰國人輸掉的白金項鍊，他立刻對大江說：「嗨，你得把這項鍊還給我，它是我的，懂嗎？」

說完就要去搶，大江當然不可能給他，兩人立刻爭執起來，大海也說：「你這美國佬有病吧？這項鍊是頂你欠我們那五萬塊錢的，現在怎麼好意思再往回要？」

羅斯・高擺出一副流氓嘴臉：「這項鍊王植先生說能值十萬，我才欠你們五萬，所以說你們占了我的便宜，我不能吃這個啞巴虧！」大江、大海兄弟氣得半死，大海怒道：「那你欠我們的錢呢？什麼時候還？你現在就拿出現金來，項鍊就還給你！」

羅斯・高撓撓光頭，強詞奪理：「項鍊最多只給你們半條，剩下的半條你必須還給我，否則我就一無所有了！」

後到的姜虎他們三人面面相覷，不知道這幾位在爭什麼。王植看了看郎世鵬臉色不太好，連忙上去勸架：「我說羅斯・高先生，這項鍊你就送給人家吧，其實你並不是一無所有。」

羅斯・高瞪著他：「你說什麼？」

郎世鵬指著他的手腕：「你不是還有塊百達翡麗的手錶嗎？」

羅斯・高看看手腕上的錶，忽然想起來了，他高興地對王植說：「我差點給忘了！王先生快告訴我，這錶能值多少錢？」王植笑了：「這只錶最少也值一百萬人民幣，折合十幾萬美元呢！」羅斯・高說：「幸好有它在，不然我還真就得去新疆那鬼地方了！」

郎世鵬聽他話茬不對，就問：「你說什麼？」羅斯・高笑著說：「我把這錶賣掉的錢足夠我回到美國大賭一場的了，如果運氣還像昨晚那樣好的話，說不定還能贏它幾十萬美元，那我還跟你們去那鬼地方幹什麼？」

郎世鵬怒火有些壓不住了：「羅斯・高先生，別忘了我付過你錢，你怎麼能說出這種話來？」羅斯・高雙手一攤：「你不過只付了我五萬美元的定金，大不了我賣掉手錶還給你，這樣我還剩好幾萬塊呢！我去新疆完全是為了錢，可現在我手裡有了這十幾萬美元，還傻乎乎地跟著你去沙漠裡喝西北風？哈哈，我不是昏了頭嗎？」

他的話一出口，在座的人都感到很意外。郎世鵬把臉一沉：「我們可是有協議的！你想單方面撕毀協議嗎？」

羅斯・高哼了聲，擺出一副死豬不怕開水燙的嘴臉道：「那又怎麼樣？只不過是個參加民間考察隊的協議，又不是什麼重要合同。再說我們之間只是口頭協議，恐怕也不會受法律保護吧？」郎世鵬臉上陰晴不定，羅斯・高見狀以為他拿自己無可奈何，臉上不覺露出得意之色。

王植勸說道：「羅斯・高先生，這……這樣不好吧？收了錢就得辦事啊，這道理你還不懂……」羅斯・高打斷他的話：「老頭兒，你少在這裡教訓我！你是我什麼人？Shut up！」說完他就大步往外走。

郎世鵬再也忍不住了，一拍茶几對史林說：「把他給我揪回來！」

史林也收了郎世鵬的錢，當然就把他視為老闆，老闆說的話沒有不聽的道理，於是他點點頭，只見他左手在椅背上微微一按，身形已經轉到了羅斯・高的面前攔住去路。大家都很驚訝，這人的身法也太快了！也沒見他怎麼起身動作，人卻已攔住了羅斯・高，雖然他身體強壯得像尊鐵塔，動作卻迅捷如風。

羅斯・高嚇了一跳，不禁向後退了幾步，指著史林問：「你……你要幹什麼？閃開！」史林輕輕一推他：「你回去給俺坐下！」他只用了兩成力，羅斯・高雖然沒練過什麼武功，但他畢竟是歐美人，身材高大強壯，可被史林這兩成力一推之下，就像大人推孩童似的，登登登後退好幾步跌坐在椅子裡。

眾人都憋著差點笑出聲來，羅斯・高氣得要死，他猛站起衝到史林面前，用手指著史林，惡狠狠地說：「你……你……你想跟我打架嗎？」

郎世鵬喝了口茶，慢悠悠地說：「羅斯・高先生，要論打架你可不是史林先生的對手，人家在少林寺學過十五年中國功夫，我勸你還是聽他的建議，回來坐下吧！」

羅斯・高漲紅了臉，緊握拳頭卻又不敢再說什麼，他對中國很了解，知道中國少林功夫不是鬧著玩的，呼呼喘了半天氣，進也不是，退也不是。

這時王植不失時機地上來打圓場：「好啦好啦！羅斯・高先生，你現在有了這塊錶，從新疆回來後還能得到另一半報酬，那豈不是更好？錢這東西只有人嫌少，卻沒人嫌多，你說是不是這個道理？」羅斯・高知道有史林攔著是肯定走不脫的，現在就需要有人打個圓場，於是他假裝威風地對史林說：「下次你最好對我客氣點，知道嗎？」然後撇著嘴回到自己的座位坐下，蹺起二郎腿點了根煙抽起來，誰也不看。而史林連眼皮都沒抬，見羅斯・高已乖乖回去，他才歸座坐下。

郎世鵬見史林身手敏捷、人也老實聽話，心裡很是喜愛，他清了清嗓子對大家說：「我們大家能聚到這屋子裡，本身就是個緣分，希望大家能互相照顧、團結一心，共同把這次考察行動圓滿地完成，到時候我一定會給大家多發獎金，我郎世鵬說到做到！」

他這麼一說大家都高興了，人就是這樣，重賞之下，必有勇夫，只要錢到位，什麼困難也就都不算難了。宋越用手帕擦了擦額頭，問：「那我們今天上午就動身嗎？我看人都差不多到齊了。」大家也都附和，王植也說：「是啊！車輛和物資不是都在敦煌機場北面的貨運倉庫裡備好了嗎？」大家都想早點出發，也好早點回來領錢。

第十八章　出發

郎世鵬說：「大名單上是十二人，可現在還有兩位沒到，定好今天早上到齊，我們必須要等人齊才能動身。」

大江和大海兄弟急不可耐地問：「那還有誰沒來啊？這麼大架子，大伙都等他倆！」這時郎世鵬的手機響起，他接通電話：「是嗎？還有兩個小時飛機在機場降落？好，好，我們都在酒店裡等著妳呢，等一下就出發到機場！」

掛上電話，郎世鵬對大家說：「說曹操曹操就到，我們要等的人兩小時後就到敦煌機場了，現在我們都收拾好自己的裝備和應用之物，等會兒我叫服務員送些吃的上來，我們吃完早飯就出發！」

一聽說馬上就要出發，大家都來了精神，立刻行動起來。史林、姜虎和提拉潘每人都帶了一個大旅行包，郎世鵬問提拉潘：「東西訂到了嗎？」提拉潘說：「訂到了，全都裝在那四輛越野車裡，我找的朋友……就是熟人，從我們金三角那裡搞到的，全是新的上等貨。」他的漢語還不太流利，但還算能聽懂。

田尋聽說是從金三角運來的上等貨，心中不免一驚：難道是毒品？

這時服務員敲門送來了食品，這回都是典型的中餐，二十多個菜，圓形餐桌上擺得滿滿當當，十人圍坐吃飯。史林看了看桌上，說：「怎麼沒有酒啊？」郎世鵬說：「今天就別喝酒了，免得讓老大看見了不高興。」

「老大？你不就是俺們老大嗎？」史林不解地問。郎世鵬哈哈大笑：「我最多只是副手，真正的老大就快到了，現在應該還在飛往敦煌的飛機上。」大家心裡納悶，卻也都沒多問，反正馬上就能見到了。

吃完飯，大伙都提著各自的行李出門，郎世鵬則拎著一只黑皮箱。現在是九月初，天氣應該還挺熱的，可甘肅地處西北，受蒙古氣候的影響，西北地區的早晚溫差很大，而現在才不到五點鐘，所以早晨的氣溫還是挺涼的，出了酒店大門一接觸到清冷的空氣，田尋不禁打了幾個寒顫，幸好出門時多帶了幾件厚衣服，不然還真有點不適應。

遠處的天空還是深藍色的，沒有完全放亮，只有東方微露出魚肚白，大堂經理早已叫來四輛出租車，大家上車後直奔敦煌機場。

不多時到了機場，大家先來到候機室的咖啡廳坐下等候，郎世鵬頻頻看錶，說：「時間已經到了，飛機怎麼還沒過來？」

正說著，只聽咖啡廳裡的電子揚聲器傳來聲音：「由西安飛往敦煌的WH2231A次航班馬上就要到達了，請接機的朋友做好準備，飛機大約十分鐘後到達機場，機型為B146-100型客機。」

王植說：「到了，是嗎？」郎世鵬點點頭，結過帳後大家走出咖啡廳，來到停機坪的安全區域等候飛機的到達。羅斯・高打著哈欠站在停機坪上，不停地抱怨著天氣太冷。

不多時從遠處傳來轟鳴聲，一個小小白點出現在寶藍色的空中，伴隨著白點越來越大，轟鳴聲也漸強，飛機的身影已經清晰可辨。幾分鐘之後，飛機在空中展開起落架，捲著地面的氣霧降落在兩側閃著指示燈的跑道上，機尾的氣囊被打開以減緩飛機前進的慣性，飛機越滑越慢，終於穩穩地停在預定白線處，十分精確，看來機長很有經驗。

工程車載著舷梯停在飛機艙門下，旅客們陸續下了飛機。羅斯・高問：「哪個是我們要等的人？男的女的、高個矮個？」

郎世鵬說：「到時候就知道了，不用問那麼多。」羅斯・高碰了個軟釘子，自覺無趣地問田尋：「我猜是個女的，你說呢？」田尋笑著說：「是女的也好，全是男人去遠方考察還真沒勁，哈哈哈！」郎世鵬笑了：「依你的意思，我們每人都帶上老婆那心情就好多了？」大家都笑起來。

此時天色已經完全放亮，大江、大海兄弟倆閒極無聊，於是對從舷梯上走下的女性旅客們挨個地品頭論足，大海伸手指道：「哥，你快看那個娘們，一頭酒紅色長髮的那個，嘿，長得真漂亮，你看那個頭，你再看那奶子高高的……哈哈！」大江也跟著點頭稱讚：「可不是嗎？身段簡直沒說的，看她的大腿真直，太他媽漂亮了！」這兩兄弟也不顧旁邊有人，就肆無忌憚、髒話連篇地說個沒完。

他倆這麼一說，其他人下意識地也跟著看去，果然看到一個漂亮的女人慢慢走下，那女人下了舷梯後轉向這邊走來，只見這女人長髮披肩，頭髮挑染成酒紅色，配上精緻的五官，更顯出一股成熟女性的魅力，身上穿一套黑色薄綢運動衣褲，腳穿黑色皮鞋，從上到下一身黑，卻絲毫不輸給那些打扮花哨的庸俗美女，也許這就是俗稱的「黑裡俏」吧。

看著看著，羅斯・高忽然冒壞水，他對大江說：「我說朋友，你光說她怎麼漂亮，那你敢不敢上去打個招呼？我猜你可沒那膽量！」

那大江看來也是個頭腦容易發熱的人，頓時生氣了：「他媽的有什麼不敢的？你看著！」等那女人走到近前時，大江涎著臉笑對那女人說：「嗨，美女，我們來接妳了！」

那女人邁著優雅輕盈的步子走到大江面前，衝他微微一笑，開口說：「你是大江？還是大海？」

第十八章　出發

這句話把大江給問傻了，他做夢也沒想到這女人居然認識他們兄弟倆，頓時說不出話來，旁邊的弟弟大海腦筋快些，忙問：「妳是誰，為什麼認識我們？」

郎世鵬走上兩步伸出手，笑著對她說：「我是應該稱呼妳林夫人呢？還是趙女士的好？」

這女人笑了，也款款伸出右手相握，說：「隨你的便，你喜歡怎樣叫都行，郎先生。」

郎世鵬看著表情疑惑的其他人，笑著介紹：「這就是我們要等的人，本次考察團真正的老闆，趙杏麗女士！」

這下眾人才明白過來，敢情她就是幕後老闆，那邊大江和大海早驚出了一身冷汗，幸好剛才沒說什麼太下流的話，否則人家非生氣不可，搞不好就把自己給開除。羅斯・高見了這個成熟美貌的中國美女，心裡都笑開了花，有這麼個漂亮女老闆，這趟新疆之行多少還有些意思。

郎世鵬逐個向趙杏麗介紹了其他人，當介紹到田尋時，趙杏麗看著田尋表情似笑非笑：「你就是我小姑子的男朋友？」

田尋一愣：「妳小姑子是誰？」

趙杏麗立刻笑了：「哦，真不好意思，是我沒說清楚，我是林振文的妻子，我小姑子就是林振文的親妹妹，林小培。」

田尋的嘴頓時張得老大，說什麼也合不上，趙杏麗看到他的表情，更是哈哈嬌笑，說：「以前你沒見過我，我是從法國巴黎歷史學院畢業的，也很喜歡歷史和考古，因為這次考察我們林氏集團也有出資贊助，蒙郎先生抬愛，讓我做這次考察隊伍的負責人。」

「哦，原來是這樣，林夫人，我聽小培提起過妳，她說妳又漂亮、又有能力，可羨慕妳了呢，呵呵！」田尋笑著說，杏麗也笑了，她拍了下田尋的肩膀：「我們振文家的那個大小姐啊，她可是個小魔頭，連老頭子也管不了她，可據說她只聽你的話，你小子很厲害啊，佩服佩服！」

田尋見她言語隨和，不笑不說話，心裡就先有了三分喜歡，陌生感也就淡了，於是說：「趙女士您別聽他們胡說，小培誰的話也不聽，包括我的。」趙杏麗說：「我不喜歡趙女士這個稱呼，郎先生，以後就讓大家叫我杏麗吧！」

郎世鵬說：「這……這合適嗎？」杏麗說：「有什麼不合適的，名字這東西無非是一個代號，有沒有它都行，好了說正事吧，事情準備得怎麼樣了。」

第十九章　精良裝備

王植說：「除了那個法國人沒到，其他人和所有的物資都備好了，隨時可以出發。」杏麗問：「那法國人什麼時候到？」郎世鵬抬手看了看錶，說：「法國佬也快到了，說好了六點鐘和我們在貨場會合，還有半個小時，等他一到我們就出發。」

杏麗點點頭，又問：「車輛和物資安排得怎麼樣？」

郎世鵬說：「就停在機場北面的一個貨運倉庫裡，轉過去就是。」杏麗說：「好，那我們先去看看吧。」

一行人出了停機坪向北面的貨場走去。敦煌機場除了候機大廳、停機坪和調度區域之外，在機場北側還有一個大型的貨場供運輸機卸貨，凡是由運輸機運來的大小貨物都會卸在這裡，同時也對外提供臨時性質的貨物保管服務。這貨場十分寬闊，比停機坪甚至還要大上一圈，所托運的東西從手機、衣服等小型物品，到摩托車、汽車等大件商品應有盡有。

此時貨場上堆得東一堆西一塊的，都是大型貨櫃，貨櫃上面都噴印著各大運輸公司的名稱和編號，基本上都是中遠國際（COSCO）、敦豪（DHL）和聯邦快遞

（UPS）這幾家大公司。郎世鵬掏出貨運單看了看說：「我們的東西存放在B區四十六號車庫，前面往左轉就是。」

這貨場分為A區和B區，A區的貨物都是由運輸機運到的，而B區則是對外保管貨物的地方。大家來到第四十六號車庫後，郎世鵬將貨物保管單交到管理處人員手裡確認，管理人員按動手中的小型控制板，電動車庫門緩緩上升。大家朝裡一看，這間車庫極為寬大，四輛超寬型淺灰色豐田沙漠風暴II型越野車一字排開停著，這幾輛車比美國軍用的悍馬車似乎還要大上一圈，又寬又高，車頂還加裝了鹵素照明燈，簡直就是四輛小裝甲車。

管理人員十分忙碌，他對郎世鵬說他先去別處提貨，有什麼事情隨時叫他，如果貨物無誤就在保管單上簽收。說完將車庫門控制板交給郎世鵬，就自顧忙別的去了。

郎世鵬拿著控制板剛要帶大家走進車庫，忽聽遠處傳來汽車急馳的聲音，說明這車開得飛快，於是大家不禁轉頭望去，只見一輛黃色的出租車從貨場入口方向急速開來，駛到貨櫃B區的空場時猛然停住，從駕駛座位上走下一個外國人，這人身材高大，但並不顯得十分強壯，而是很勻稱的體形，長臉形略有些大下巴，下頜微有短鬚，一雙眼睛鷹視狼顧，長相陰沉，雖然長得很帥，但整體卻給人一種不寒而慄之感，或者說看上去就不是那種性格溫和的人。

這人身上穿黑襯衫加黑外套，黑色卡其長褲和黑皮鞋，手上還戴著黑色薄手套，肩上背著一只黑色大旅行包，遠遠望去就是「一團黑氣」。只見他掏出手機打電話，郎世鵬的手機馬上也響了，他一看號碼，立刻向那人招招手，這人收起手機向眾人走來。

杏麗問：「那人是誰？」

郎世鵬說：「他就是我們等的參加本次考察隊的最後一個人。」

大家議論紛紛，都在猜這人是幹什麼的，怎麼看上去不像好人呢？這人走到郎世鵬面前，表面冷漠，又看了看其他人，漫不經心地對郎世鵬說了句法語。

郎世鵬回頭去看羅斯・高，羅斯・高哼了聲說：「原來你們還是用得著我的！」這時杏麗對郎世鵬說：「他在問你：二十天前是你給他發的電子郵件嗎？」

羅斯・高傻了，他哪裡知道杏麗在法國留學待過好幾年，法語十分流利，郎世鵬連忙說：「是的，你就是林奇・法瑞爾吧？收到我的預付款了嗎？」羅斯・高照句翻譯，這法國人說：「是我，我收到了五萬美金，餘下五萬等到了目的地之後，再一次付給我。」

郎世鵬點點頭，讓羅斯・高代為介紹一下杏麗和餘下眾人，林奇・法瑞爾只朝杏麗點了點頭，對其他人連招呼都沒有，只用眼睛在眾人臉上逐個掃過，一副狂傲模樣。

羅斯・高笑著用法語問他：「嗨，我說朋友，你的職業是出租車司機嗎？怎麼開著出租車來的？」

法瑞爾看了看他：「這車是我搶來的，那該死的司機不願開快，於是我把他打下車，自己開到這裡。」羅斯・高哈哈大笑，翻譯給郎世鵬等人時，大家都吃了一驚，郎世鵬臉上有不悅之色，對杏麗說：「他這麼幹是在給我們惹事，說不定警察馬上就會追過來的！」

羅斯・高卻把這句話也翻譯給了法瑞爾，法瑞爾面露不屑的神色，掏出一根菸點燃，說：「沒關係。我是在市郊把他打昏的，扔到了樹林裡，如果沒人發現的話，四個小時之內不會醒來。」

杏麗哭笑不得，對郎世鵬說：「我們快檢查一下車輛和物資，早早出發吧，免得時間拖久了節外生枝。」郎世鵬點點頭，大家走進車庫，這四輛越野車都是全新的，車身映出光滑的反光。杏麗問：「這車的顏色真難看，為什麼不要黑色或紅色的，那多漂亮啊！」郎世鵬笑了：「我們要去的是新疆，而且基本上都是沿沙漠邊緣而行，現在正是一年中最熱的季節，新疆白天的氣溫可能會很高，深顏色的車漆會吸收更多的太陽光，令車內溫度更高，乘坐者也就感到不舒服。而淺色的車身則會降低不少溫度，再有這批車的車身都噴塗了特殊的反射材料，能最大限度地反射熱量。」

杏麗哦了聲，嘟囔道：「我看是多此一舉，車裡不是有空調嗎？開空調不就行了！」郎世鵬笑了笑，掏出物資清單，忽然說：「哎喲，我把眼鏡忘在咖啡廳裡了，糟糕！」轉臉對田尋說：「田兄弟，麻煩你跑一趟，到候機室的咖啡廳把我的眼鏡取回來，是個黑色的真皮眼鏡盒，就放在靠玻璃窗那張桌子旁邊的窗台上。」

田尋說沒問題，出車庫向候機大廳那邊走去。

郎世鵬見他走遠了，伸手打開車庫裡的照明燈，再按動手上的控制電鈕關閉車庫門。杏麗看了看車庫裡這些人，對郎世鵬說道：「你對他們說吧！」郎世鵬清了清嗓子，說：「我們在沒見面之前已經和你們提過了，這次行動目的並不是什麼考古考察，而是要到喀什找個人，那人搶了我們很重要的東西，剛才那位田尋先生是位特殊人物，我們此行的真正目的千萬不能讓他知道，懂了嗎？」

大家聽了之後心中疑惑，姜虎和田尋素有交情，他開口發問：「為什麼不能讓田尋知道？」郎世鵬說：「這次我們要找的那個賊是塔吉克人，名字叫阿迪里，老窩設在新疆喀什，這個人偷走了杏麗女士家中的貴重文物逃回到喀什，並且正在與一個叫北山羊的新疆文物販子祕密聯絡。我們這次的目的，就是要替杏麗女士抓到這個賊，或是搶回東西。而田尋只是個考古愛好者，這次行動他是自願參加，並不知道我們的真正目的，而是為了科學考察、增長知識，所以他是沒有報酬的，這一點跟你們不同；你們每個人都有十萬美金的報酬，而且也都收到了五萬美元的預付款，我說得沒錯吧？有沒拿到錢的嗎？」

大家互相看看，都不出聲了，羅斯・高嘟囔著說：「那五萬美金我早就輸光了，還提它幹什麼？」然後又將話翻譯給那法國人法瑞爾，法瑞爾不置可否，只冷冷地站在一旁不說話。

郎世鵬知道這人性格冷酷，對他來說，不出聲就是承認、默許的意思，於是他繼續對大家說道：「所以，我要求大家在到達喀什的過程中，不要向田尋洩露我們此行的真正目的，就說到喀什進行科學考察就行。本次行動我制訂了一個暗語，那個搶東西的賊名叫阿迪里，我們姑且就稱他為『兒子』吧，那麼這次行動的名字就叫做：尋子行動。即使田尋起了疑心，你們就對他說：郎世鵬的兒子在喀什被壞人阿迪里綁架，我們是去找他的兒子，這樣就好聽多了。」

大家都哄笑起來，史林說：「這麼多人去找你兒子幹啥？你兒子又不是皇太子！」大家笑得更厲害；郎世鵬也笑了：「這只是個藉口而已，但大伙笑歸笑，一定要牢記這件事，記住了嗎？」大家都點點頭。

宋越說：「杏麗女士的東西被阿迪里偷走，為什麼不報警，不可以讓喀什當地警方出面嗎？」

郎世鵬搖搖頭：「這個阿迪里偷走文物後，一定會盡量尋找能出高價的買家，不會立刻賣掉，可我們一旦報警，警方撒網追查起來，那阿迪里害怕夜長夢多，肯定會狗急跳牆，盡快把東西脫手，一旦賣給其他的文物販子，或者再經幾手，那查起來就難上加難，所以權衡再三，我們不能報警，還是自己追查為好。」

大家都點點頭，覺得也有道理。王植又問：「為什麼不能讓田尋知道內情？他不是杏麗女士的親戚嗎？有什麼可避諱的。」大家都看著杏麗，杏麗乾咳一聲：「嗯……他是我老公妹妹的男朋友，但只是男友而已，並沒有結婚，所以我們還不是什麼親戚。如果讓他知道了也許他會走露風聲，洩露我們的行動計劃，所以還是瞞著他點好。」

大伙互相看看，都點頭稱是。姜虎心裡卻很疑惑：如果怕田尋洩露，乾脆不讓他參加就完了，想考察什麼機會沒有？非得加入這個隊伍？但他哪裡知道林之揚的陰險用心，是希望讓田尋在探險和追查過程中漏到危險，如果能出意外把命丟在新疆，那才合林之揚的心意。

與此同時，羅斯・高實時將眾人的對話翻譯給法瑞爾，好讓他知道內幕。

郎世鵬說：「剛才我讓田尋去咖啡廳取東西，就是為了支開他，好向大家宣布這件事，希望大家能牢記在心，其實也沒什麼難的，只要大家不亂講話就行，有什麼問題我會出頭。現在我們開始檢查物資裝備吧！」

那胖中年人宋越問：「就這四輛車裝東西嗎？那除了乘客，還能帶多少物資？」

郎世鵬說：「不要小看它們！這四輛車是豐田越野車裡最大的款式，而且裡面也經過了改裝，有加大油箱，每輛車除了有三張座椅之外，還有很寬敞的後廂空間，所有的物資裝備都放在車後廂裡綽綽有餘，剩下的空間還能裝幾百公升燃料。」

「看不出這四輛破車還真能裝東西！」杏麗拍了拍車門說，郎世鵬聽了哈哈大笑：「我的杏麗小姐，這四輛車可不是破車啊，是日本豐田研發中心的最新款式，再加上本地改裝費用，每輛車的價值已經超過了頂級賓士S600的價格。」

「哦，是嗎？那是我小看了這幾輛破車囉！」杏麗仍然把這幾輛車稱為破車，看來是一時改不慣口。

郎世鵬笑著從黑皮箱裡拿出四串鑰匙，讓人把四輛越野車的後廂都打開，這些車很寬大，後廂裡最少也有二十平方米、兩米高，裡面除了三張座椅之外，堆得滿滿的都是物資，大家齊動手把車裡的物資一樣一樣往外取，郎世鵬和王植則負責按清冊清點物資。

杏麗說：「仔細點，可別忘了什麼東西。」郎世鵬點點頭，清點過程有人在外面敲車庫門，宋越用控制板升起車庫門把田尋放進來，他見大家正在清點物資，於是也加入工作，把清點完畢的物資重新裝上車。

清點物資明細如下：

軍用多人帳篷四頂、單人帳篷一頂、礦石濾水器一個、壓縮三惡烷燃料一箱、強光手電筒十二支（螢光棒二十個）、多用鋼索一百米、軍用指南針六個、微型車載衛星一套、衛星電話二部、掌上GPS定位儀一部、BALL三眼計時石英軍錶十二只、防毒抗輻射外衣十二套、特製皮帶十二條、LC-2型軍用背囊六個、軍用水壺十二只、軍用工兵鏟八把、頭戴式無線對講機十二組、急救醫藥箱一只、壓縮餅乾五十包、牛肉罐頭五十聽、俄羅斯紅腸五十斤、速食麵一箱、麵包一箱、多組合調味料一瓶、不銹鋼餐具多套、固體酒精五十塊、ZIPPO打火機十二只、礦泉水一百瓶、十五倍德國視得樂紅外線望遠鏡兩架、信號彈五枚、小口徑九二式手槍八支（空彈匣十六個、消音器六支）、柯爾特M4A3卡賓槍六支（空彈匣十八個）、5.56MM子彈一箱、5.8MM子彈一箱、十倍夜視瞄準具六套、瓦斯彈十枚、致盲彈十枚、高爆炸彈十枚、彈射針刺彈十枚、煙幕彈十枚、多用途刀具十二把，四百公升自動加油泵一套、備用電瓶八只、車載製冷箱一套、太陽能充電器一套。

物資相當齊全，尤其食物和水更是充足，從敦煌開車到喀什再慢也無非是幾天的工夫，這麼多食物足夠了。

當清點到槍枝彈藥時，姜虎看到那幾支M4A3卡賓槍，連忙操起一支愛不釋手看了半天，郎世鵬在一旁催促：「先別欣賞了，等上路後有的是時間，快幹活！」姜虎邊搬邊高興地說：「這槍就是美國三角洲特種部隊的專用槍吧？真他媽帶勁，我還是頭一回摸到真傢伙呢！」

提拉潘得意地說：「美國海軍陸戰隊也用過。這些都是我托朋友從金三角買到的，那兩架望遠鏡是德國特種部隊專用，我在GSG9服役時用的就是這個，有自動聚焦和測距功能。怎麼樣，貨還不錯吧？」姜虎點頭道：「嗯，相當不錯！當年我在廣西當兵那陣子，也接觸過一些從緬甸那邊偷運過來的槍枝，但也就是些AK47和湯普森之類的貨色，這麼好的槍還真是頭回摸到！」

郎世鵬說：「半分錢半分貨，這種槍每支就要幾千美元。」姜虎吐了下舌頭。旁邊王植、宋越和田尋心裡都暗暗吃驚，心想怎麼帶這麼多槍枝，是不是有點太招搖了？心中都有點沒底。

第十九章　精良裝備

大家都緊鑼密鼓、有條不紊地忙碌著，只有那法國人法瑞爾雙手抱胸靠在牆邊嚼著口香糖，似乎完全不關他事。二十分鐘後物資才逐一清點完畢，並不缺什麼東西，物資也都按原樣被裝回車廂。

史林看到那法國佬法瑞爾背著個沉重的黑旅行袋，於是問他要不要把袋子放在車上，羅斯·高翻譯給他，法瑞爾也不說話，只搖了搖頭，史林見這人對誰都是同一副模樣，也就不再理他。鎖好車廂門後，郎世鵬升起車庫門，讓史林、提拉潘、姜虎和大江四人把越野車開出車庫，順便再檢查一下車的性能是否正常。

四輛車在空場上轉了幾圈，一切性能完好，郎世鵬把保管單和車庫控制板交給忙得不可開交的管理人員，大家都上了越野車，開出貨場向北駛去。

按理說從敦煌到哈密之間，除了國道二一三和三一二直通之外，並無其他路可走，但大家為了避開道路上的警察盤查關卡，所以只好臨時自己開路，往西北方向駛去。

第二十章　戈壁

為首的越野車是由姜虎駕駛，郎世鵬則手持掌上ＧＰＳ定位儀坐在副駕駛座負責指路，後面坐著提拉潘。車行駛不遠，他們就看到大片戈壁（未完全沙漠化的荒漠），地面上都是礫石、紅土和胡楊樹，到處都是巨大的岩石，形狀奇特，好似鬼斧神工。

提拉潘問郎世鵬今天能走多遠，郎世鵬指著手持ＧＰＳ定位儀上的彩色螢幕說：「這個閃動的小紅點就是我們現在的位置，紅點後面的紅色細線表示我們曾經走過的路線。以現在八十公里的時速推算，往北偏西行一個小時會到白山，那有個野駱駝自然保護區，再向前有個雅滿蘇鎮，再往北就是哈密市了。」果然，一個多小時後，左側出現一排連綿的山體，姜虎邊開車邊說：「看來這小玩意還真好用！」

郎世鵬笑了：「那當然，這是最先進的小型全球定位系統，事先我已經裝載進了最新版的中國電子衛星地圖，別說鄉鎮和沙漠，就連一口井都能顯示出來。」

姜虎讚嘆地說：「現在的高科技真是了不得，我十多年前在廣西軍區當兵那陣子地圖全靠手繪，如果某塊地形有了變化，整張地圖都得重新畫，那個費勁啊！」提拉

第二十章　戈壁

潘說：「是的，電子科技對人類的貢獻太大了。」

這時從車載揚聲器裡傳來史林的聲音：「可不是嗎？頭幾年前俺在上海當特警那時也是，那地形圖都改得看不清字了。」

姜虎嚇了一跳：「是史林？他在哪兒說話？」郎世鵬哈哈大笑：「他在第四輛車上。這四輛車都裝了車載聯網對講機，我們只需正常說話，每輛車的人都能聽得到。」

「哦，那要是……要是我不想讓別人聽到呢？」姜虎問。

提拉潘在後座看到前面板上車載揚聲器旁邊有兩個按鈕，只見上面分別標有「On Line Enable」和「On Line Disable」字樣，其中「Enable」鈕是亮著紅燈的，於是他說：「這兩個按鍵應該就是控制鍵，左面的英文是允許聯網的意思，右面則是禁止，如果不想讓其他車聽到我們說話，那就按下右面的鍵。」

姜虎問：「你怎麼知道的？」

提拉潘說：「這上面寫有英文，你看不懂英文嗎？」

姜虎撓了撓腦袋：「嘿嘿，我連中國字都沒認全，哪裡認得那洋字嗎？」提拉潘和郎世鵬都笑了，揚聲器裡也傳來其他人的笑聲。

姜虎問郎世鵬：「我們接下來的線路怎麼走？」郎世鵬說：「過雅滿蘇鎮後往哈

密方向走，貼著三一二國道折向西方，朝吐魯番市方向前進。」

提拉潘坐在後座，伸手指著郎世鵬手上的定位儀說：「那不是拐了個大彎嗎？我們為什麼不直接朝吐魯番市方向直線前進，那樣不是會省很多時間嗎？」

郎世鵬解釋道：「直線是省時間，但這條線路之間沒有任何城市和鄉鎮，也沒有能補充給養的地方，雖然我們帶了不少食物和水，但人算不如天算，比如：沙暴、狼群之類的突發事件，我們這些人對付起來也很吃力，為了以防意外，最好的方法就是始終與城鎮保持距離行駛，卻不離得太遠，這樣遇到危險的機率就低得多。」

第二輛車裡的杏麗聽得索然無味，乾脆把頭靠在座椅上，取出MP3把耳機插在耳朵上聽起音樂來。

臨時開闢的路確實不如國道舒服，一路上不是鹽鹼澤，就是沙地，有時還顛簸不停，大家都在罵這該死的路怎麼如此差。田尋感到有點呼吸沉重，連忙取出兩片茶苯海明片用水送服，同車的是大海和王植，王植見田尋臉色有點發白，便問：「吃的什麼藥？」田尋說：「茶苯海明片，治暈車的，我有暈車的老毛病。」

王植掏出火柴，點燃了一根雲菸，說：「看來你的前庭功能不太好啊！」開車的大海問：「老王頭，啥叫前庭功能啊，和前列腺有關係嗎？」田尋正喝了口水，一下子全噴到大海後背上，大海嚇了一跳，不高興地道：「我說你這是幹什麼？幫我洗淋浴啊？」

田尋連忙道歉，幫他擦衣服。王植哈哈大笑，向窗外彈了彈煙灰說：「在人耳朵深處有個內耳前庭平衡器，專門負責人體的運動平衡功能，它是由三對像小塑料管似的半規管組成，分別處理三度空間的動作，位置就在人耳膜的後頭。人體在運動時，這三對半規管就會作出相應反應，並傳給大腦，告訴大腦這個人現在幹什麼。而前庭功能比較差的人，比如田尋兄弟，他耳朵裡的半規管承受運動的能力就差些，如遇到大規模的連續動作，這些管子就不太聽使喚了，明明身體已經停止了動作，可這些半規管還在動，要知道人的其他器官也有感知運動的能力，這樣一來就矛盾了。半規管說這個人在動，而人的皮膚、眼睛卻說我沒動，於是大腦就向人體發出一種警告信號，告訴人體有問題，快自己檢查一下！」

大海聽得有趣，打著方向盤笑問：「真有意思，再後來呢？」

王植說：「這種警告信號就以眩暈、噁心等形式表現出來，也就是我們所說的暈車、暈船和暈機症狀了。」

大海笑了：「哈哈，沒想到還有這麼多岔頭。我說田尋，你坐什麼車都暈嗎？」

田尋喝了幾口水說：「也並不是，越高檔的轎車我越暈得越厲害，要是大卡車就沒事。」

大海奇道：「那為什麼？同樣都是汽車啊！」

王植說：「越高級的轎車平衡性和減震性越好，人耳半規管對劇烈的運動反應遲鈍，卻對那種持續的、湧動的運動很敏感，所以那些低檔車的顛簸並不太能造成暈車，而高檔轎車卻很容易讓人暈。」

大海哈哈大笑：「哥們，看來你是沒有當老闆的命了，老闆都坐小轎車，你最多也就坐個卡車，也當不成飛行員，航天英雄更沒門。」

「還航天英雄？我連出租車司機都幹不了。」田尋閉著眼睛沮喪地說。

王植笑著說：「沒關係，雖然當不了老闆，但你可以給老闆當司機，照樣能坐高檔轎車。」大海問：「我也聽說過，說暈車的人開車卻不暈，是真的？」田尋也說：「是啊，前幾個月我有個朋友要考駕照，非要我陪他也一起考，我說我暈車，他說暈車的人自己開車從來不暈，我也就跟著學了，居然還真不暈！」

王植把菸頭扔出窗外：「是真的。因為人在開車的時候精神高度集中，受大腦高級神經的支配，而半規管神經屬於人體的低級神經，高級神經是可以抑制低級神經的，所以不管暈車多嚴重的人，駕駛的時候都不會暈。」

大海說：「田尋，看來你想坐賓士還是有希望的，快去找個老闆當貼身司機吧！」

田尋撇了撇嘴：「我討厭坐車，也不喜歡開車，學了也不想當司機。」

閒聊的時光過得最快，轉眼兩個小時過去了。沙地上出現了幾隻奔跑的野駱駝，這些駱駝似乎在和性能優異的豐田越野車賽跑，四蹄揚起大片塵埃。郎世鵬單手握方向盤把住方向，把頭探出車窗，左手指著駱駝大聲說：「這就是野駱駝，這附近有個野駱駝自然保護區，牠們也是極度瀕危的物種之一。」

羅斯・高拿出隨身帶的數位攝影機饒有興趣地拍著，大江和大海兄弟分坐前後車，他倆真是親兄弟，同時狂打呼哨，嚇得駝群遠遠跑開，羅斯・高不高興地說：「嗨，你們幹什麼？我還沒拍夠呢！」兄弟倆哈哈大笑。

時間臨近中午，氣溫也開始漸漸升高，車裡的電子溫度計顯示從二十八度一直升到了三十九度，現在是九月六號，在新疆，九月初還是相當熱的，大家都有點受不了，趕緊打開車內空調，郎世鵬用車載揚聲器告訴其他車，別把空調溫度開得太低，調到二十五度即可，否則離開汽車後，遇到外界的熱空氣，有可能造成昏厥。

中午時分車隊停步，大伙都下車活動活動身體。

天空湛藍湛藍的，飄浮著很多雲，放眼四周，到處都是起伏的丘陵和淺紅色的沙土，遠遠望去就像一大片紅色的沙海，藍色的天空與紅色的地面形成鮮明對比，沙土中裸露著一些風化了的花崗岩和不知名動物的白森森頭骨，不時還會看到一團風滾草從眼前路過。

眾人剛一下車就立刻感覺到有熱氣包裹著身體，太陽就在頭頂毒曬著，刺目的陽光讓人覺得頭暈目眩，睜不開眼睛。郎世鵬先讓史林拿出水壺，給每人裝了一壺淡水喝，即使這樣，大家還是熱得大汗直流、酷熱難當，尤其是那中年胖子宋越，他身體發福，邊喝水邊不停用手帕擦汗，即使這樣他還是呼吸困難，大口大口地喘著氣。

不到五分鐘，大家就覺得腳底下熱得像站在火爐上一般，郎世鵬彎腰摸了摸地面，立刻把手縮回來：「這地面真熱！」王植拿著軍用指南針貼在地面，指南針上的兩排溫度指針分別停在七十和四十三位置上，王植大聲說：「現在的空氣溫度是四十三度，地表溫度七十度！」

大江跺著腳緩解腳底的熱氣說：「七十度？那不是都他媽的能煎雞蛋了！」宋越用手帕擦著眼鏡說：「在這種高溫環境下，人體可在一個半小時之內嚴重脫水而休克。」

第二十章　戈壁

姜虎跑到附近一個高高的丘陵，爬到頂端向遠處眺望，此時的空氣透明度非常高、毫無污染，放眼足可以望到十幾里遠，大片雲朵在空氣壓力下呈現出放射狀的扇形雲，十分壯觀。

田尋抬頭看了眼頭頂的太陽，頓時眼睛發疼、眼淚直流，連忙用手遮住額頭：「這日頭也太厲害了！」提拉潘將越野車的後廂蓋支起來當作涼棚，大家都坐在下面納涼。

郎世鵬讓史林和姜虎從後廂裡取出幾樣東西發給大家隨身帶上，分別是防輻射外衣、特製皮帶、多用途刀、ZIPPO打火機、強光手電筒、波爾軍錶和軍用水壺。其中多用途刀、打火機和手電筒這些東西，都有專用皮套可以插在特製皮帶上，倒也方便。

那防輻射外衣其實就是一件淺灰色的長袖襯衫，料子很薄，前胸有四個衣兜，穿在身上像的確良，很涼快。

宋越拿著小巧精緻的ZIPPO打火機，翻來覆去看了看：「我不會抽菸，用不上打火機。」

姜虎說：「還是帶著吧！打火機並不是只能用來點菸，必要時還有很多用途。」

宋越哦了聲，他身體肥胖，費力地換上特製皮帶，把這些東西都插在皮帶上。

郎世鵬又取出四支九二式手槍，分別配發給姜虎、史林、提拉潘和法瑞爾四個特種兵，說：「從現在開始我們就走上探險考察之路了，因為我們不能走國道，也不能在大城市住宿，因此無法預料會出現些什麼突發情況，你們四位都當過兵，身上有功夫，先給你們配幾把手槍，必要的時候可以保護我們大家。」

四人接過手槍，法瑞爾拿著手槍像看玩具似地左右瞧了瞧，卻扔回給郎世鵬，然後說了幾句法語。郎世鵬很意外，羅斯•高說：「法國佬說他自己有槍，不用這種破爛貨。」郎世鵬有點生氣：「什麼叫破爛貨，這麼說你自己帶槍了？」

法瑞爾撇了撇嘴，轉身開車門，從座位旁的掛鉤上摘下自己那只黑色大旅行袋，拉開拉鏈拿出一把手槍來。

提拉潘是槍械專家，他立刻認出這槍：「這是西格爾P228，全歐洲最好的手槍！」姜虎和史林聽了也很羨慕。

法瑞爾見有識貨的，臉上不覺露出得意之色，把槍別在腰間的槍套裡，自顧吃牛肉罐頭。

郎世鵬臉上無光，對提拉潘說：「怎麼，他那把槍比我們的好很多嗎？」

提拉潘說：「當然了，西格爾P228是瑞士製造，性能一流，左右手都能操縱彈匣卡銷，二十發彈容，可以說是完美的手槍，挑不出任何缺點。其實當初我也想採購這種槍，可惜金三角剛巧沒貨，只有馬可洛夫之類的傢伙，還不如中國的九二式手槍，所以我就買了這種。」

姜虎往手槍裡塞著彈夾：「這槍後座力太大，甚至比五四式還大，而且扳機行程太長，緊急時刻有點不習慣，我看只適合做警用手槍。」

郎世鵬手裡拿著那支手槍，扔也不是、收也不是，這時旁邊的大海湊過來，嘻皮笑臉地說：「郎老闆，既然法國佬不要就算了，配給我怎麼樣？」

郎世鵬看了看他：「你以前用過什麼槍？會開嗎？」大海說：「我經常用五連發雙筒獵槍，打得還挺準呢！」郎世鵬哈哈大笑：「那種槍只能打鴨子。田尋，你用過槍嗎？」田尋正吃著麵包，邊吃邊點頭：「用過，這九二式手槍不算太沉，不過後座力確實太大了點，對我這種很少用槍的人來說，必須得雙手握住才能打到目標。」

郎世鵬把槍扔給他，說：「那你就拿著吧，不過要注意藏好，千萬別在人前暴露，不到緊急時刻絕對不許開槍！」田尋本不想要，但又想有槍防身總是好的，於是點點頭收在腰間。大海碰了釘子，心裡十分不快，嘟囔著走了。

王植拿出俄羅斯黑麵包和牛肉罐頭分給眾人，大家開始吃午飯。

那些食物之類的東西都裝在車載製冷箱裡，這製冷箱連有兩套電源，一套連在安裝在車頂的太陽能充電板上，另一套連在汽車電瓶中做備用，那太陽能充電板是歐洲研製的最新產品，雖然不像家用冰箱那樣製冷快，但現在正值盛夏，在新疆這種陽光充足的地方，充電板可以全天充滿電能，完全能令製冷箱保持在攝氏七度左右，貯存幾天食物完全沒問題。

羅斯・高邊吃罐頭吃罵：「這是什麼鬼地方？簡直比想像中的還要差十倍，熱死我了！」正說著，忽然從旁邊的沙丘中鑽出一個黑色的小東西，迅速朝羅斯・高腳下爬去，嚇得他連忙躲開，大叫道：「蠍子，有蠍子！」

聽了他的叫聲，大伙不由得都下意識向後退去，同時放眼觀看，杏麗是女性，對這種毒蟲天性懼怕，連忙躲到郎世鵬身後，果然見沙地上有隻黑色的沙蠍翹著尖螯爬來，大江連忙道：「用石頭砸死牠，這東西很可能有毒，千萬別叫牠給蜇了！」

忽見白光閃過，一柄尖刀不知從哪兒飛了來，正釘在沙蠍子的後背上，將那隻蠍子活活釘死，手法乾淨俐落，可見發刀的人很有些功夫。

大伙左右看看，不知道這飛刀是誰扔的，卻見史林左手拿著麵包，走到那隻死蠍子面前說：「一隻小蠍子就把你們嚇成這樣？」說完，彎腰把飛刀拾起插在皮帶上。

這時大家才看到史林腰間的皮帶上縫著一排鹿皮刀套，裡面整齊地插著七、八隻飛刀。

第二十章　戈壁

「嗨，朋友，你這手功夫太棒了，跟誰學的？有時間也教教我怎麼樣？」羅斯・高嘻皮笑臉地湊過去套近乎，大家也都讚嘆不已，史林嘿嘿笑著說：「這是俺在少林寺學的暗器術，不算啥，就是個雕蟲小技。」

第二十一章 UFO

郎世鵬拍著史林的肩膀說：「你這手飛刀功夫真漂亮，估計對付幾個毛賊草寇更不在話下了吧？哈哈哈！」史林哈哈大笑：「什麼毛賊草寇？在俺眼裡都是燈草做的，根本就不值一打！」他這麼說，旁邊的提拉潘有點不愛聽：「人怎麼會是燈草做的？並不是所有人都會老老實實挨你的飛刀，你的刀再快能跑過子彈嗎？」

史林臉頓時紅了：「你……你這話是個啥意思？」提拉潘笑而不答，忽然他右手一動，迅速地從腰間拔出那支九二式手槍，抬手就是一槍，砰地打中那隻死蠍子。

大家被槍聲嚇了一跳，杏麗不高興地說：「你們犯什麼神經病？開槍也不說一聲，嚇了我一大跳！」大家轉頭再看那隻死蠍子，只見那隻蠍子尾巴上高高揚起的尖螯被打掉了，而蠍子身體卻毫髮無損，姜虎讚嘆道：「行啊，泰國朋友，你這槍法夠準的！」

提拉潘收槍回腰，面露輕蔑之色地看著史林。史林知道他在跟自己較勁，他是紅臉漢子，頓時火往上撞，大聲道：「你這是跟俺對著幹是不？」說完就要上前。王植連忙上前阻止勸說，史林氣鼓鼓地坐到旁邊吃東西，連看也不看大夥一眼，顯然是氣

第二十一章　UFO

得夠嗆。

郎世鵬不動聲色，對提拉潘說：「你的槍法很準，這點我非常欣賞，不過我似乎剛才說過，不到緊急時刻不許開槍，你怎麼這麼快就忘了？」

提拉潘嘿嘿笑著：「對不起，我忘記了！」郎世鵬沉著臉說：「那我就再重複一遍，如果因為大家的輕率而引來警察，誤了大事，你們就別想拿到餘下的報酬，懂了嗎？我可不是在開玩笑！」提拉潘吐了吐舌頭，再也不說話了。

那法瑞爾從頭到尾就坐在越野車後面的保險桿上吃東西，似乎對什麼事情也沒興趣。

吃完了飯，大家上車繼續趕路。

四點鐘左右，前面似乎出現了一條峽谷，四周佈滿了各種形狀的天然岩礫。大家停車下來走到坑邊朝下一看，都吃了一驚，只見地面上有個巨大的坑，巨坑呈長形，長度約有幾里地，坑邊還修有幾條縱橫交錯的道路，坑裡有很多裸露的黑色礦石，似乎是個天然的巨大鐵礦坑。

杏麗站在坑邊緣問：「這大坑是幹什麼的？」

郎世鵬說：「這是天坑，裡面是鐵礦石。」田尋說：「什麼叫天坑，從天上掉東西砸出來的坑嗎？」郎世鵬哈哈大說：「不是，天坑是一種叫法，是形容坑的巨大。

有的是由塌陷造成，有的是人工開採而成的，從這個坑的情況來看，應該是長年累月挖掘鐵礦石而成的。」

大家正說著，從遠處隆隆開來幾輛大型礦車，郎世鵬說：「咱們快上車走，免得讓人家盤問，節外生枝。」眾人上車繞過天坑，對面是一大片房子，好像是個聚居區。

郎世鵬看著定位儀說：「這裡應該就是雅滿蘇鎮，再往北走是駱駝圈子鎮，離哈密還有一百公里左右。」

揚聲器裡傳來第三輛車羅斯・高的聲音：「你們中國的地名真是奇怪，明明是人住的地方卻要叫做駱駝圈，真彆扭！」郎世鵬伸頭看了看外面的天色，用揚聲器對大家說：「今晚就在這鎮子裡找個旅店過夜，明天再繼續走。」

杏麗問：「王植說再有不到一百公里就到哈密了，我們到市區找個好點的旅館不行嗎？這破鎮子也太小了！」

郎世鵬堅決地說：「那樣不行！不是說過了嗎？新疆各大中城市和主要公路都設有盤查關卡，我們車上還有很多違禁物品，所以盡量少惹麻煩。」杏麗十分不悅，但也沒說什麼。

車隊來到鎮口，這鎮子不大，外圍有兩座天然氣增壓站和幾家礦廠，全鎮最多不

第二十一章　UFO

超過千把人，而且估計大多都是在礦場工作的，但鎮裡設施還算全，派出所、旅店、飯館、郵局、加油站，樣樣不缺。郎世鵬特意挑了一家離派出所最遠的旅店，這家旅店總共只有八個房間，而且還都閒著，郎世鵬乾脆把旅店都給包了下來，也免了有陌生人進進出出的。旅店老闆見這些人開著漂亮的越野車，肯定都是有錢人，這在小鎮上還不多見，於是就多問了幾句，郎世鵬說是到新疆進行科學考察的，店老闆很是高興，連忙張羅著給安排晚飯。

大家坐了一整天的車，渾身骨架都快要顛散了，杏麗進門就嚷著要能單獨洗澡的房間，店老闆說沒有，只能到樓上的衛生間統一洗，杏麗無奈只得湊合，她命史林在衛生間門外嚴格把守，以免有登徒子誤闖，自己先洗了個澡。

這衛生間又小又窄，也不是特乾淨，裡面有兩個蓮蓬噴頭，杏麗是林之揚的兒媳婦、林振文的妻子，身為林氏集團總經理的她住的是洋房別墅、星級酒店，哪裡在這種環境洗過澡？可現在形勢如此，有澡可洗已經不錯了，也只能皺著眉湊合。

隨後大家也都洗了個澡，然後開飯，晚飯很豐盛，有手抓飯、清燉牛肉、烤羊腿和烤饢，看來這已經是此旅店的最高規格了。店老闆手藝不錯，除了杏麗、法瑞爾和羅斯・高吃不慣羊肉（或是嫌不乾淨）沒吃以外，大家都吃得挺香。

分配房間時，杏麗自然是在最裡面的獨自房間，那個法瑞爾也要求自己一間屋子，餘下的十人分住六間房，郎世鵬和田尋也分到了單獨的屋子，屋裡雖然簡陋些，居住條件倒也寬綽。

天漸漸黑下來，吃過晚飯大家都躺在床上看電視，這裡沒有液晶電視，連平面電視都沒有，每間屋只有一部十五吋臥式的老北京牌彩電，那彩色都失真了，紅色看上去像紫色。

店主是個哈薩克族老頭，先給每屋都沏了兩暖瓶開水，郎世鵬等幾名中年人都喜歡喝茶，可這鎮子裡只有那種廉價的茶磚，無奈只得作罷。店主怕大家悶得慌，不知又從哪兒弄出一副象棋來，郎世鵬和王植高興得下起了象棋，宋越則在旁觀戰。

天色漸漸暗下來，新疆是典型的溫帶大陸性氣候，離海洋很遠，地勢又多是盆地，所以白天日照時間長、氣溫高，而夜晚熱量又散發得快，溫度從白天的近四十度，驟降到十來度。

田尋此刻正躺在床上衝著天花板發呆，不知怎麼地他對這次考察隊總是感覺有點彆扭。首先一個普通的民間考察隊為什麼會有如此雄厚的資金，還配備了高級越野車和大批軍用裝備？這不覺讓他想起幾年前和程思義那伙盜墓賊去湖州毗山盜洪秀全大墓的事來……

可又轉念一想：就算這些人也是來新疆盜墓的，有沒有收穫還是兩說，就算有，

第二十一章　UFO

又能有多大？這次考察隊有近千萬元的資金，盜什麼墓能收回成本？像洪秀全墓小天堂那樣的墓可不是遍地都有的，而且這些人裡，除了那大江、大海兄弟之外，並沒有人長得像盜墓賊，所以說又不太可能是盜墓集團。

可轉念又想，科學考察隊到新疆這種複雜之地考察，偷偷帶上些防身武器也無可厚非，可這些人帶的槍簡直可以裝備一個特種戰術排的美軍，就說那些九二式手槍、M4A3卡賓槍，還有各種口徑的子彈、手雷、炸藥和雷管，這些東西聽說都是那個泰國人提拉潘從境外買到的，有必要搞這麼大舉動嗎？

他正亂想著，忽然門被推開了，這屋的房門並沒有上鎖，姜虎拿著一條香菸和兩袋東西走了進來，他先插好門鎖，然後坐在另一張床上，扯開香菸的塑料包裝，掏出兩包扔在田尋身上：「來，嚐嚐這個，從店老闆那買的，聽說是新疆最好的菸！」

田尋從床上坐起來，接過煙一看，見上面寫著「雪蓮」二字，他本來很少抽菸，可現在心情複雜，也說不出是什麼滋味，於是拆開菸包，取出ZIPPO打火機點燃香菸，和姜虎對吸起來。

姜虎又拆開那兩袋東西，原來是牛肉乾，他將一塊牛肉乾扔進嘴裡說：「這破鎮子雖然簡陋點，但這牛肉乾的味道倒是相當不錯，我買了二十袋，留著路上慢慢吃。」田尋撕吃著牛肉乾說：「姜大哥，咱們自從西安分別，也有一陣子沒見了吧？」

姜虎嘿嘿笑了：「可不是嗎？在敦煌也沒機會和你好好聊聊，咱哥們上回到南海那段經歷啊，這些日子我經常夢到，就像昨天發生似的，你說怪不怪？」

田尋哈哈一笑：「我也是。姜大哥，這陣子你都忙什麼呢？」

姜虎說：「唉……我能忙什麼？不過我這陣子過得倒是很滋潤。」說到這裡，他壓低聲音看了看門外，小聲說：「林之揚那老頭不讓我往外說，不過這錢可真是好東西啊，那兩百多萬我買了房子、汽車，還娶了個漂亮老婆，讓我媽也享上了福，哈哈！只可惜她的老年癡呆症怎麼也治不好。」

田尋笑了：「錢當然是好東西。既然你有了錢，怎麼不去老老實實當富豪，還來參加這個新疆考察隊幹什麼？我知道了，你是把錢都得瑟光了，又跑來賺點外快？」

姜虎嘿嘿笑了：「是那西安的林教授給我打電話的，說他一個姓郎的朋友要組織人來新疆考察，想讓我來做保護工作，我本不想來，可一想，我這幾百萬還不是人家給的？礙於面子，再說還有不少的酬金，所以我就又來了。」

「哦，原來是這樣，唉……哎對了，那個丁大哥還有家人嗎？他在南海死得不明不白，太慘了！」

聽了這話，姜虎頓時傷心起來：「別提了，我那倒霉的丁軍長啊……他家裡還有個老娘，今年快七十了，身體也不太好，我去老丁的老家看了她，本打算給她五十萬塊錢，可她的很多遠親一聽有人送錢來，都湧上來要養活她，哼，之前誰也不管，看到有錢就像蒼蠅見血似的。我沒了辦法，就在郊外給她買了所房子，幫她僱了個保姆，又在她名下存了二十萬。另外，我還有幾個死去的老戰友，我也分別去探望了他們的家人，給了些錢，不管怎麼說，也算是心裡好過點。」

田尋點點頭：「原來是這樣，唉。」

姜虎又神祕地問：「我說田兄弟，去年咱們去南海那次，你帶的兩個漂亮妞都是你什麼人啊？那個林小培是林之揚的女兒，也是你女朋友嗎？另外那個更漂亮的呢？」

田尋笑了，說：「你別瞎猜了，林小培和我只是普通朋友，那個依凡和我也是朋友，都不是你想的那種關係。」

姜虎說：「你小子真有艷福，那依凡姑娘多漂亮啊，那身段、那臉蛋……哈哈，說實話我老婆就很漂亮，可跟依凡姑娘一比，那就是個豬八戒。」兩人大笑。

正談得起勁時，忽聽外面一陣大亂，兩人連忙開門出去，卻見旅店裡空無一人，待出了旅店去看，發現郎世鵬他們都在旅館外面，另外還有不少人都站在外面抬頭向上看，此時是六點多鐘，天空已近暮色，空中有一個發著三角放射狀白光的物體正迅速地掠過天空，其速度之快令人咋舌，更奇怪的是聲息皆無。

好多人聚集在旅館門口，向天空指指點點。

王植正舉著一架德國STEINER望遠鏡跟著那發光物體移動視線，旁邊的宋越則在抬腕看錶，似乎在計算時間。那發光物體速度飛快，幾十秒的工夫就已經消失在遠方天空。

人群久久不願散去，都在互相議論著這件怪事。王植說：「不行，速度太快了，手持望遠鏡晃得太厲害，看不清楚！」王植身邊有個維吾爾族牧民說：「這已經是今年第三次了！頭兩次都是在半夜裡，那時整個鎮上的電燈都滅了，電視也沒有圖像，出來一看，天上有個發藍光的圓點飕一下子就飛沒了影，幾分鐘之後燈又亮了，你說怪不怪？」

郎世鵬對宋越說：「你怎麼看？」

宋越指著BALL軍錶的秒針眼說：「三十秒。」

田尋問：「什麼三十秒？剛才你是在計算它在三十秒內飛行的距離嗎？」宋越點點頭：「你很聰明，沒錯！剛才我目測了一下，這個發光物在三十秒內就飛了至少五

第二十一章 UFO

十公里的距離，你算算它的時速有多少？」

「什麼，三十秒飛了五十公里？」羅斯・高叫道，「那就是這東西一分鐘就飛了一百公里，十分鐘一千公里……我的上帝，這傢伙的時速有……六千公里？」

人們聞聽都傻了，那旅店老闆咋舌道：「什麼東西能飛這麼快？飛機恐怕也沒有這樣快嘛！」剛才那個維吾爾牧民說：「難道是真主派來降罪的嗎？可能是看我們這些無知的人太壞，要來懲罰我們了，真主保佑……」

人群漸漸散去，郎世鵬等人也都回到了旅店，杏麗說：「我以為是什麼東西，無非是光線的幻覺罷了，有什麼好看的！」說完徑直回房間去了，法國人法瑞爾也嘟囔著回自己房間。

其他人卻意猶未盡，都跑到郎世鵬房間裡七嘴八舌地議論著剛才發生的事。大江、大海兄弟倆不停地爭辯那是不是飛碟，姜虎說：「十多年前我在雲南昆明也看到過一回這東西，但不知是不是飛碟，我記得那時也是傍晚，兩個發光的點上下翻飛、速度極快，當時有好多人都在看，後來還上了電視呢！」

宋越用手帕擦著額頭說：「以我的觀點來看，這東西應該就是UFO了，不像是趙女士說的什麼光線幻覺。」

大江問：「什麼優……優什麼歐？」

宋越大跌眼鏡地說：「UFO，難道你連UFO也沒聽過？」大江嘿嘿笑了：「我小學也沒畢業，連中國字都還認不全呢，更別說那洋字碼了，到底是啥意思啊？」

宋越說：「UFO是英文單詞Unidentified Flying Object的縮寫，也就是不明飛行物的意思，因為大多數這類東西都呈碟狀，所以也俗稱叫飛碟。」

泰國人提拉潘似乎對飛碟很有興趣，他問道：「這個不明飛行物究竟是真是假？」郎世鵬看了看田尋，說：「田尋，你有什麼看法？」

田尋用水壺喝了口水說：「我倒是很相信有飛碟這種東西。現在很多人都反對地球之外有高等生命的存在，其中還包括很多知名專家，他們舉出一大堆證據來證明。」姜虎問：「有什麼證據能證明世上沒有飛碟？」

田尋說：「我記得有位科學家說，一個星球要想存有生命本身就很難。首先必須是行星，然後除了要有大氣層以外，還要能產生充足的氧氣、有光照條件和擁有水源，這三點缺一不可。另外，即使有了生命，想發展成高級生命也是難上加難，生物進化是個很複雜的過程，像人類從猿變成高級的人就需要百萬年，而如果環境沒有變化，那麼大多數生命很可能經過幾億年還是老樣子，就像三葉蟲。所以，這位科學家說地球之外有高級生命的機率很低，在銀河系中可能為零。」

大家聽得津津有味，宋越道：「繼續說下去？」

第二十二章　沙暴

田尋接著講：「我本身並不是什麼科學家，但我卻對這種論點非常反對，我堅信在銀河系中應該有大量的高等生命存在。」

郎世鵬問：「說說你的觀點。」

田尋說：「那位科學家說的條件都很對，一座星球要想產生高等生命的確非常難，可他忘了一件事，那就是宇宙。宇宙是無窮大的，銀河系本身就擁有一千多億顆恆星，而行星的數量更是遠勝於這個數字，可能有三、四千億顆或更多，所以我認為，即使產生高級生命的條件再苛刻、再艱難，對於上萬億這個數字，再艱難的條件也只能是個微不足道的分子，巨大的分子被宇宙這個分母一除，得出的數字也許仍然是個天文數字。」

姜虎聽得有些糊塗，他問：「田兄弟，你說的我有點聽不懂，能不能再說直白點？」

宋越贊同地說：「田兄弟說得極有道理。我們用最笨的方法說吧！就算每一億顆行星裡有一顆擁有高級生命，那麼整個銀河系還有上萬處高級生命呢，如果把機率升高到一千萬，那有生命的星球就是幾十萬或更多，不是嗎？」

王植點頭道：「說得沒錯！我舉雙手贊同。而且在地球上有很多生物是不需要氧氣也能存活的，比如：厭氣菌；還有生物活在火山口附近，專門吃岩石和鐵礦為生，所以說，這個機率還應該大大升高。」

這幾個學者越說越來勁，其他人聽得有點睏了，羅斯・高覺得索然無味，站起來說：「我可不想聽你們上生物課，我倒是有個打發時間的好主意，我這裡有紙牌，有人想賭撲克嗎？來玩幾局怎麼樣？」

大江和大海欣然同意，姜虎、史林和提拉潘也跟著躍躍欲試。郎世鵬知道羅斯・高嗜賭如命，也許賭錢倒能讓他們安分，於是對他們說：「你們要賭錢就去屋裡老老實實地玩，但不許鬧事打架，否則後果自己承擔！」

姜虎問田尋：「怎麼樣，也去玩玩？」田尋搖搖頭：「我對賭沒有興趣，你自己去吧！」

羅斯・高他們興沖沖地去玩撲克了，王植笑著說：「羅斯・高這傢伙真是無賭不歡啊！」田尋也說：「賭這東西也真是奇怪，為什麼有的人絲毫沒興趣，而有的人卻嗜如生命？」郎世鵬喝了口熱水說：「人的本性如此，也沒什麼稀奇的。」

聊了一會兒，田尋也回屋睡覺去了，不知不覺已是深夜，夜風吹過甚是涼爽，大家都坐了一整天的車，也夠累的了，因此夜裡無話。

第二十二章　沙暴

次日早上大伙吃過早飯，到加油站給車加滿油後繼續趕路。郎世鵬和王植分別在車裡用對講揚聲器商量行駛線路，是從雅滿蘇鎮直接向吐魯番開進，還是繼續向北到哈密附近時再折向西行，最後一致決定後者。因為從雅滿蘇直線開往吐魯番雖然近些，但途中全是沙漠，安全係數必定會降低，因此車隊還是離城鎮近點比較安全。

當行駛到離哈密不三十公里左右時，車隊開始折向西行，此時車隊的路線是一條扇形的拋物線，漸漸彎曲折向西面的吐魯番市，一旦進入直線階段，緯度就和吐魯番市相同，車隊只需照直開就能到吐魯番市。

越向西行駛，沙漠化也漸漸嚴重，沙丘上偶爾可見仙人掌和乾枯的胡楊，不時還有一些諸如：沙蛇、沙蜘蛛之類的動物在沙土裡爬來鑽去，有時還會看到形狀奇特的高大岩石立於地面，也不知道是天然形成，還是某種古代建築的遺跡。

郎世鵬讓其他車把時速從一百降到八十，後來又降到七十公里，因為在沙漠化的路面行駛，如果車輪轉動太快，容易在沙中打轉，稍低些的車速能增大車輪和沙漠之間的摩擦力，反而比高速行駛得更快。另外，在行車路線上盡量繞著沙丘，只挑沙脊走，這種地方的沙層比較實，摩擦力大，而且也不會有陷沙的危險。

走了大約一個小時，車載揚聲器中傳出史林的聲音：「俺聽到有種奇怪的聲音，好像是打悶雷似的！」坐在第一輛車的郎世鵬連忙問姜虎：「哪有什麼悶雷聲？姜虎，你聽到了嗎？」

姜虎說：「汽車引擎聲音這麼大，就算有也根本聽不清！」第二輛車中，杏麗懶懶地靠在椅背上說：「就是的，我只聽到車輪碾過沙子的聲音，哪有什麼悶雷聲？神經過敏吧！」四輛車上的人全笑了，揚聲器裡都是雜亂的笑聲。

又過了十分鐘，法瑞爾忽然坐直腰身，側耳聽了聽，對身後的杏麗說了幾句話。宋越問：「怎麼了？」杏麗也有點緊張，她說：「法瑞爾說聽到有種低頻的聲音，好像是從遠方傳來的，類似海嘯之前的聲響。」

這時姜虎和提拉潘也幾乎同時聽到一種低沉的怪聲，郎世鵬臉上開始變色，叫大家立刻停車，並熄掉引擎，眾人下車後仔細側耳傾聽，好像還真感到隱隱有種類似悶雷的聲音傳來，若有若無的，又像是種幻覺。

郎世鵬從後廂取出一架德國視得樂軍用望遠鏡扔給姜虎：「那邊有個高丘，你站上去試試能不能看到什麼！」

姜虎跑到那高高的沙丘上用望遠鏡向北方望。這望遠鏡是德國特種部隊專用的，

第二十二章　沙暴

擁有自動聚焦和夜視過濾功能。不多時，他跑回來對郎世鵬說：「離得太遠瞧不太清楚，但隱約能看見一條黃色的霧狀東西正向這邊滾動，目視大概有十幾公里寬，不知道是個啥東西！」郎世鵬臉色大變，連忙招呼大家立刻上車，杏麗在車裡探出頭問郎世鵬：「出了什麼事嗎？」

郎世鵬焦急地說：「北方好像有沙暴襲來，但範圍不大，我們要立刻上路！向西南方向開也許能躲過沙暴的範圍！」眾人聞聽都慌忙上車，車隊調轉方向，朝西南方向以八十公里的沙漠最高時速行駛，試圖逃出沙暴的範圍。

大家這時才相信史林最初的話。原來，他從小就在少林寺練功，耳力極好，比普通人的聽力要強數十倍，所以他第一個聽到沙暴聲音，其次是法瑞爾、姜虎和提拉潘三個受過特殊訓練的大兵，剩下的人都沒受過專業訓練，當然什麼也聽不到。

史林開著車落在最後，他問另外兩人：「那沙暴是什麼東西，沙漠裡的龍捲風嗎？」羅斯・高攤開雙手表示一無所知，而大江卻臉色凝重：「比龍捲風還可怕十倍！」羅斯・高是美國人，他在洛杉磯西海岸見到過龍捲風、颶風和海嘯，所以也沒把這沙暴放在眼裡，不就是一大股風沙嗎？刮過去就算了。

十分鐘過去，遠處的悶雷聲漸漸近了，所有人都聽得很清楚，杏麗從來沒到過沙漠這種地方，不由得有些害怕，她問宋越：「我們能跑出去嗎？那沙暴很厲害嗎？」

豈知那中年胖子宋越也沒到過沙漠，此刻他抖得比杏麗還厲害，邊朝北看邊說：「這個……我估計應該能的吧？」

幾分鐘後悶雷聲越來越響，似乎整個地面也在跟著顫抖，從窗外望去，只見遠處一道黃霧像黃龍似地滾滾橫掃而來，速度極快，不到兩分鐘的時間就推進了幾公里，郎世鵬是地理學家，知道這是典型的大型沙暴，他大聲道：「開不出沙暴的範圍了，大家快把車窗關上，將車體縱向靠在一起停下，快！」

大海有點沒聽懂，連忙問道：「你說什麼，怎麼停？」

郎世鵬聲音發顫：「我先把車右側對著沙暴的方向停下，車軸線與沙暴線平行，第二輛車緊靠著我停，其他人也照辦，動作要快，要快！」姜虎嚇得連忙按郎世鵬說的先把車停好，杏麗告訴法瑞爾挨著它停下，剩下兩輛車也都並肩緊挨停住。郎世鵬又叫史林、姜虎和提拉潘跳到車頂部，用車頂加裝的特殊連接桿將四輛車牢牢固定在一塊，這樣四輛車就變成了一體，再大的沙暴也沒法同時掀翻四輛沉重的越野車。

隨後姜虎和提拉潘從第二、三輛車的後廂門進入，大家閉緊車窗車門、熄掉引擎，都把頭伏在膝蓋上，只等沙暴來臨。

悶雷越滾越近，有些細小沙土開始劈里啪啦地擊打車窗，羅斯・高也開始害怕了，他伏著身體問：「車窗會不會被打碎？」大江抱著頭說：「不會，這車窗是防彈

第二十二章　沙暴

鋼化玻璃！」羅斯・高說：「那……那我們還抱著腦袋幹什麼？」

史林生氣地道：「你要是不害怕就不抱！」

羅斯・高慢慢鬆開雙手、直起腰，只見車窗外已經是黃灰一片，車窗被沙粒不停撞擊，響聲連續不斷，幾乎什麼也聽不清，羅斯・高靠在椅背上吐了口氣，表情輕鬆地說：「看來只要我們的車不被風吹到天上去，我們就死不了，喂，我說你們別那麼緊張好不好，我看這沙暴也沒……」

他話沒說完，突然一塊大石「砰」地猛砸在他耳邊的車窗上，羅斯・高嚇得立刻抱住腦袋，這輛車處在最裡端，相對而言應該是比較安全的，因為沙暴的直接打擊點是第一輛車，但即使這樣，也把車內的三人嚇得夠嗆，那法國人法瑞爾也沒見過這陣勢，嚇得他埋頭躲在座椅上。

緊接著又聽見四周傳來像鬼叫似的聲音，聲音忽高忽低，聽上去令人不寒而慄，羅斯・高顫聲道：「這是什麼……什麼聲音？」還沒說完，又覺得車身猛震、左右亂顫，好像有個大力士正在用雙手抓住車身不停地搖晃，同時鬼叫聲越來越大，聲音包圍整個車體，前後左右似有千百個鬼魂正圍著車打轉，羅斯・高嚇得開始大叫：「什麼聲音，是不是有人來了？我們是不是被鬼纏上了？」

史林生氣地大聲道：「閉嘴！」汽車越震越厲害，忽然車尾高高揚起，好像要翻車，羅斯・高、史林和大江都脫口驚叫，車尾揚起後又重重砸下，三人險些把骨頭都墩散了，羅斯・高嚇得直帶哭腔：「這哪是什麼沙暴？肯定是有鬼纏上我們了，我們得離開這裡，要不然都會被鬼殺死的！我要離開！」說完，他從座椅底下鑽出來，掙扎著就要去開車門。

大江嚇得大驚失色：「回來！你瘋了？別開車門，我們會被捲出去的！」連忙站起來去拽，可車身不停顛簸，他連站起來都很困難，好容易直起腰又摔倒在地，那邊羅斯・高已經爬到車門處，將手抓在車門柄上，大江見他想攔住羅斯・高是很難了，氣喘吁吁地對史林大喊：「快……快阻止他，他會害死我們！」

史林哪還用他告訴，早就雙手一撐椅背，身體落在羅斯・高背後抓住他衣領。

此時羅斯・高也已經按下了車門柄的開關，就在這一瞬間，車門忽的一聲被拽開，巨響震耳欲聾，三人的耳朵立刻嗡嗡作響，什麼也聽不到了。原來，沙暴那強大的力量早把車門刮開，無數沙土礫塊互相撞擊著捲進車內，沙暴以每秒鐘三十多米的速度瘋狂前進，並在車門處形成高壓氣流，羅斯・高還沒反應過來，就覺得身體像被一個巨大的吸盤給吸住，不由自主地飛向車外，他大叫一聲飛了出去。

史林正揪著羅斯・高衣領，還沒等他發力往回拽，卻被一股強大力量給帶了出去，他畢竟在少林寺練過十幾年功夫，身體靈活，在身體飛出的同時伸出左腿勾住前

第二十二章　沙暴

面的座椅，然後左手拽住車廂頂部的拉手，右手還牢牢地揪住羅斯・高的後衣領，兩人的身體在沙暴強大吸力的作用下都在半空中懸著，同時還不停地劇烈晃動，羅斯・高更是被裹在無數飛速刮過的風沙中。

這時只要史林一鬆手，羅斯・高立刻就會捲進沙暴裡消失得無影無蹤，羅斯・高嚇得想張嘴大叫，可沙土馬上封住他的頭臉和嘴，他緊閉雙眼和嘴巴，雙手雙腳在空中亂抓亂舞，好像在尋找一根救命稻草。

大江緊緊地抱著座椅不敢鬆手，他眼睛勉強睜開一條縫，看到史林和羅斯・高的處境，嚇得他倒吸涼氣，想要上前相助，可那沙暴實在太大，自己上前也只能被捲跑。史林的眼睛也被沙暴迷住完全睜不開，他咬緊牙關，右手使勁慢慢往回拉羅斯・高，忽然從手上傳來嗤嗤的感覺，原來是羅斯・高的衣領在力扯之下被撕開了個口子。

衣服一旦被撕開就壞了，破口越拉越大，史林奮力伸出支撐地面的右腳去勾羅斯・高的胳膊，同時張嘴大叫：「抓住我的腿！」可沙暴巨大的聲響蓋過一切，連史林自己都聽不見自己嘴裡發出的聲音，其實羅斯・高哪裡還用他提醒？此時的他就像是溺水將死的人，抓到什麼東西都會死命抱住，他立刻摟住史林的右腿，這時史林感到右手上的力道猛然消失，定睛一看只有半片衣領攥在手裡，原來羅斯・高的衣領終於被他給扯掉了。

羅斯・高抱到了史林的右腿，反而比剛才安全得多，史林左腿勾著座椅背，雙手牢牢抓住車廂頂的把手，手背上青筋暴起，捏得超硬尼龍製成的車廂頂把手咯咯作響。

沙暴還在肆虐著，狂沙鋪天蓋地怒吼不停，似乎要把地面整個掀翻，忽然一塊大岩石被風沙捲著飛來，剛好打在史林腰上，人的力量全從腰上來，這岩石其實並不算大，但沙暴的速度驚人，每秒鐘有幾十米，這岩石就像炮彈似地砸中史林，史林大叫一聲雙手鬆開，他和羅斯・高兩人就像斷了線的風箏被吸捲入沙暴中，如泥牛入海，頓時無影無蹤。

大江蹲在車角落看得真切，他心裡一沉，暗道完了，這兩人的命算是沒了，用不了五分鐘，他們就會被深埋在幾十米深的沙土之中，想挖都挖不出來。這兩人一個是武術高手，一個是語言天才，失去他們真是巨大損失。

正在大江頓足惋惜時，卻聽沙暴狂吼聲小了很多，抬頭仔細看去，只見車門外狂沙開始減緩，漫天的昏黃也似乎變淡了，不一會兒，竟然可以透過風沙看到光線射進來。大江躲在車門旁邊，心頭狂喜，暗自禱告道：快停下來吧，快停吧！

這沙暴來得快，去得也快，現在已是強弩之末，不到兩分鐘的時間，風沙漸漸慢

第二十二章　沙暴

下來，打在車窗上的聲音也開始清晰可聞，向外張望，勁風捲著黃沙漫天飛舞，太陽只是個昏黃色的圓盤，倒有些像暴雨來臨之前的狂風大作之勢。

又過了五分鐘，風沙完全停止。

大江撥了撥頭髮裡的沙土，抖了抖身上的沙粒慢慢直起腰，見車門外的沙土比之前高出一大塊，已經快淌進車裡，他將頭探出門外，只見空氣又恢復了透明度，太陽光刺眼地照射下來，天色湛藍、白雲朵朵，除了空氣中飄過的灰塵，似乎剛才什麼都沒發生過。

他縮頭縮腦地慢慢走出車門外，踩著厚厚的沙土，謹慎地看了看四處，只見這四輛豐田越野車都半陷在沙土中，車頂也落著厚厚的沙子，活像一堆出土文物，他沒工夫多想，趕緊跑幾步來到其他車子窗前，砰砰砸後車玻璃。

第二十三章　少林閉氣功

第一輛車的車門開了，郎世鵬踩著沙子走出來，見大江滿頭滿臉都是沙土，忙問：「怎麼回事，沙暴不是停了嗎？」這時另兩輛車的後廂門也被推開，提拉潘和姜虎同時鑽出來。

大江焦急地說：「史林和羅斯・高兩人被沙暴給捲跑了！」

幾人一聽都嚇得夠嗆，郎世鵬幾乎不敢相信：「什麼？史林和羅斯・高被沙暴捲跑了？這怎麼可能？」大江連忙把剛才發生的事簡單說了幾句，郎世鵬又驚又氣，連忙命令大江和提拉潘先去兩人失蹤的方向尋找，大海和田尋則爬上車頂將固定栓解開，姜虎、法瑞爾和大海猛踩油門，可車在沙堆裡陷得太深，一時間根本開不出來。

郎世鵬大聲道：「大家都從後廂門出來，快去先找史林和羅斯・高他們！」除杏麗以外的人都由後廂門爬出來，王植扔給每人一把軍用工兵鏟，大家急忙向史林和羅斯・高消失的方向跑去。

跑出兩、三百米時，大江問：「老大，我們得跑多遠啊？要是他倆都埋在沙土下面，那我們也不知道他們準確的位置，總不能四處亂挖吧？沙漠這麼大。」郎世鵬氣

第二十三章　少林閉氣功

喘吁吁地說：「先找找看能不能發現……發現他們的蹤影。」

這時田尋忽然想起了什麼，他提起掛在脖子上的無線對講耳機對郎世鵬說：「他倆是不是也把這無線對講耳機掛著呢？那對講耳機裡裝有微型跟蹤器！」王植也一拍大腿：「對啊，這一著急都忘了！」當下讓姜虎和提拉潘跑回車隊取來GPS定位儀，郎世鵬接過來打開搜索功能，幾秒鐘後彩色顯示屏上立刻有十幾個紅點不停閃爍。

王植又讓大家把脖子上的無線耳機開關全都關掉，顯示屏上只剩下兩個紅點還在閃，距定位儀的中心點只有不到一百米距離。大家馬上調整方向來到紅點閃爍的區域，見這裡只有大片起伏的沙丘，別說人影，連螞蟻也沒有半隻。姜虎拎著工兵鏟問：「怎麼樣，挖嗎？」

郎世鵬一揮手：「挖，大家一起動手，快！」

八個人同時操起工兵鏟開挖，那法瑞爾聽不懂大伙要幹什麼，見眾人都在挖沙土，於是也在旁邊一鏟一鏟地掘，只是動作很慢，看來根本沒打算出什麼力。郎世鵬繼續放大定位儀的顯示比例，隨時校正紅點位置。

人多力量大，一時間工兵鏟此起彼落，沙土四揚，不多時就挖了一個大沙洞，可什麼也沒找到。

王植和宋越是中年人，平時也沒怎麼幹過活，很快就累得滿頭大汗，尤其是宋越，他身體肥胖，平時喘氣都費勁，現在更是累得要死，郎世鵬讓他們倆在一旁歇著，剩下六個年輕勞力繼續開挖。

姜虎邊挖邊問：「這位置對嗎？怎麼什麼都看不到。」大海說：「是不是埋得太深了？要是那樣的話，別說憋死，就是壓也早壓死了！」郎世鵬連連按動定位儀，見螢幕上的紅點和定位儀的綠點幾乎重疊在一塊，他堅決地說：「位置就在這裡，快再挖！」

大江身強力壯，用力揮動工兵鏟挖沙土，的確是幹活的好手，田尋對他說：「大江哥，下鏟的時候輕點，這工兵鏟很鋒利，要是鏟到了他倆的腦袋就壞了。」

大江把眼睛一瞪：「不使勁怎麼挖啊？啥時候能挖到人？」話音剛落，就聽提拉潘舉著工兵鏟叫道：「你們看，鏟子上面有血跡！」大家仔細一看，果然見他手裡的工兵鏟頭上沾了些鮮血，看來是鏟到了活物。郎世鵬很激動：「別用工兵鏟，改用手挖，免得傷了人！」

六個人雙手齊動，像六隻土撥鼠刨沙，不多時就發現一條胳膊露出沙面，手臂上還有傷口。大家精神一振，再奮力刨挖，不多時又露出一個光頭，眾人大喜：這再明顯不過了，肯定是羅斯・高。

第二十三章　少林閉氣功

大伙七手八腳地把羅斯・高從沙土裡挖出來，只見他緊閉雙眼、臉憋得鐵青，五官也像包子似地擠在一起。王植伸手探探鼻息，似有似無，再用食指搭在他寸關尺上，隱隱還有脈搏鼓動，說明人還有氣。

郎世鵬讓大家把羅斯・高平放在沙地上，其他人繼續去挖史林，他則跪在羅斯・高身前，雙手互叉在他胸口用力捶擊。

大江看得奇怪，就問：「老大，你這是在搶救他？還是想打死他？」

郎世鵬不理會他，擊打了十幾下後，羅斯・高忽然上身猛地痙攣，劇烈咳嗽起來，郎世鵬和王植連忙讓他臉朝下，羅斯・高從嘴裡、鼻孔裡噴出不少泥沙，原來這些泥沙從鼻孔進入，淤堵在他喉嚨裡造成了暫時性窒息，而郎世鵬捶擊的力量在他胸腔內形成瞬間強氣流，氣流把塞在羅斯・高喉嚨處的泥沙給頂了出來，這道理其實很簡單，就和工人疏通下水道差不多。

王植從醫藥箱裡取出酒精和繃帶給羅斯・高包紮手臂的傷口。就在這時，那邊大伙也挖出了史林，史林臉朝下被埋在沙中，翻過來一看，見他緊閉雙眼、雙手握拳，臉色如白紙毫無血色，身體也僵硬得跟木頭人似地，不知道是活著，還是死了。大家登時心涼半截，姜虎頓足道：「完了，這哥們被沙土給活活壓死了！」

郎世鵬連忙來到史林跟前蹲下，先用手探探他鼻息，毫無動靜，再摸他手腕上的脈搏，也是絲毫不跳，郎世鵬臉色大變，連忙探進他衣服裡摸左胸膛心臟處，根本沒有半點動靜。郎世鵬用力在地上一捶：「倒霉，還是晚了一步！」

大家聽郎世鵬這麼說，就知道史林是徹底沒救了，一個身強力壯的大活人就這麼被沙漠給活活埋死，眾人都心下黯然、默不作聲。

姜虎對史林印象不錯，見他已經死了，心裡也有點不太得勁，於是對提拉潘說：「咱們倆把他抬回車隊去吧，好歹也給他換身乾淨衣服。」說完，就彎下腰去抬史林的頭。

提拉潘則走過去要抱史林的腳，正在這時，突然史林那緊閉的雙眼猛然睜開，姜虎正彎腰捧著他的頭，乍一見史林那對銅鈴似的大眼睛直瞪著自己，嚇得他媽呀一聲怪叫，彈身後退好幾步。姜虎平生最怕鬧鬼，嚇得他臉色發白，指著史林大叫：「詐屍了！」

大家不明白怎麼回事，也都嚇得往後直退。郎世鵬雖然不信鬼神，但也沒敢上前去看，卻見史林緩緩吸了三口氣，每一口氣都極慢，足有十多秒鐘之久，臉色也像變戲法似地由蒼白轉紅潤，緊握的雙拳也慢慢鬆開了。

周圍大伙看得直愣，姜虎壯著膽子上前半步，問：「你……你是活著，還是死了？」

第二十三章　少林閉氣功

史林瞪了他一眼：「誰死了？你存心想俺死是咋的？」

他這濃重的河南口音讓大家都鬆了一口氣，因為在人的潛意識裡，鬼說話似乎不該操著方言……

卻聽姜虎叫道：「閉氣功，你用的是閉氣功！」史林咧嘴一笑：「俺在少林寺學了十幾年，這點小功夫不算啥！」大家都恍然大悟，可郎世鵬還有點不放心，問道：「你……你身體沒什麼事吧？」

史林卻沒回答郎世鵬的話，左右找著什麼，撇眼看見羅斯・高坐在旁邊的沙土上，王植正給他包紮傷口，史林臉上變色，怒沖沖地走到羅斯・高面前，猛伸手揪住他脖領，從沙土地上提了起來。

羅斯・高是美國人，身材高大，和史林的個頭差不多，但史林雙臂高舉，居然硬生生讓羅斯・高兩腿懸空離地，可見其臂力驚人。

羅斯・高剛剛緩過來點，立刻被衣領勒得喘不過氣，他雙手亂揮，叫道：「快放開我，你要幹……幹什麼……」

史林怒道：「幹什麼？俺差點被你這美國佬給害死了，你小子不知道，啊？」聲音提高了八度。羅斯・高臉被勒得通紅，他雙手抓住史林的胳膊用力扭，可根本無濟於事。旁邊的王植連忙上去勸阻：「我說史林小兄弟，有什麼說好話嘛，快把他先放下了！」

史林正在氣頭上，根本沒聽他的，羅斯・高覺得開始陣陣迷糊，他飛起一腿猛踢史林肚子，史林也不躲，輕吐口氣，「嘿」的一聲，肚子肌肉繃緊，羅斯・高就感到像踹在了橡膠上，腳脖子差點扭傷，這下更難受了，他雙腿亂踢亂蹬，眼看著就要昏迷。

郎世鵬快步走到史林跟前，把臉一沉，道：「史林，有什麼話先把他放下再說！」史林見郎世鵬開了口，怎麼說人家也是領隊，多少得給些面子，他強壓怒火，雙臂輕輕一振，羅斯・高飛出兩米多噗地摔進沙子裡，碰巧那堆沙子又軟又厚，幾乎都看不到羅斯・高的人了。

王植跑過去把羅斯・高扶起來，他連連咳嗽吐出嘴裡的沙土，又喘了好幾口氣，猛衝向史林大叫道：「你這個傢伙想幹什麼？想殺人是嗎？給我槍，我要打死他！I will kill you!」姜虎和田尋連忙上前將他扭住，過了好半天，雙方才勉強克制住激動情緒。

郎世鵬問史林：「究竟是怎麼回事？」史林餘怒未消，把剛才羅斯・高非要開車門的經過講了一遍。這下大伙才明白，原來羅斯・高以為是被鬼纏身，所以想開車門逃跑，結果兩人差點就埋死在沙漠之中。

第二十三章　少林閉氣功

郎世鵬全明白了，他生氣地對羅斯・高說：「你這美國佬怎麼這麼迷信？你們兩條命差點沒了知道嗎？如果不是沙暴停得早，我們就是把整個沙漠翻過來，也挖不出你們來！」

羅斯・高呼呼喘著氣、翻翻眼珠，自覺理虧，也沒說什麼。

田尋看了看左右，有些擔心地問：「這沙暴太厲害，我們還是快回車隊吧，要不然一會兒再來陣沙暴，把我們都給捲跑了！」大家也都附和稱是，郎世鵬搖搖頭：「不必擔心，這沙暴其實就是發生在沙漠地帶的颶風，而颶風都是一陣的，絕無連續之理，所以在兩、三天內都不用擔心再遇到沙暴，不過這裡是沙漠腹地，地表沒有任何可以阻止沙暴的東西，因此我們還是盡早離開這個危險地區。」他見大家都算平安無事，於是讓眾人都打開脖子上的耳機電源開關，忽然從耳機裡傳來杳麗急促的喊聲：「呼叫，呼叫！快救命、救命啊……」

大家俱是一驚，田尋說：「怎麼了？車隊那邊好像出事了！」郎世鵬連忙揮手：「大家快回去！」眾人連忙向車隊方向急跑，視線中還沒出現車隊的影，耳邊就聽到砰砰不斷的槍聲，大家連忙加緊腳步奔跑，等跑到豐田越野車附近時，不禁都大驚失色。

只見四輛越野車周圍著幾十隻巨大的黑色六腳甲蟲，前端還有兩隻像牛角似的尖螯，這些甲蟲呈長圓形，身後都背著圓殼，甲殼上油光珵亮，每隻都有小型浴缸那麼大，此時正圍著越野車不停地用尖螯撞車身，發出砒砒聲響，車裡的杏麗嚇得高聲尖叫，正探出頭來用手槍朝那些大甲蟲連連射擊，幾隻甲蟲被打得吱吱亂叫，稍微退了退，立刻又都湧上來。

大家哪見過這種東西？一時都嚇呆了，法瑞爾迅速拔出他那支西格爾P228手槍，左手順勢將子彈上膛就朝一隻甲蟲射擊，砰砰砰三槍都準確擊中甲蟲後背的圓殼，那隻甲蟲吱吱亂叫似乎很疼，從甲殼上彈孔中噗噗湧出黑色的液體。其他有配槍的人也都回過神來，連忙拔槍開火，四支手槍打得這群甲蟲叫聲連天、紛紛散開，把兩隻尖螯往沙土中一插，迅速鑽進沙堆裡蹤影不見。

姜虎跑到第二輛車前，拉開車門問道：「老闆娘，妳沒事吧？」杏麗驚魂未定，雙手緊緊握著九二式手槍，臉上滿是驚恐的表情。郎世鵬也過來問：「杏麗，妳受傷了嗎？」杏麗搖搖頭，喘著氣說：「我……我沒事。」

她隨即又怒道：「我呼叫了半天，你們為什麼現在才回來？」王植說：「我們剛才為了尋找史林和羅斯・高，所以暫時關閉了無線對講機，可沒想到在這當口就出了事。」杏麗餘怒未消，問：「那些蟲子又是什麼東西？」

郎世鵬也有點頭皮發麻，他說：「我也不知道那些究竟是什麼生物，從來沒見

第二十三章　少林閉氣功

過！」回頭問王植，因為他是生物學家：「你見過剛才那些大甲蟲嗎？」王植努力地在大腦裡搜索自己這幾十年接觸到的所有知識，半晌之後，也搖搖頭道：「我也沒見過。也許是沙漠中特有的物種，也許是些變異個體，並不能代表一個種群。」

姜虎哼了聲：「什麼個體、種群的，聽不懂你那麼多文辭，但我知道肯定不是什麼好東西，也許專吃人肉呢！」杏麗畢竟是女人，早就被嚇得渾身發抖、六神無主，她焦急地道：「你們先別研究那些鬼東西了，我們快上車離開這裡！」郎世鵬說：「大家檢查一下車輛情況，如果沒有問題就趕快上車出發，此地不可久留！」

眾人開始上車檢查引擎和車內的對講系統，一切正常。這豐田越野車經過了特殊改造，外面噴塗的都是特種防彈塗層，車玻璃也是強化防彈玻璃，剛才那陣巨大沙暴將車漆刮得都是劃痕，卻並沒讓車受到什麼大的損傷，尤其是最後那輛車，雖然被羅斯・高啟開了車門，又在沙暴中被狂沙洗禮，卻並沒有任何損傷，只是沒有特種塗層的車門裡面皮子被沙石刮得破爛不堪，還好不影響車門的開閉，也就湊合不管了。

幾人用鐵鏟把車輪下的沙土清理開，上車發動引擎緩緩開動。首車裡的姜虎和提拉潘問：「老大，我們現在的位置在哪裡？」郎世鵬指著手中的GPS定位儀：「我們已經偏離了原定路線，現在的位置在雅滿蘇鎮和五堡墓地之間稍微偏北一點，再向北面就是回王陵遺址了，我們要先向北二十公里，然後再折向西開，直達吐魯番盆地北緣。現在是下午兩點，此地離鄯善縣有四百公里，我們用一百公里的時速行駛，爭取趕在天黑之前到達鄯善縣郊。」

校正路線後，車隊開始向北全速行駛。

到了中午，車隊停下來吃飯，今天的氣溫好像比昨天涼爽些，但還是曬得大家頭腦發暈，透過酷熱的空氣遠遠望去，遠處的景物似乎隔了一層雨淋的玻璃，又像在蒸氣中，腳踩在厚厚的沙中陷進足有兩、三寸。

大家分成幾伙各自聊天吃午餐，吃過飯後有二十分鐘休息時間，田尋和姜虎坐在汽車旁吃牛肉乾，史林從面前走過，老遠就聞到正宗新疆牛肉乾那股特有的孜然香味，不由得嚥了口唾沫。田尋笑嘻嘻地扔給他半袋牛肉乾，史林接過牛肉乾，嘿嘿笑著大嚼起來。

史林和姜虎、田尋、提拉潘比較談得來，大江、大海哥倆自然是總在一處，剩下幾個中年專家湊到一起談天，杏麗懶懶地不願下車，獨自留在車上打盹，法瑞爾性格古怪，遠遠躲到旁邊去喝水，羅斯・高似乎對法國佬很有興趣，總是有一搭無一搭地和他說話，而法瑞爾根本不願理他，問十句也回答不上半句。

第二十三章　少林閉氣功

空氣像下火似地炎熱，提拉潘乾脆脫掉抗輻射外衣，露出一身虯健結實的古銅色肌肉，說來也怪，他穿著衣服時顯得身材普通、個頭偏矮，可一打赤膊就立刻顯得健壯無比，像頭野牛似的。

第二十四章 意外發現

一看他脫光了膀子，史林也受傳染脫掉外衣。他身材高大，肌肉更是發達，簡直就是尊鐵塔，姜虎笑著說：「你們倆這是要在沙漠裡練健美嗎？可惜沒有女人欣賞啊，哈哈！」史林笑著去扒他的衣服：「你也當過兵，咋像個大姑娘咋的？快也脫了，讓大伙瞧瞧你練得咋樣！」

姜虎也不示弱，嘩地脫掉外衣，論身高他還在史林之上，可身上的肌肉並不太豐隆，但隆起的肌腱像一層盔甲似地包在身上，史林和提拉潘從小就練外功，深知武警和解放軍特種兵都是這種偏瘦的肌肉形體，他們不重肌肉的線條美，只練硬功，三個健美先生在沙漠中互相嘻笑，田尋則在旁邊指手畫腳打趣，惹得杏麗將頭探出車窗，邊看邊在心裡暗笑。

忽聽郎世鵬大聲道：「快都給我穿上衣服！這是沙漠地區，紫外線強烈，幾十分鐘就能把你們的皮膚曬爆，快穿上！」三人吐了吐舌頭，連忙穿好上衣。

第二十四章　意外發現

吃過飯後給大家二十分鐘活動時間，為的是舒展一下久坐車的筋骨，為了防止大家走散，郎世鵬將頭戴式對講耳機分發給眾人，說：「這種對講耳機是最先進的，憑藉裝在越野車頂的衛星發射器接收信號，有效範圍十公里，如果直線距離內無障礙物還會更遠，並且每個對講耳機上都裝有定位器，可以在掌上GPS定位儀上隨時顯示。我要求你們在車裡時可以把耳機掛在脖子上，一旦離開車輛就必須佩戴，以防有意外情況聯繫不上。」大家都點點頭。

田尋因為吃了暈車藥，腳下有點像踩了棉花似的，很不太舒服，於是趁這難得的機會多走動以緩解暈車的感覺，他先把對講機別在耳朵上，然後信步朝四外走去。

除了不停刮過的熱風之外，沙漠裡還是挺安靜的，太陽光就像千萬把利劍無情地投向這片沙漠，腳下都是被太陽曬得滾燙的沙土和礫石，田尋彎腰撿起一塊花崗岩，險些沒把手掌燙熟，他連忙扔掉，看來如果在這裡居住，做煎雞蛋應該能省下很多柴，只需找塊平坦的石頭就行了。

當他溜達到郎世鵬休息的那輛車附近時，聽見郎世鵬正在用衛星電話談著什麼，隱約聽見大概是在問近幾天吐魯番地區和哈密地區是否有沙暴。正在田尋想轉身去沙丘那邊逛逛時，卻聽得身後隱隱傳來郎世鵬說話的內容：「有兒子的消息嗎……我們大概……還得幾天到……也許早……一有他的消息……馬上通知……」

田尋不由得停住腳步，心裡納悶：什麼兒子的消息，是我聽錯了？正在疑惑時，姜虎從旁邊走過來，拋給他半袋從雅滿蘇帶來的牛肉乾，大聲道：「瞎轉什麼呢？那邊有個很大的沙坑，走，一塊過去瞧瞧！」

田尋接住牛肉乾，口裡應了聲，下意識回頭去看郎世鵬那輛車，剛巧看到郎世鵬的頭探出車窗也正在看他，田尋假裝成若無其事的模樣，笑著跟姜虎走開。

兩人來到一百多米外的地方，果然這裡有個巨大的沙坑，看來是沙暴刮過的傑作，坑足有五十多米深，裡面像個巨大的漏斗，越往下越細，姜虎打趣說：「我敢保證你要是掉進去沒半個小時爬不上來。」田尋說：「可不是嗎？這沙子又鬆又軟，要是一不小心掉下去，再想爬上來可太難了。」一陣風刮過來，田尋怕眼睛被小沙粒迷住，連忙轉身彎腰躲過風沙，腳底下卻不小心滑倒，直溜向沙坑。

田尋大叫哎呀，姜虎手疾眼快地伸手抓住他的後領，用力把他提上來，田尋狼狽地爬起來，身上到處都是沙子，姜虎哈哈大笑，幫他拍落身上的沙土。正在這時，對講機裡傳來郎世鵬的聲音：

「出什麼事了嗎？我聽到有人在叫。」

田尋用手指按著對講機上的按鈕答道：「沒事！剛才我在沙坑邊摔了一跤。」

「沒事就好！你們回來吧，我們該上車趕路了！」兩人聞言連忙趕回車隊，大家

第二十四章　意外發現

整裝上車，繼續向西方行駛。

到了下午兩點，乃是一天中最熱的時候，放眼四周全是光禿禿的沙漠，偶爾出現幾株胡楊樹。太陽在頭頂毒辣辣地曬著，連空氣似乎都被烤焦了，遠處的景象都扭曲得好像隔著層蒸氣。車窗緊閉還開著空調，但仍然阻擋不住沙漠熱浪的襲擊，大家都熱得頭暈眼花，只有不停地喝水解熱。

田尋問：「車裡明明開著空調，怎麼還這麼熱？」王植說：「現在是下午兩點，是夏日太陽最直射的時候，而且還是九月份，在新疆只有到了十一月才能涼爽。不過我們應該高興才對，如果趕上七月份來新疆沙漠，我們的車恐怕都得被曬得融化了。現在外面的空氣溫度最少也有四十度以上，高溫從汽車的金屬外殼傳導進來，比空調壓縮機的製冷速度還要快。」

大海罵道：「真他媽的會挑時候！為什麼偏偏在九月份來新疆？這不是活遭罪嗎？」

王植也笑了：「一般旅客來新疆都會避開五到十月之間，因為新疆的這幾個月奇熱無比。但我們是為了科學考察，因為十月份郎老闆要和林氏集團聯合舉辦一次大型的西亞文物拍賣會，還要出一本全球同時發行的新疆遺址科學雜誌，所以我們才會在九月來新疆。」大海聽後哼了聲，嘴裡小聲嘟囔著發牢騷。

第二輛車裡的杏麗坐在駕駛員後座，邊喝礦泉水、邊發牢騷：「真不知道是哪輩子作了孽，竟然要到這種鬼地方來受罪！」

坐在副駕駛位置的宋越本來就胖，在這種環境下更是遭了洋罪，不停地流汗如雨，他用手帕擦著汗說：「這沙漠是世界上地形最簡單，同時也是最複雜、最惡劣的地方之一。」

杏麗不解地問：「什麼意思？為什麼是最簡單、又最複雜？」

宋越深呼了幾口氣說：「說它簡單，在沙漠腹地裡除了沙子幾乎什麼都沒有，就像現在我們所處的這個環境；說它複雜，這裡的氣溫常年在四十度以上，地表溫度最高時可達八十，毫無防護措施的人在這種地方，兩小時內身體就會散失四分之三的水分，五小時內就會休克而死。」

杏麗點了點頭。這時從車載揚聲器裡傳出郎世鵬的聲音：「宋先生說得沒錯，而且沙漠中看似平靜，其實卻隱藏無數未知祕密，沙漠地底藏著數不清的特殊生物，還有沙暴、颶風、海市蜃樓，而且白天溫度極高，夜間卻寒冷無比，這對人類來說都是致命的。」

第二十四章　意外發現

聽了兩位專家的講述，杏麗覺得心灰意冷，對這趟新疆之行更加厭惡。

第一輛車裡的提拉潘坐在姜虎後面的座位，透過車窗向外看風景。遠處出現了一片起伏的石山，成片光禿禿的白石頭放眼看不到頭，也不知道形成幾千年了。這片區域屬於沙漠深處，除了茫茫的黃沙其他什麼都沒有，忽然出現一大片石山在沙漠之中，顯得十分突兀。

忽然，提拉潘看到在一片石壁上好像有個石門似的東西，他連忙舉起望遠鏡，遠處的景象頓時清晰地出現在望遠鏡視野中，這架德國視得樂望遠鏡有自動聚焦和測距功能，性能極佳，在望遠鏡的圓形區域內看到在一座高大的石壁上果然有扇石門，門兩側似乎還有雕像，他連忙道：「郎先生你看，在那石山裡是什麼？」

郎世鵬順他手指的方向看去，因為距離那片石山有幾公里遠，什麼也看不清，於是他問：「你看到什麼了？」

提拉潘邊看邊說：「是大片的石頭山，其中一片石壁上好像有座石門，看上去像……像個什麼古代遺跡的入口……左右還有石像，但看不清是什麼東西。」郎世鵬頓時也來了興趣，接過望遠鏡順方向看去，果然和提拉潘描述的差不多，他不由得疑惑起來：「好像是個人工開鑿的石門……奇怪，這附近沒聽說有什麼古代遺址啊！」

姜虎握著方向盤問道：「怎麼，我們要過去看看嗎？」

其他車的人透過揚聲器聽到了兩人的談話，都透過車窗向石山處用望遠鏡張望，第二輛車裡的宋越，第三輛車的王植和田尋也來了精神，尤其是宋越，他是古建築學家，對這種遺跡有著濃厚的興趣，他立刻對身後的杏麗說：「杏麗女士，我們過去看看吧？」

杏麗此時心情不佳，沒好氣地回答：「還是不要管那些沒用的東西。」宋越此時滿腦子全是對遺址的渴望，也沒發現杏麗的神色，接著說道：「杏麗女士，我們能不能開到那附近去看一看，我看那扇石門似乎有些十五、六世紀伊斯蘭的風格。」

杏麗本來不想同意，可又見宋越說得誠懇，也不太好駁他的面子，畢竟人家是自己花錢請來的專家，於是勉強答應車隊開向那片石山去看看，於是車隊折向左面，朝石山處駛去。

車越開越近，宋越在車上一直用望遠鏡觀看著，大約駛了五公里左右才來到這片石山附近。大海透過對講機說道：「真他媽奇怪，剛才從遠處看這片石山最多也只有兩、三公里遠似的，怎麼又變遠了呢？」宋越說：「沙漠中的空氣裡水蒸氣含量極少，空氣也相對比較透明，如果空氣透明度過高時，人的視野也變得極佳，所以人眼睛的距離感會不自覺縮短。」

車隊一直開進石山腹地裡，在那片開有石門的石壁前五十米處停下，大家都下車

第二十四章　意外發現

朝石壁走去，只有第二輛車裡的杏麗和法瑞爾沒動，法瑞爾用法語問杏麗：「我們這是要幹什麼?也是任務中的一部分嗎?」

杏麗也用法語回答說：「不是的。他們在這片石山發現了一座石門，都來了精神要去看看，你怎麼不去?」

法瑞爾雙手一攤：「我對這些東西沒有任何興趣。我只想快點到達目的地，完成任務後拿到自己的酬金，然後回法國，就這麼簡單。」

杏麗打了個呵欠：「隨你的便。」

法瑞爾平時不多言、不多語，現在卻來了聊天的興趣，他對杏麗說：「像妳這麼漂亮的女人，為什麼要跟著一群男人來這種地方?」

杏麗滿沒好氣：「我也不知道為什麼要來這種鬼地方!又為什麼讓我做這個無聊的領隊?」法瑞爾問：「我們要找的那個人是妳的仇人嗎?」杏麗說：「是我丈夫家的仇人，不是我的。」

法瑞爾笑了：「妳丈夫讓自己漂亮的妻子跑到這麼遠的地方，辛苦地找他的仇人，太不公平了。」杏麗本來就不太高興，被他這麼一拱火，心裡更生氣了：「我有什麼辦法?」

法瑞爾問：「妳的丈夫很有錢嗎?妳很怕他?」杏麗說：「他的確很有錢，但那都是他爸爸賺來的，我不怕他，只不過很多事情還必須得聽他的。」法瑞爾撇了撇嘴，表現出十分同情的樣子，說：「男人都是這樣，總是希望女人成為自己的附屬品，其實女人最討厭的就是依附在男人身邊，她們都渴望能夠獨立。」

這話說到了杏麗的心坎上，她沒想到這個沉默討厭的傢伙居然也會聊天，對他說：「你還挺了解女人的呢！對了，你結婚了嗎？」

法瑞爾說：「我是個職業殺手，不合適結婚。」杏麗笑了：「你長得這麼帥，身邊肯定少不了女人吧？法國人可都是很浪漫的。」法瑞爾問：「妳怎麼知道？」杏麗咯咯嬌笑：「我在巴黎商學院讀過五年，對法國男人我可太熟悉了，他們都是天生的情場老手。」

法瑞爾也笑著搖頭：「也許我是個例外吧！」

兩人越聊越投機，那邊郎世鵬等人已經到了石壁處。

這片石山都是由圓禿禿的石頭組成，石頭相當光滑，看來一半是天然造就，另一半由沙漠風沙洗禮而成，太陽光照在光滑的石頭上反射回來，感覺相當地刺目。

宋越晃著肥胖的身軀來到石壁前，似乎也忘了炎熱無比的天氣，一溜小跑到了那

第二十四章　意外發現

石門前，其他人也隨後走到，只見這石門是在一塊巨大的石壁上開鑿出來的，門是典型伊斯蘭風格，呈上尖下方的彈頭形，中間有細縫，似乎可以對開，門上雕刻了一個長鬚高冠的高大人物，此人左手持劍，右手舉著一條昂首吐信的毒蛇，腳下則有很多跪拜的人，似乎這人地位極高。

石門緊緊地閉著，中間有條細縫，左右各有兩面斜梯形的牆，牆的基座很寬，而越往上越窄，最上面盡頭處各站著一隻石雕的神鳥，約有公雞大小，像中國神話中的鳳凰，左右兩隻對稱相同。

牆左面堆積了大量沙土，右面卻十分乾淨。斜梯牆的左右外側各有一尊高大的雕像，左面是個四不像似的怪物，馬身上長著人頭，後面還有孔雀尾巴，很是古怪；右面是一個身材高大的男人身軀，全身赤裸、肌肉虬結，只在腰間圍了一塊布，腦袋卻是狼頭的樣子，豎直的尖耳、長嘴，腦後披著長長的鬃毛，十根手指都是尖利長爪，在烈日下顯得十分猙獰可怕，大家站在這狼頭人雕像面前，心裡都有點發毛，也許是這雕像雕刻得太逼真，似乎隨時都有可能活過來，揮動利爪掏出人的心臟。

大家看得有些身上發毛，雖然在這沙漠中十分炎熱，卻似乎感到一絲寒意，都很忌諱站在這狼頭人雕像前，連忙遠遠躲開。

羅斯・高則瞪大了眼睛，一面讚嘆，一面掏出數位攝像機饒有興趣地拍著，姜虎探頭探腦地問：「這是什麼東西？廟門嗎？」大江搖頭道：「不像，我看倒像是個陵墓！」

＊沙暴後現形的神祕伊斯蘭陵墓，似乎吸引了這批打著「新疆考察隊」旗號的頂尖專家們。王陵中，諸多酷似波斯文和阿拉伯文的符號，彷彿引領著他們走向那埋藏著黃金與珍寶的未知之境……然而，這一切才只是開端，就有人即將「為財而亡」？此外，奪回茂陵地圖一事之秘，林氏父子真能隱瞞得住？更多跌宕起伏的大漠之行，敬請繼續閱讀《國家寶藏6》。

國家寶藏

伍

大都會文化圖書目錄

●度小月系列

路邊攤賺大錢【搶錢篇】	280 元	路邊攤賺大錢 2【奇蹟篇】	280 元
路邊攤賺大錢 3【致富篇】	280 元	路邊攤賺大錢 4【飾品配件篇】	280 元
路邊攤賺大錢 5【清涼美食篇】	280 元	路邊攤賺大錢 6【異國美食篇】	280 元
路邊攤賺大錢 7【元氣早餐篇】	280 元	路邊攤賺大錢 8【養生進補篇】	280 元
路邊攤賺大錢 9【加盟篇】	280 元	路邊攤賺大錢 10【中部搶錢篇】	280 元
路邊攤賺大錢 11【賺翻篇】	280 元	路邊攤賺大錢 12【大排長龍篇】	280 元
路邊攤賺大錢 13【人氣推薦篇】	280 元	路邊攤賺大錢 14【精華篇】	280 元

● DIY 系列

路邊攤美食 DIY	220 元	嚴選台灣小吃 DIY	220 元
路邊攤超人氣小吃 DIY	220 元	路邊攤紅不讓美食 DIY	220 元
路邊攤流行冰品 DIY	220 元	路邊攤排隊美食 DIY	220 元
把健康吃進肚子— 40 道輕食料理 easy 做	250 元		

●流行瘋系列

跟著偶像 FUN 韓假	260 元	女人百分百一男人心中的最愛	180 元
哈利波特魔法學院	160 元	韓式愛美大作戰	240 元
下一個偶像就是你	180 元	芙蓉美人泡澡術	220 元
Men 力四射—型男教戰手冊	250 元	男體使用手冊－ 35 歲⁺♂保健之道	250 元
想分手？這樣做就對了！	180 元		

●生活大師系列

遠離過敏— 打造健康的居家環境	280 元	這樣泡澡最健康— 紓壓・排毒・瘦身三部曲	220 元
兩岸用語快譯通	220 元	台灣珍奇廟一發財開運祈福路	280 元
魅力野溪溫泉大發見	260 元	寵愛你的肌膚一從手工香皂開始	260 元
舞動燭光一手工蠟燭的綺麗世界	280 元	空間也需要好味道— 打造天然香氛的 68 個妙招	260 元
雞尾酒的微醺世界— 調出你的私房 Lounge Bar 風情	250 元	野外泡湯趣—魅力野溪溫泉大發見	260 元
肌膚也需要放輕鬆— 徜徉天然風的 43 項舒壓體驗	260 元	辦公室也能做瑜珈— 上班族的紓壓活力操	220 元

別再説妳不懂車— 男人不教的 Know How	249 元	一國兩字—兩岸用語快譯通	200 元
宅典	288 元	超省錢浪漫婚禮	250 元
旅行，從廟口開始	280 元		

●寵物當家系列

Smart 養狗寶典	380 元	Smart 養貓寶典	380 元
貓咪玩具魔法 DIY— 讓牠快樂起舞的 55 種方法	220 元	愛犬造型魔法書—讓你的寶貝漂亮一下	260 元
漂亮寶貝在你家—寵物流行精品 DIY	220 元	我的陽光 ・ 我的寶貝—寵物真情物語	220 元
我家有隻麝香豬—養豬完全攻略	220 元	SMART 養狗寶典（平裝版）	250 元
生肖星座招財狗	200 元	SMART 養貓寶典（平裝版）	250 元
SMART 養兔寶典	280 元	熱帶魚寶典	350 元
Good Dog—聰明飼主的愛犬訓練手冊	250 元	愛犬特訓班	280 元
City Dog—時尚飼主的愛犬教養書	280 元	愛犬的美味健康煮	250 元
Know Your Dog—愛犬完全教養事典	320 元		

●人物誌系列

現代灰姑娘	199 元	黛安娜傳	360 元
船上的 365 天	360 元	優雅與狂野—威廉王子	260 元
走出城堡的王子	160 元	殞逝的英格蘭玫瑰	260 元
貝克漢與維多利亞—新皇族的真實人生	280 元	幸運的孩子—布希王朝的真實故事	250 元
瑪丹娜—流行天后的真實畫像	280 元	紅塵歲月—三毛的生命戀歌	250 元
風華再現—金庸傳	260 元	俠骨柔情—古龍的今生今世	250 元
她從海上來—張愛玲情愛傳奇	250 元	從間諜到總統—普丁傳奇	250 元
脱下斗篷的哈利—丹尼爾 ・ 雷德克里夫	220 元	蛻變—章子怡的成長紀實	260 元
強尼戴普— 可以狂放叛逆，也可以柔情感性	280 元	棋聖 吳清源	280 元
華人十大富豪—他們背後的故事	250 元	世界十大富豪—他們背後的故事	250 元
誰是潘柳黛？	280 元		

●心靈特區系列

每一片刻都是重生	220 元	給大腦洗個澡	220 元
成功方與圓—改變一生的處世智慧	220 元	轉個彎路更寬	199 元
課本上學不到的 33 條人生經驗	149 元	絕對管用的 38 條職場致勝法則	149 元
從窮人進化到富人的 29 條處事智慧	149 元	成長三部曲	299 元

心態─成功的人就是和你不一樣	180 元	當成功遇見你─迎向陽光的信心與勇氣	180 元
改變，做對的事	180 元	智慧沙	199 元（原價 300 元）
課堂上學不到的 100 條人生經驗	199 元（原價 300 元）	不可不防的 13 種人	199 元（原價 300 元）
不可不知的職場叢林法則	199 元（原價 300 元）	打開心裡的門窗	200 元
不可不慎的面子問題	199 元（原價 300 元）	交心─別讓誤會成為拓展人脈的絆腳石	199 元
方圓道	199 元	12 天改變一生	199 元（原價 280 元）
氣度決定寬度	220 元	轉念─扭轉逆境的智慧	220 元
氣度決定寬度 2	220 元	逆轉勝─發現在逆境中成長的智慧	199 元（原價 300 元）
智慧沙 2	199 元	好心態，好自在	220 元
生活是一種態度	220 元	要做事，先做人	220 元
忍的智慧	220 元	交際是一種習慣	220 元
溝通─沒有解不開的結	220 元	愛の練習曲─與最親的人快樂相處	220 元
有一種財富叫智慧	199 元		

● SUCCESS 系列

七大狂銷戰略	220 元	打造一整年的好業績─店面經營的 72 堂課	200 元
超級記憶術─改變一生的學習方式	199 元	管理的鋼盔─商戰存活與突圍的 25 個必勝錦囊	200 元
搞什麼行銷─ 152 個商戰關鍵報告	220 元	精明人聰明人明白人─態度決定你的成敗	200 元
人脈＝錢脈─改變一生的人際關係經營術	180 元	週一清晨的領導課	160 元
搶救貧窮大作戰？ 48 條絕對法則	220 元	搜驚 ‧ 搜精 ‧ 搜金 ─從 Google 的致富傳奇中，你學到了什麼？	199 元
絕對中國製造的 58 個管理智慧	200 元	客人在哪裡？─決定你業績倍增的關鍵細節	200 元
殺出紅海─漂亮勝出的 104 個商戰奇謀	220 元	商戰奇謀 36 計─現代企業生存寶典 I	180 元
商戰奇謀 36 計─現代企業生存寶典 II	180 元	商戰奇謀 36 計─現代企業生存寶典 III	180 元
幸福家庭的理財計畫	250 元	巨賈定律─商戰奇謀 36 計	498 元
有錢真好！輕鬆理財的 10 種態度	200 元	創意決定優勢	180 元
我在華爾街的日子	220 元	贏在關係─勇闖職場的人際關係經營術	180 元
買單！一次就搞定的談判技巧	199 元（原價 300 元）	你在說什麼？─39 歲前一定要學會的 66 種溝通技巧	220 元
與失敗有約 ─13 張讓你遠離成功的入場券	220 元	職場 AQ ─激化你的工作 DNA	220 元

智取—商場上一定要知道的 55 件事	220 元	鏢局—現代企業的江湖式生存	220 元
到中國開店正夯《餐飲休閒篇》	250 元	勝出！—抓住富人的 58 個黃金錦囊	220 元
搶賺人民幣的金雞母	250 元	創造價值—讓自己升值的 13 個秘訣	220 元
李嘉誠談做人做事做生意	220 元	超級記憶術（紀念版）	199 元
執行力—現代企業的江湖式生存	220 元	打造一整年的好業績—店面經營的 72 堂課	220 元
週一清晨的領導課（二版）	199 元	把生意做大	220 元
李嘉誠再談做人做事做生意	220 元	好感力—辦公室 C 咖出頭天的生存術	220 元
業務力—銷售天王 VS. 三天陣亡	220 元	人脈＝錢脈—改變一生的人際關係經營術（平裝紀念版）	199 元
活出競爭力—讓未來再發光的 4 堂課	220 元	選對人，做對事	220 元
先做人，後做事	220 元		

●都會健康館系列

秋養生—二十四節氣養生經	220 元	春養生—二十四節氣養生經	220 元
夏養生—二十四節氣養生經	220 元	冬養生—二十四節氣養生經	220 元
春夏秋冬養生套書	699 元（原價 880 元）	寒天—0 卡路里的健康瘦身新主張	200 元
地中海纖體美人湯飲	220 元	居家急救百科	399 元（原價 550 元）
病由心生—365 天的健康生活方式	220 元	輕盈食尚—健康腸道的排毒食方	220 元
樂活，慢活，愛生活—健康原味生活 501 種方式	250 元	24 節氣養生食方	250 元
24 節氣養生藥方	250 元	元氣生活—日の舒暢活力	180 元
元氣生活—夜の平靜作息	180 元	自療—馬悅凌教你管好自己的健康	250 元
居家急救百科（平裝）	299 元	秋養生—二十四節氣養生經	220 元
冬養生—二十四節氣養生經	220 元	春養生—二十四節氣養生經	220 元
夏養生—二十四節氣養生經	220 元	遠離過敏—打造健康的居家環境	280 元
溫度決定生老病死	250 元	馬悅凌細說問診單	250 元
你的身體會說話	250 元		

● CHOICE 系列

入侵鹿耳門	280 元	蒲公英與我—聽我說說畫	220 元
入侵鹿耳門（新版）	199 元	舊時月色（上輯＋下輯）	各 180 元
清塘荷韻	280 元	飲食男女	200 元
梅朝榮品諸葛亮	280 元	老子的部落格	250 元
孔子的部落格	250 元	翡冷翠山居閒話	250 元
大智若愚	250 元	野草	250 元
清塘荷韻（二版）	280 元	舊時月色（二版）	280 元

●FORTH 系列

印度流浪記—滌盡塵俗的心之旅	220 元	胡同面孔— 古都北京的人文旅行地圖	280 元
尋訪失落的香格里拉	240 元	今天不飛—空姐的私旅圖	220 元
紐西蘭奇異國	200 元	從古都到香格里拉	399 元
馬力歐帶你瘋台灣	250 元	瑪杜莎艷遇鮮境	180 元

●大旗藏史館

大清皇權遊戲	250 元	大清后妃傳奇	250 元
大清官宦沉浮	250 元	大清才子命運	250 元
開國大帝	220 元	圖說歷史故事—先秦	250 元
圖說歷史故事—秦漢魏晉南北朝	250 元	圖說歷史故事—隋唐五代兩宋	250 元
圖說歷史故事—元明清	250 元	中華歷代戰神	220 元
圖說歷史故事全集	880 元（原價 1000 元）	人類簡史—我們這三百萬年	280 元
世界十大傳奇帝王	280 元	中國十大傳奇帝王	280 元
歷史不忍細讀	250 元	歷史不忍細讀 II	250 元

●大都會運動館

野外求生寶典—活命的必要裝備與技能	260 元	攀岩寶典—安全攀登的入門技巧與實用裝備	260 元
風浪板寶典—駕馭的駕馭的入門指南與技術提升	260 元	登山車寶典—鐵馬騎士的駕馭技術與實用裝備	260 元
馬術寶典—騎乘要訣與馬匹照護	350 元		

●大都會休閒館

賭城大贏家—逢賭必勝祕訣大揭露	240 元	旅遊達人—行遍天下的 109 個 Do & Don't	250 元
萬國旗之旅—輕鬆成為世界通	240 元	智慧博奕—賭城大贏家	280 元

●大都會手作館

樂活，從手作香皂開始	220 元	Home Spa & Bath —玩美女人肌膚的水嫩體驗	250 元
愛犬的宅生活— 50 種私房手作雜貨	250 元	Candles 的異想世界—不思議の手作蠟燭魔法書	280 元

●世界風華館

環球國家地理 ‧ 歐洲（黃金典藏版）	250 元	環球國家地理 ‧ 亞洲 ‧ 大洋洲（黃金典藏版）	250 元
環球國家地理 ‧ 非洲 ‧ 美洲 ‧ 兩極（黃金典藏版）	250 元	中國國家地理 ‧ 華北 ‧ 華東（黃金典藏版）	250 元
中國國家地理 ‧ 中南 ‧ 西南（黃金典藏版）	250 元	中國國家地理 ‧ 東北 ‧ 西東 ‧ 港澳（黃金典藏版）	250 元
中國最美的 96 個度假天堂	250 元	非去不可的 100 個旅遊勝地‧世界篇	250 元
非去不可的 100 個旅遊勝地 ‧ 中國篇	250 元	環球國家地理【全集】	660 元
中國國家地理【全集】	660 元		

● BEST 系列

人脈＝錢脈—改變一生的人際關係經營術（典藏精裝版）	199 元	超級記憶術—改變一生的學習方式	220 元

● STORY 系列

失聯的飛行員—一封來自 30,000 英呎高空的信	220 元	Oh, My God! —阿波羅的倫敦愛情故事	280 元
國家寶藏 1 —天國謎墓	199 元	國家寶藏 2 —天國謎墓 II	199 元
國家寶藏 3 —南海鬼谷	199 元	國家寶藏 4 —南海鬼谷 II	199 元
國家寶藏 5 —樓蘭奇宮	199 元	國家寶藏 6 —樓蘭奇宮 II	199 元
國家寶藏 7 —關中神陵	199 元	國家寶藏 8 —關中神陵 II	199 元
國球的眼淚	250 元		

● FOCUS 系列

中國誠信報告	250 元	中國誠信的背後	250 元
誠信—中國誠信報告	250 元	龍行天下—中國製造未來十年新格局	250 元
金融海嘯中，那些人與事	280 元	世紀大審—從權力之巔到階下之囚	250 元

●禮物書系列

印象花園 梵谷	160 元	印象花園 莫內	160 元
印象花園 高更	160 元	印象花園 竇加	160 元
印象花園 雷諾瓦	160 元	印象花園 大衛	160 元
印象花園 畢卡索	160 元	印象花園 達文西	160 元

印象花園 米開朗基羅	160 元	印象花園 拉斐爾	160 元
印象花園 林布蘭特	160 元	印象花園 米勒	160 元
絮語說相思 情有獨鍾	200 元		

●精緻生活系列

女人窺心事	120 元	另類費洛蒙	180 元
花落	180 元		

● CITY MALL 系列

別懷疑！我就是馬克大夫	200 元	愛情詭話	170 元
唉呀！真尷尬	200 元	就是要賴在演藝	180 元

●親子教養系列

孩童完全自救寶盒（五書＋五卡＋四卷錄影帶）	3,490 元（特價 2,490 元）	孩童完全自救手冊一這時候你該怎麼辦（合訂本）	299 元
我家小孩愛看書一Happy 學習 easy go ！	200 元	天才少年的 5 種能力	280 元
哇塞！你身上有蟲！一學校忘了買、老師不敢教，史上最髒的科學書	250 元	天才少年的 5 種能力（二版）	280 元

98-04-43-04　郵政劃撥儲金存款單

收款帳號	1	4	0	5	0	5	2	9	金額 新台幣（小寫）	億	仟萬	佰萬	拾萬	萬	仟	佰	拾	元

通訊欄（限與本次存款有關事項）

我要購買以下書籍

書　　　名	單　價	數　量	合　計

購書金額未滿600元，另加收60元國內掛號郵資或貨運專送運費。

總計數量及金額：共＿＿＿＿本，合計＿＿＿＿＿＿＿＿＿＿元

收款戶名　大都會文化事業有限公司

寄款人　□他人存款　□本戶存款

姓名

地址　□□□-□□

電話

主管：

經辦局收款戳

虛線內備供機器印錄用請勿填寫

◎寄款人請注意背面說明

◎本收據由電腦印錄請勿填寫

郵政劃撥儲金存款收據

收款帳號戶名

存款金額

電腦紀錄

經辦局收款戳

郵政劃撥存款收據注意事項

一、本收據請妥為保管，以便日後查考。
二、如欲查詢存款入帳詳情時，請檢附本收據及已填妥之查詢函向任一郵局辦理
三、本收據各項金額、數字係機器印製，如非機器列印或經塗改或無收款郵局收訖章者無效。

大都會文化、大旗出版社讀者請注意

一、帳號、戶名及寄款人姓名地址各欄請詳細填明，以免誤寄；抵付票據之存款，務請於交換前一天存入。
二、本存款單金額之幣別為新台幣，每筆存款至少須在新台幣十五元以上，且限填至元位為止。
三、倘金額塗改時請更換存款單重新填寫。
四、本存款單不得黏貼或附寄任何文件。
五、本存款金額業經電腦登帳後，不得申請撤回。
六、本存款單備供電腦影像處理，請以正楷工整書寫並請勿摺疊。帳戶如需自印存款單，各欄文字及規格必須與本單完全相符；如有不符，各局應婉請寄款人更換郵局印製之存款單填寫，以利處理。
七、 本存款單帳號與金額欄請以阿拉伯數字書寫 。
八、 帳戶本人在「付款局」所在直轄市或縣(市)以外之行政區域存款，需由帳戶內扣收手續費 。

如果您在存款上有任何問題，歡迎您來電洽詢
讀者服務專線：(02)2723-5216(代表線)
為您服務時間：09：00～18：00(週一至週五)
大都會文化事業有限公司　　讀者服務部

交易代號：0501、0502 現金存款　0503票據存款　2212 劃撥票據託收

國家寶藏伍 樓蘭奇宮

作者	瀋陽唐伯虎
發行人	林敬彬
主編	楊安瑜
編輯	蔡穎如
校對	王淑如
內頁編排	帛格有限公司
封面設計	Chris' Office
出版	大旗出版社　行政院新聞局北市業字第1688號
發行	大都會文化事業有限公司 110台北市信義區基隆路一段432號4樓之9 讀者服務專線：(02)27235216 讀者服務傳真：(02)27235220 電子郵件信箱：metro@ms21.hinet.net 網　址：www.metrobook.com.tw
郵政劃撥	14050529 大都會文化事業有限公司
出版日期	2010年5月初版一刷
定價	199元
ISBN	978-957-8219-98-4
書號	Story-07

4F-9, Double Hero Bldg., 432, Keelung Rd., Sec. 1, Taipei 110, Taiwan
Tel:+886-2-2723-5216　Fax:+886-2-2723-5220
E-mail:metro@ms21.hinet.net
Web-site:www.metrobook.com.tw

國家圖書館出版品預行編目資料

國家寶藏5之樓蘭奇宮／瀋陽唐伯虎著.
-- 初版. -- 臺北市：
大旗出版社：大都會文化發行, 2010. 05
冊；　公分. --（Story；7）

ISBN 978-957-8219-98-4（第5冊：平裝）

857.7　　99002606

大都會文化 讀者服務卡

書名：國家寶藏 6 樓蘭奇宮

謝謝您選擇了這本書！期待您的支持與建議，讓我們能有更多聯繫與互動的機會。

A. 您在何時購得本書：______年______月______日

B. 您在何處購得本書：__________書店，位於__________(市、縣)

C. 您從哪裡得知本書的消息：

1.□書店 2.□報章雜誌 3.□電台活動 4.□網路資訊

5.□書籤宣傳品等 6.□親友介紹 7.□書評 8.□其他

D. 您購買本書的動機：（可複選）

1.□對主題或內容感興趣 2.□工作需要 3.□生活需要

4.□自我進修 5.□內容為流行熱門話題 6.□其他

E. 您最喜歡本書的：（可複選）

1.□內容題材 2.□字體大小 3.□翻譯文筆 4.□封面 5.□編排方式 6.□其他

F. 您認為本書的封面：1.□非常出色 2.□普通 3.□毫不起眼 4.□其他

G. 您認為本書的編排：1.□非常出色 2.□普通 3.□毫不起眼 4.□其他

H. 您通常以哪些方式購書：(可複選)

1.□逛書店 2.□書展 3.□劃撥郵購 4.□團體訂購 5.□網路購書 6.□其他

I. 您希望我們出版哪類書籍：（可複選）

1.□旅遊 2.□流行文化 3.□生活休閒 4.□美容保養 5.□散文小品

6.□科學新知 7.□藝術音樂 8.□致富理財 9.□工商企管 10.□科幻推理

11.□史哲類 12.□勵志傳記 13.□電影小說 14.□語言學習（____語）

15.□幽默諧趣 16.□其他

J. 您對本書(系)的建議：

____

K. 您對本出版社的建議：

____

讀者小檔案

姓名：______________ 性別：□男 □女 生日：____年____月____日

年齡：□20歲以下 □21～30歲 □31～40歲 □41～50歲 □51歲以上

職業：1.□學生 2.□軍公教 3.□大眾傳播 4.□服務業 5.□金融業 6.□製造業

7.□資訊業 8.□自由業 9.□家管 10.□退休 11.□其他

學歷：□國小或以下 □國中 □高中／高職 □大學／大專 □研究所以上

通訊地址：______________________________

電話：（H）______________（O）______________ 傳真：______________

行動電話：______________E-Mail：______________

◎謝謝您購買本書，也歡迎您加入我們的會員，請上大都會文化網站 www.metrobook.com.tw 登錄您的資料。您將不定期收到最新圖書優惠資訊和電子報。

國家寶藏 伍 樓蘭奇宮

北區郵政管理局
登記證北台字第9125號
免貼郵票

大都會文化事業有限公司

讀者服務部 收

110台北市基隆路一段432號4樓之9

寄回這張服務卡〔免貼郵票〕
您可以：
◎不定期收到最新出版訊息
◎參加各項回饋優惠活動